나에게 속삭여 봐

푸른도서관 63

나에게 속삭여 봐

초판 1쇄/ 2014년 1월 10일
초판 2쇄/ 2017년 5월 30일

지은이/ 강숙인
펴낸이/ 신형건
펴낸곳/ (주)푸른책들
등록/ 제321-2008-00155호
주소/ 서울특별시 서초구 양재천로7길 16 푸르니빌딩 (우)06754
전화/ 02-581-0334~5 팩스/ 02-582-0648
이메일/ prooni@prooni.com 홈페이지/ www.prooni.com
카페/ cafe.naver.com/prbm 블로그/ blog.naver.com/proonibook

글 ⓒ 강숙인, 2014
ISBN 978-89-5798-371-3 03810

이 도서의 국립중앙도서관 출판시도서목록(CIP)은 서지정보유통지원시스템 홈페이지(http://seoji.nl.go.kr)와
국가자료공동목록시스템(http://www.nl.go.kr/kolisnet)에서 이용하실 수 있습니다.
(CIP제어번호: CIP2013025051)

(주)푸른책들은 도서 판매 수익금의 일부를 초록우산 어린이재단에 기부하여
어린이들을 위한 사랑 나눔에 동참합니다.

나에게
속삭여 봐

강숙인 지음

푸른책들

차 례

아뿔싸, 한 치 앞!

사람들은 흔히 말한다. 한 치 앞도 모르는 것이 인생이라고. 사실, 이 말은 대부분 좋지 않은 경우에 쓰인다. 아주 작은 일에서부터 돌이킬 수 없는 큰일에 이르기까지 다양하게. 우리 엄마는 뭐든 잘 버려서 '버리기 대장'인데 하루 전에 갖다 버린 재활용품이 그다음 날 필요할 때가 가끔 있다. 바로 그때 엄마는 꼭 다음과 같은 대사를 한다.

"한 치 앞도 모른다더니, 그게 당장 이렇게 필요할 줄 누가 알았겠어!"

역사책을 봐도 그런 경우가 가끔 나온다. 거사를 앞둔 장군이 두 갈래 길을 앞에 두고 하나를 선택하는데 그게 하필이면 실패의 지름길이다. 그리하여 장군은 하늘을 우러르며 비장한 대사를 날린다.

"아뿔싸, 한 치 앞이로구나. 한 치 앞만 미리 알았다면 역사를 바꿀 수도 있었을 것을. 하늘은 어찌하여 내게 한 치 앞을 내다보는 혜안을 주지 않으셨나!"

하지만 아무리 지혜로운 사람도 한 치 앞은 정말 알지 못한다. 그리고 크든 작든 그 한 치 앞은 우리 일상에서 빈번하게 일어난다.

내게 그런 '아뿔싸, 한 치 앞!'이 일어난 것은 9월 마지막 주 토요일이었다. 하늘이 유난히 파랗던 그날 오후, 나는 책상 앞에 앉아 컴퓨터를 들여다보고 있었다.

컴퓨터 화면에는 내 동생 유주가 그렇게 들어가고 싶어 했던 '빛나 연예 예술고등학교' 홈페이지가 떠 있었다. 중국에서 유학 오는 학생도 제법 있어서 한자로는 빛날 빈, 아름다울 나, '빈나(彬娜)'라고 쓰는 빛예고는 개교한 지 몇 년 되지 않았지만 대중 예술에 미래를 건 청소년들 사이에서는 이미 선망의 대상이 된 학교다. 기존의 예고가 순수 예술을 지향하는 것과는 달리 빛예고는 실용 음악, 연기, 댄스 등을 집중적으로 가르친다. 연예인이 되기를 꿈꾸는 재능 있는 아이들에게 기초를 제대로, 철저히, 그리고 잘!

유주는 이미 중학교 2학년 때부터 빛예고에 입학하길 꿈꾸었지만 아빠 엄마의 반대, 특히 엄마의 강력한 반대에 부딪혔다. 아빠는 젊은 시절 외교관이 꿈이었고, 엄마는 그 꿈을 열렬히 지지했던 터라 자식들 또한 외교관이 되기를 바랐다. 가수는 어림도 없는 얘기였다.

"가수 되기가 어디 그렇게 쉬운 줄 알아? 혹 데뷔를 해도 성공하기란 하늘의 별 따기야. 그리고 성공하지 못하면 평생 가난하고 고달프게 살아야 한다고. 게다가 네 성격에 걸 그룹은 아니고 발라드 가수를 해야 하는데, 요즘 세상에 발라드 가수가 설 무대가 어디 있니? 그러니 허황된 꿈은 그만 접고 공부나 열심히 해."

결국 유주는 배정받은 정휘 고등학교에 나와 같이 입학했지만 나는 알고 있다. 엄마의 반대에 잠시 주춤하긴 했어도 유주의 가슴속에서는 오히려 꿈이 한층 활활 타오르고 있다는 것을. 왜냐하면 유주의 꿈이 바로 내 꿈이니까. 다만 나는 남자이고, 또 맏이여서 한 번도 내 꿈을 내색하지 않았을 뿐이다.

무슨 할아버지 세대 사람처럼 케케묵은 소리를 하느냐고? 사실 내가 좀 그렇다. 이상하게 요즘 아이들 같지 않게 엄청 예스럽다. 아마 그건 우리 엄마 태교 탓이 아닌가, 하고 나름대로 상상하고 있다. 사극 마니아인 엄마는 다른 산모들이 모차르트 음악을 들을 때 평소에 열심히 보던 사극을 몇 갑절 더 열중해서 봤다. 그건 엄마 나름의 태교였는데 엄마는 사극을 보면서 간절히 꿈꾸었다. 사극의 주인공 같은 아이가 태어나기를. 물론 우리 엄마가 꿈꾼 것은 사극의 여주가 아닌 남주, 바로 나 같은 아들이었다.

엄마의 그 바람 덕분이었는지 남다른 아이, 바로 내가 태어났다. 나는 일단 사극의 주인공처럼 잘생겼고 입에 욕을 달고 사는 요즘 애들과는 달리 웬만해서는 욕을 안 한다. 물론 경우에 따라서는 가끔 하기도 하지만, 그럴 때도 거의 일반적인 말이 된 고전적인 욕에서 그친다. 또 남자애들은 대부분 맞춤법이 엉망인데, 난 학식 높은 선비처럼 공부도 잘하고 맞춤법은 얼추 국어사전 수준이다. 게다가 성격도 좋으니 딱 전통 사극 주인공 그대로다. 지나친 내 자랑 같아서 약간 쑥스럽기는 해도 이 모두가 사실인 걸 난들 어떡하겠나.

이런 나를 어떤 아이들은 '엄친아'라고 부러워하고, 또 어떤 아이들은 고리타분한 '범생'이라고 싫어하지만 난 사극 스타일인 내가 마음에 든다. 내가 어렸을 때 즐겨 부른 노래가 '바람 앞의 등불 같은 나라를 위해'로 시작되는 〈계백 장군〉 동요였다는 게 믿길까? 내 동생 유주만 해도 어릴 때부터 동요보다는 유행가를 더 좋아하고 따라 불렀는데.

아, 유주를 생각해 보면 내가 사극 스타일로 태어난 게 엄마의 태교 때문만은 아닌 것도 같다. 유주도 나랑 같이 엄마 배 속에 있었는데 나하고는 얼굴도 다르고 성격은 그야말로

천양지차니까.

그렇다. 나하고 유주는 쌍둥이다. 이란성 남녀 쌍둥이. 유주는 나보다 8분 늦게 태어났는데, 공교롭게도 그 시간이 운명을 가르는 시간이었단다. 사극을 좋아하는 엄마는 당연히 사주나 무속에도 관심이 많았는데 엄마 친구의 사촌 언니가 사주를 잘 본다고 해서 언젠가 나랑 유주의 사주를 본 적이 있다. 아마 내가 중학생 때였을 거다.

"사주는 태어난 시간을 기점으로 형성되는 거라서 시간이 아주 중요하대. 그러니 태어난 시간을 정확히 적어 줘."

그래서 엄마는 병원에서 준 신생아 수첩을 뒤져 나와 유주가 태어난 시간을 또박또박 적어 친구에게 주었고, 나중에 그 친구가 전해 준 말은 이랬다.

"원래 쌍둥이는 같은 시간에 태어나도 나중에 나온 애는 그다음 시간으로 보는 건데, 너희는 애초에 제각각 다른 시간에 태어났대. 서준이는 진시 끝 무렵에, 유주는 사시 초에. 둘 다 사주는 좋은 편인데 한 가지 확실한 건 둘이 전혀 다른 인생을 살게 된다는 거지."

엄마는 그 말을 전해 듣고 피식 웃었다.

"그런 말은 나도 하겠다. 사람마다 다른 삶을 사는 건 당연한 거잖아. 아무리 쌍둥이라도 말이야."

사실 별거 아닌 말이었는데 이상하게 그 말이 내 마음에 꽂

혔다. 어쩌면 그때 나는 이미 내 삶의 방향을 정했던 건지도 모른다.

아, 유주는 자기가 살고 싶은 대로 가수가 되고, 난 내 마음을 숨기고 아빠 엄마가 바라는 대로 외교관이 되는 건가 보다. 사주가 좋다고 했으니 당연히 유주도 나도 꿈은 이룰 테지. 난 사주가 다르다는 말을 그렇게 해석했다.

내가 마음속으로 빛예고에 가겠다는 유주를 열렬히 응원했던 것도 그 때문이었다. 말도 꺼내지 못했던 내 꿈을 내 분신이나 다름없는 쌍둥이 유주가 이룬다면 아쉬운 마음이 얼마쯤은 보상받을 것 같았던 것이다.

그날 오후에 빛예고 홈페이지를 들여다보며 궁리를 했던 것도 그래서였다. 빛예고는 수시로 편입생을 모집하고 있다. 일단 홈페이지에서 신청서를 작성해서 접수시키면 학교에서 개별 연락을 한다. 그럼 필요한 서류를 제출하고 오디션을 보면 된다.

나는 유주에게 빛예고 편입 오디션을 보라고 권할 작정이다. 이번에는 나도 적극적으로 엄마 아빠를 설득할 거니까 용기를 내서 같이 해 보자고 말이다. 사실 나는 지난 몇 달 동안 개인적인 문제 때문에 유주에게 까칠하게 굴었다. 물론 드러내 놓고 그랬던 건 아니고, 눈치 빠른 엄마가 고개를 갸웃하며 '쟤들이 뒤늦게 사춘기가 왔나?' 할 정도였지만 당사자인 유주는 몹시 상처를 받은 듯했다. 그도 그럴 것이 우린 어렸을 때부터 유난히 의좋은 쌍둥이였으니까. 일반적으로 이란성 쌍둥이들은 쌍둥이인 것을 싫어해서 서로 친하지 않은 경우도 많다던데 우린 달랐다. 그야말로 사극에 나오는 애틋한 오누이처럼 사이가 좋았다.

빛예고가 아닌 일반 고등학교에 억지로 다녀야 하는 데다 어렸을 때부터 의지해 왔던 오빠마저 괜히 삐딱해 있었으니 유주가 얼마나 심란했을지 충분히 짐작할 수 있다. 하지만 나도 내 문제가 너무 심각해서 유주의 마음까지 헤아릴 여유가 없었다. 이제 그 문제를 정리한 터라 그동안 냉랭하게 굴었던 것을 해명하고 화해도 할 겸해서 유주에게 빛예고 편입을 적극 권하려는 것이다.

그런데 막상 유주한테 말하려니 좀 난처했다. 예전 같으면 스스럼없이 할 수 있는 얘기인데 그동안 은근히 서먹했던 터라 뭐 대단한 거라도 고백해야 하는 것처럼 멋쩍기도 했다. 좀 더 생각해 보자 싶어 컴퓨터를 끄고 침대에 드러누웠다. 천장을 바라보며 골똘히 궁리하고 있는데 휴대 전화 벨소리가 울렸다. 유주였다.

나는 벌떡 일어나 앉으면서 얼른 휴대 전화를 귀에 갖다 댔다.

"응, 유주야."

"오빠……."

오랜만에 유주가 나를 '오빠'라고 불렀다. 그것도 그 애답지 않게 아주 조신하게. 유주는 어릴 때부터 나를 '서준'이라고 불렀다. 그러면 나는 '오빠한테 말해 봐.', '오빠가 도와줄게.', '오빠 물건 건드리지 말라고 했잖아.' 등등 말할 때마다 끈질기게 자칭 '오빠'를 넣어 말했다. 하지만 유주는 늘 나중에 나온 애가 먼저 만들어졌기 때문에 자기가 누나라고 주장했다. 때문에 주로 내 이름을 불렀고 자기한테 필요한 게 있거나 부탁할 일이 있을 때면 묘하게 웃으며 선심 쓰듯 '오빠'라고 불러 주었는데, 그러면 '오빠'라는 호칭에 목숨을 거는 나는 번번이 여우 같은 동생 꾐에 넘어가곤 했다.

"왜, 무슨 일이야? 집에 안 들어와?"

나는 유주가 오빠라고 불러 준 것이 기뻐서 한껏 부드럽게 말했다.

"얘기 좀 하고 싶어서……. 집에서 하긴 좀 그렇고. 나, 여기 보리수에 있어."

'보리수'는 우리 동네에 있는 아담한 커피숍이다. 커피도 맛있고 무엇보다 조용하고 분위기가 좋아서 우리 식구들이 가끔 이용하는 곳이다.

유주가 왜 바깥에서 만나자고 하는지 알 수 없었지만 기뻤다. 마치 유주가 내 마음을 꿰뚫어 보고 전화를 해 준 것만 같았다. 이래서 쌍둥이가 텔레파시가 통한다고 하는 건가 보다.

"알았어. 오빠가 얼른 갈게."

유주가 후후, 웃음을 터뜨렸다.

"오빠는 무슨. 넌 그냥 서준이잖아."

우리가 사이좋았던 때 그랬던 것처럼 유주는 톡 쏘고는 전화를 끊어 버렸다. 나는 씩 웃었다. 유주의 말투가 돌아왔다는 것은 나에게 서운했던 마음이 거의 다 풀렸다는 뜻이니까. 나도 이제 예전처럼 유주를 대하면 된다. 그동안 유주의 눈을 똑바로 볼 수 없었는데 오늘은 꼭 유주의 생기 있는 눈빛을 온전히 마주 보고 싶다.

나는 청바지에다 내가 좋아하는 후드 달린 노란색 티를 입고 방을 나왔다. 엄마가 거실 소파에 앉아 세탁한 옷들을 정리하고 있었다. 커튼을 한껏 젖혀 놓은 유리문에는 가을로 물들어 가는 정원 풍경이 그림처럼 붙박여 있다.

정원이라고 해 봐야 나무 몇 그루와 작은 화단이 전부인 소박한 뜰이지만 우리 식구 모두 저 뜰을 사랑한다. 유주랑 내가 아파트에 사는 친구들을 별로 부러워하지 않는 것도 저 작은 정원 덕분인지도 모른다. 물론 태어나면서부터 쭉 살아온 집이어서 익숙하고 편안하기도 했지만.

엄마가 나를 바라보았다.

"잘난 우리 아들, 어디 가는 거야?"

엄마는 나를 부를 때 이름보다는 주로 '아들'이라는 호칭으로 부른다. '잘난'이라든가 '멋진' 같은 약간은 오글거리는 형용사를 붙여서. 뭐 그건 엄마 나름의 애정 표현이니까 나쁘지는 않다고 생각한다. 다만 그런 표현을 유주한테는 좀처럼 하지 않는 것이 걸릴 뿐이다. 대신 아빠가 유주를 더 예뻐하니까 유주도 많이 서운하지는 않을 거라 믿고 싶다.

"유주가 보리수에서 좀 보재."

"우리 집 쌍둥이들이 이제 다시 옛날처럼 사이가 좋아진 거야?"

"우리가 언제 사이가 나빴나, 뭐? 그냥 유주도 나도 각자 세계가 있다 보니깐……."

엄마가 빙긋 웃었다.

"그러셔? 각자 세계? 좋지. 근데 유주가 왜 보리수로 나오래? 집에 와서 얘기하면 안 되는 거야?"

"응, 학교 문제. 유주, 아직도 빛예고에 대한 미련 못 버렸잖아. 엄마는 그 말만 나오면 펄쩍 뛰니까 아무래도 집에서는 얘기하기가 껄끄러운 거지, 뭐."

나는 엄마가 미리 알아 두는 게 좋겠다 싶어 슬쩍 핵심을 흘렸다. 물론 엄마를 설득하는 건 유주와 의논한 다음의 일이지만 복선을 깔아 두는 것도 나쁘지 않을 것 같아서다.

엄마가 단호한 표정으로 날 쳐다보았다.

"너 혹시라도 유주 편 들어 주고 그러면 안 돼. 괜히 딴 생각 하지 말고 공부나 열심히 하라고 잘 타일러서 데리고 들어와. 알았지, 예쁜 아들?"

나는 엄마가 차곡차곡 개어 놓은 옷가지를 보며 일단 고개를 끄덕였다. 엄마 성격대로 종류별로 깔끔하게 개켜 놓은 옷가지들. 엄마가 유주의 꿈을 마땅찮아 하는 것은 어쩌면 엄마의 저 성격 때문인지도 모른다. 엄마는 순수 예술에 비해 대중 예술이 격이 낮다고 굳게 믿었고, 그래서 자식이 그 세계에 발 담그는 것을 원치 않는다고 했다. 하긴 잊을 만하면 연예계 비리며 사건 사고가 툭툭 터져 나오니 엄마의 그런 선입견도 무리는 아니다. 어쨌거나 엄마를 설득하려면 작전을 아주 잘 짜야겠다는 생각이 들었다.

"저기 엄마, 시리우스별 알아?"

"뜬금없이 웬 별? 요즘 우리 아들이 천문학에 관심을 가진 거야?"

사실 이건 엄마를 설득할 때 쓰려고 준비해 둔 건데, 미리 살짝 간을 해 놓는 거다. 나중에 유주와 엄마 앞에서 제대로 이야기할 때 적절하게 맛이 들어 있으라고…….

"천문학에 관심이 있는 건 아니고, 우연히 알게 된 건데 시리우스가 쌍둥이별이래."

"그게 뭐?"

"그냥 그렇다고."

"싱겁긴."

"갔다 올게, 엄마."

"잠깐만, 아들!"

내가 막 현관으로 가려는데 엄마가 불렀다. 뒤돌아보았다. 엄마가 나를 보며 행복이 듬뿍 담긴 표정을 지었다.

"우리 잘생긴 아들 한 번 더 보고 싶어서 불렀어. 역시 우리 아들은 영화배우 뺨친다니까! 어서 갔다 와. 아빠도 오늘 일찍 들어오신다고 했으니까 저녁 맛있는 거 해 먹자."

나는 집을 나왔다. 우리 집은 주택가에 있고 집 앞 작은 골목 끝까지 가면 대로변과 이어지는 한결 넓은 길이 나온다. 거기서 대로변으로 나가 횡단보도를 건너 5분 정도 걸어가면 커피숍 보리수가 있다.

보리수에 홀로 앉아 날 기다리고 있을 유주를 생각하니 갑자기 마음이 급해졌다. 나는 골목 끝까지 냅다 뛰었다. 그땐 까맣게 몰랐다. 바로 한 치 앞에서 날 기다리고 있는 것이 무엇인지를. 그냥 늘 지나던 골목길이었고 자주 뛰어다녔던 길이었기에 평소보다 약간 더 빨리 뛰었을 뿐이다.

그리고 골목 끝에서 오른쪽으로 꺾었을 때 나는 내 한 치 앞에 있는 그것과 맞닥뜨렸다. 정확히 오후 5시 46분에. 그것은 엄마의 경우처럼 '재활용품은 잘 모아 두면 쓸모가 있다'는 식의 소소한 교훈을 주는 작은 '한 치 앞'이 아니었다. 그

것은 비탈길에서 급하게 미끄러져 내려오는 트럭이었다. 만약 내가 한 치 앞을 미리 알아서 그렇게 달리지 않고 주위를 잘 살폈다면 그 차에 부딪치지 않았을까? 그랬다면 넘어지면서 하필 머리를 바닥에 부딪치는 치명적인 그 사고를 면할 수 있었을까? 하지만 나는 여느 사람들처럼 한 치 앞을 전혀 짐작조차 못 했으니 인생은 역시 '아뿔싸, 한 치 앞!'인 것 같다.

새벽 2시 38분

2:38

눈을 뜬 순간, 책상 위의 디지털 탁상시계 숫자가 아리의 눈에 들어왔다. 어제와 똑같은 새벽 2시 38분이다. 정수리에 서부터 뒷목까지 얼음장 같은 차가운 기운이 흘렀다.

꿈을 꾼 것은 아니다. 지난 며칠 동안 그랬듯이 잠결에 으스스한 기운을 느꼈을 뿐이다. 가위 눌림 바로 직전에 느끼는 그런 섬뜩함. 두려움으로 가슴이 쿵쾅거리며 뛰기 시작했고 그 바람에 다행히 번쩍 눈을 뜰 수 있었다.

아리는 벌떡 일어나 불을 켰다. 눈부신 형광등 불빛이 공포를 잠시 사라지게 해 주었다. 벽에 걸어 놓은 족자를 바라보았다. 거기에는 큼직한 글씨로 오직 한 글자가 쓰여 있다.

한글이 아닌 한자 '夢(몽)'.

벌써 일주일째다. 한밤중 똑같은 시간에 깨어나 화닥닥 불을 켜고 두근거리는 가슴으로 벽에 걸린 족자를 바라본 것이.

'대체 뭐지, 이건? 설마 또 가위 눌림이 시작된 거야?'

아리는 어렸을 때부터 가위에 잘 눌렸다. 그 전조는 이렇다. 일단, 자리에 누워 뒤척이다 막 잠들려 할 때 머리 위쪽에 서늘한 기운이 느껴진다. 이어 머리를 통째로 얼음물에 담근 듯한 음산한 기운이 엄습하면서 엄청난 회오리바람이 불기 시작한다. 회오리바람은 점점 더 강하게 휘몰아치면서 아리를 끝도 알 수 없는 캄캄한 나락으로 내팽개치려 한다. 그 회오리바람에 빨려 들어가지 않으려고 안간힘을 쓰다가 가까스로 깨어난다. 재빨리 불을 켜고 휴, 한숨을 내쉬면서 이마의 땀을 닦는다.

정말이지, 그 회오리바람은 너무 음산하고 무섭다. 아니, 회오리바람에 말려 들어가 떨어지게 될 나락에 대한 상상이 더 끔찍하다. 어떤 때는 용을 쓰다 못해 자포자기의 심정으로 '좋아. 한번 휘말려 가 보자고. 설마 죽기야 하겠어?' 하는 순간 눈을 번쩍 뜨고 깨어나기도 한다. 그런 다음에도 여전히 두려워서 한동안은 잠들지 못한다.

가위 눌림만큼은 아니지만 귀신 꿈 역시 무섭기는 마찬가지다. 공포 영화나 〈전설의 고향〉처럼 산발하고 흰 소복을 입은 귀신이 나타나는 것이 아니라 그냥 잘 모르는 사람들이 나타나 두서를 알 수 없는 일이 벌어지는데 꿈속에서지만 음산한 기운을 느끼면서 귀신이구나, 하고 알게 된다. 그 순간 소스라치며 꿈에서 깨어나는데 공포로 가슴이 심하게 두근거려 한동안 잠들지 못하고 뒤척이기 일쑤다. 거기다 일반적인 악몽까지, 아리의 꿈 이력은 대단히 다채롭다.

어렸을 적만 해도 아리는 이런 증상들이 엄마 말대로 키 크려고 꾸는 꿈인 줄 알았다. 하지만 중학교 3학년 때 그 증상이 거의 병이다 싶을 정도가 되자, 엄마는 경주에서 한의원을 하는 외삼촌에게 도움을 청했다.

"오빠, 아리가 기가 허한 것 같아. 자꾸 가위 눌리고 악몽을 꾼대. 이번 토요일에 내려 보낼 테니까 한약 좀 지어 줘."

아리 엄마는 삼남매 중 막내다. 첫째인 성이화 이모는 경주에 있는 A대학의 민속학과 교수로 굿이며 민간 신앙 등 민속 문화를 연구한다. 그다음 둘째인 외삼촌은 '성이섭 한의원' 원장이고, 막내인 아리 엄마 성이진은 영문학을 공부해 지금은 번역가로 활동 중이다.

아리네 외갓집은 경주에 있는데 외할머니와 외삼촌네 식구들 그리고 독신인 이모가 함께 산다. '함께'라고는 하지만 한 집은 아니고 이모는 외삼촌 집 바로 옆에 따로 집을 지어 살고 있다. 외삼촌의 한의원은 경주 외곽에 있는데 한의원 안쪽에 아리 엄마가 어렸을 때 살았던 제법 넓은 한옥이 있다. 그 집에는 대문 말고 중문이 하나 있고, 그 중문을 열고 나가면 이모 집이 나온다. 이모 집은 겉은 한옥처럼 지었지만 외삼촌 집과는 달리 내부는 완전히 현대식이다.

아리는 어렸을 때부터 엄마 아빠 그리고 아연 언니와 같이 외갓집에 자주 갔다. 아빠가 바쁠 때는 엄마나 언니랑 갔고 중학생이 된 뒤로는 혼자서도 가끔 갔다. 아리는 서울만큼이나 경주가 좋았고 외갓집 식구들도 모두 좋아했지만 특히 이모하고 마음이 잘 통했다. 어떤 때는 엄마보다 이모가 제 마음을 더 잘 알아주는 것 같아서 경주에 불쑥 가고 싶어지곤 했다.

그래서 작년 초가을 어느 토요일에 아리는 외삼촌이 지어 주려는 보약보다는 이모를 만난다는 기쁨에 들떠서 경주 외갓집에 갔다. 외갓집 식구들 모두 둘러앉아 저녁을 먹은 뒤에 외삼촌이 아리의 맥을 짚어 보았다.

"기가 아주 허한 건 아니지만 보약을 먹어 두긴 해야겠다. 한 달 분을 팩으로 만들어서 월요일에 택배로 부쳐 주마. 그리고 글씨 한 점 써 줄 테니까 내일 갈 때 가져가."

외삼촌은 한의사답게 한문 붓글씨를 아주 잘 썼다. 외삼촌이 쓴 작품을 얻고 싶어 하는 사람이 꽤 될 정도였다. 그런데 왜 느닷없이 붓글씨를 써 준다는 것인지 아리는 영문을 알 수가 없었다. 아리가 외삼촌을 빤히 바라보자 외삼촌이 설명해 주었다.

"특별한 건 아니고 꿈 '몽(夢)' 자를 큼직하게 써 주마. 꿈자리가 편안하라는 일종의 부적이지. 일반적인 부적은 경명주사라고 하는 붉은 물감으로 그리지만 옛날 선비들은 먹으로 글자를 써서 몸에 지니거나 벽에 붙여 놓곤 했어. 말이 씨가 된다는 말도 있듯이 글자에도 사실은 그런 주술적인 힘이 있거든."

"아범아, 아리가 그러는 거 말이다. 혹시 집안 내력 때문 아니냐?"

외할머니가 문득 염려스러운 눈빛으로 아리를 흘끗 보면서 물었다.

"아니에요, 어머니."

외삼촌은 부인했지만 아리는 몹시 궁금했다.

"집안 내력이 뭔데요?"

"별거 아니니 신경 쓰지 마라."

외삼촌은 외할머니가 말한 집안 내력에 대해 별로 이야기하고 싶지 않은 눈치였다. 아리는 이모를 보았다. 이모가 보일 듯 말 듯 고개를 끄덕였다.

경주에 오면 으레 그랬듯이 밤이 깊어지자 아리는 이모 집으로 갔다. 그리고 거실 소파에 이모와 마주 앉자마자 궁금한 것부터 물었다. 이모가 선선히 말해 주었다.

"너, 외할아버지가 유명한 한의사셨고 그 윗대로 올라가면 사주나 풍수 등에 해박하셨던 도인 조상들이 많다는 건 알고 있지? 그런데 네 외갓집 조상들 중에 유명한 큰무당 할머니가 한 분 계셨어. 물론 그 시대에 천시받던 무당이었고 또 딸이었으니까 족보에는 남아 있진 않지만 우리 성 씨 가문에 전설처럼 전해 내려오는 무당 할머니지."

'무당'이라는 말에 아리는 오싹했다. 뭐야, 그럼 내가 가위눌리고 귀신 꿈을 꾸는 게 신병이란 말이야? 가문의 내력이라니! 드라마나 영화에서 보는 것처럼 그렇게 신병을 앓다가 어느 날 내가 작두를 탄다는 거야? 오, 맙소사!

아리는 저도 모르게 고개를 저었다. 가문의 내력이라니, 정확히 말하면 아리는 성 씨 집안이 아니다. 성 씨 집안 외손일 뿐, 분명 황 씨 집안이다. 고등학교 교사인 아리 아빠는 일반적인 상식을 지니고 성격도 그다지 튀지 않는 99퍼센트 보통 사람이다. 아리네 황 씨 조상님들도 그냥저냥 착하고 평범하게 살아온 걸로 알고 있다. 외갓집처럼 도인이니 무당이니 그런 것과는 전혀 관계가 없다.

아리 역시 외갓집 쪽보다는 아빠를 닮아 평범하기 짝이 없다. 우선 얼굴은 무난한 편이다. 어렸을 때 예쁘다는 말보다 귀엽다는 말을 더 많이 들었다. 아리는 스스로 조금은 예쁘다고 생각하지만, 아무튼 키도 대한민국 여고생 평균보다 약간 큰 정도다. 그래서 가끔 투덜거리곤 한다. 왜 나는 특별한 재능을 타고 나지 못하고 이렇게 평범하기만 한 걸까?

그래도 아리가 마음속으로 은밀하게 기대하는 것이 하나가 있기는 하다. 아리는 유전학을 좋아해서 이다음에 유전학자가 되는 것이 꿈인데, 바로 그 유전자에 기대를 걸고 있다. 생각해 보라. 오늘의 아리가 있기까지 인류의 탄생 이후로 얼마나 많은 조상들이 존재했는지를. 아리네 엄마 아빠부터 시작해서 그분들의 부모님, 또 그분들의 부모님을 계속 거슬러 올라가면 아리의 조상들은 기하급수적으로 늘어난다. 그 많은 조상들 중에 비범한 유전자를 가진 조상이 어찌 한 명도 없겠는가. 바로 그 놀라운 유전자가 아리에게 물려져 어느 시기가 되면 불쑥 발현할지 누가 알겠는가.

그런데 그게 하필이면 외가 쪽 큰무당 할머니의 유전자라니! 외할머니가 말한 가문의 내력을 과학적으로 설명하면 바로 그 유전자가 아닌가. 그게 사실이라면 정중히 사양하고 싶다. 차라리 비범함은 포기하고 아빠처럼 순도 높은 평범한 사람으로 살고 싶다. 아니, 그렇게 살 거다. 아리는 마음을 다 잡고는 최대한 침착하게 이모에게 물었다.

"그럼 그 할머니의 유전자를 하필 내가 물려받았다는 거야?"

"뭐, 과학적으로 말하면 그렇다고도 할 수 있지."

"그, 그럼 내가 그 할머니처럼 무당이 되어야 하는 거야?"

아리의 질린 얼굴을 보고 이모가 빙그레 웃었다.

"걱정 마. 이모가 사주를 볼 줄 알잖아. 무당이 되는 것도 당연히 사주에 있어야 돼. 네 사주는 무당 사주는 아냐."

이모는 외갓집에 대대로 내려오는 가보인 어려운 한문책을 독학으로 공부해서 사주나 명리 등을 웬만큼 볼 줄 안다. 그래서 아리 엄마도 아연이랑 아리가 태어나자마자 이모한테 사주를 보냈고, 뭔가 결정하기 어려운 문제가 생기면 이모에게 '도사님, 좀 알려 주삼.' 하고 애교 섞인 문자를 보내 도움을 청하곤 한다. 그 방면에 대한 이모의 실력은 주변에 친한 사람은 다 알고 또 믿는 터라 아리는 속으로 휴, 안도의 한숨을 내쉬었다.

"외삼촌이 써 준 부적, 침대 머리맡에 붙여 놓고 보약도 거르지 말고 먹어. 그럼 악몽을 꾸는 일도 줄어들고, 공포도 덜 느끼게 될 거야. 넌 아무 걱정 말고 공부나 열심히 해. 내년이면 너도 고등학생이잖아."

"저어, 이모. 나 나중에 유전학자가 되고 싶은데 혹시 내 사주에 그거 나와 있어?"

"유전학자? 그래서 아까 유전자 어쩌고 했구나. 너 아연이처럼 의대 간다고 안 했어?"

"그건 엄마가 바라는 거지. 사실은 학교에서 '유전과 진화'에 대해서 배웠는데 아주 재미있었어. 그래서 이젠 유전학자가 내 꿈이야."

"고등학생이 되고 막상 진로를 결정하려 들면 그땐 또 달라질걸?"

"뭐야, 엄마랑 똑같은 말만 하잖아. 내가 운명적으로 유전학자가 될 수 있는지, 난 그걸 물어보는 거라고. 이모는 도사니까 나한테 알려 줄 수 있잖아."

"사주에 아무리 유전학자나 의사가 되게끔 돼 있어도 네가 공부를 안 하면 말짱 꽝이지. 그래서 타고난 사주 못지않게 중요한 게 인간의 의지고 노력이거든."

성 씨 집안 이모가 황 씨 집안 아리 아빠 같은 상투적이고 교훈적인 말로 대화를 마무리 지었다. 그래도 좋았다. 자신이 바라던 비범함이 무당이 되는 것만 아니라면야 이제 백 퍼센트 평범하게 살아도 아무 불평도 안 할 거라고 아리는 단단히 결심했다.

다음 날 일요일 오후, 아리는 외삼촌이 써 준 꿈 '몽(夢)' 자 붓글씨 종이를 둘둘 말아 손에 쥐고 서울로 가는 고속버스를 탔다. 엄마는 그 화선지를 족자로 만들어 아리 침대 머리맡에 걸어 놓았고 아리는 외삼촌이 택배로 부쳐 준 보약을 잘 챙겨 먹었다.

이모와 외삼촌에 대한 믿음 덕분이었을까? 그다음부터는 가위 눌림은 물론이고 악몽이나 귀신 꿈을 꾸는 횟수도 눈에 띄게 줄어들었다. 고등학생이 된 후로는 가위 눌림은 어쩌다 한 번이고 귀신 꿈도 드물었다. 악몽은 보통 사람들이 꾸는 정도로 가끔 꾸었다.

그런데 꼭 1년 만에 다시 이상한 증세가 생기기 시작한 것이다. 지난 토요일 밤, 아니 정확히 자정 넘어 일요일 새벽부터.

아리는 벽에 걸린 족자를 뚫어져라 바라보며 마음을 진정시키려 애썼다.

'그래, 아무 일도 아니야. 악몽을 꾸려다 얼른 깨어난 거야. 걱정 따윈 안 해도 돼.'

하지만 똑같은 일이 일주일씩이나 반복된다는 것은 결코 예삿일이 아니다. 가위 눌림이 잦고 악몽을 잘 꾸는 편이지만 한밤중에 똑같은 시간에 깨어나는 이런 일은 열일곱 생애에 처음이다. 게다가 이 일이 언제 끝날지 알 수 없으니 더 답답한 노릇이다. 이렇게 자신의 의지와 상관없이 깨고 나면 그 이후에는 잠을 설치게 되고 그 이튿날에는 수업 시간에 꾸벅꾸벅 졸게 된다. 머리도 맑지 못하니, 하루 종일 지장이 있는 셈이다. 더 이상 이런 일이 계속되어서는 안 된다. 뭔가 방법을 찾아야만 한다.

아리는 등에 베개를 받치고 앉아 곰곰 생각에 잠겼다.

'이모는 아니라고 하지만 이거 혹시 외갓집 큰무당 할머니한테서 온 유전자 때문은 아닐까? 이 황아리가 마침내 작두를 타야 할 날이 다가온 게 아니냐고!'

아리가 고민을 의논할 사람은 이모뿐이다. 이모를 생각하니 두려움이 조금은 가시는 듯했다. 아리는 불을 끄고 자리에 누웠다. 불을 켜 놓으면 통 잠을 못 자기 때문에 무섭지만 할 수 없이 불을 끄는 것이다. 그럼 자다 깨다 하면서 조금은 잘 수가 있다.

그렇게 그날 밤 역시 잠을 설친 아리는 다음 날 아침에 엄마에게 선언하듯 말했다.

"엄마, 나 오전에 학원 끝나자마자 경주에 갈래. 이모 만나서 얘기 좀 하고 일요일 저녁에 돌아올게."

아리는 월요일부터 금요일까지는 저녁 9시까지 야자하느라 학교에 붙잡혀 있고, 토요일 오전에는 학원에 가서 독서 논술 강의를 듣는다. 그 이후에 햄버거로 간단히 점심을 때우고 고속버스를 타고 가면 오후 늦게 경주에 도착할 수 있다.

"갑자기 왜 경주에는 간다는 건데? 너 또 그게 도진 거야?"

아리는 엄마의 표정을 보고 엄마 역시 자기처럼 두려워하고 있다는 것을 알았다. 혹시라도 귀여운 막내딸이 외가의 내력으로 인해 작두를 타게 되는 것은 아닐까 하는 근심.

"아냐. 그냥 이모도 보고 싶고 의논하고 싶은 것도 있어서 그래."

"뭘, 대체 뭘 의논하러 경주까지 가겠다는 건데? 전화로 해도 되잖아."

아무래도 엄마는 선선히 보내 줄 눈치가 아니다. 이럴 땐 엄마가 가장 듣고 싶어 하는 얘기를 하는 수밖에 없다.

"이모랑 진로에 대해서 의논하려고 그래. 내가 하루빨리 진로를 결정해야 엄마도 좋잖아."

"내년이면 고 2인데 아직도 유전학자니 뭐니 헛된 생각을 하는 거야? 엄마도 알아봤는데 유전학, 그거 공부 엄청 어렵고 빡세다더라. 물론 의대도 어렵긴 하지만 의대는 졸업하면 미래가 보장되잖아. 더구나 넌 유전공학 계열 연구원이나 엔지니어가 아니라 교수가 되고 싶다며? 요즘 교수 되기가 얼마나 힘든 줄 알기나 해? 십중팔구 교수는 못 되고 강사로만 끝날 거야. 그럼 네가 원하는 공부도 계속하지 못할 테고 생계까지 걱정해야 한다고. 설마 너, 나이 들어서도 부모한테 의지하는 캥거루족이 되고 싶은 건 아니지?"

엄마의 잔소리가 한없이 길어질 것 같아서 아리는 급히 엄마의 뒷말을 막았다.

"아, 알았어, 엄마. 그래서 내가 경주에 가려는 거야. 이모랑 의논도 하고 바람도 쐬고, 그러다 보면 진로를 확실하게 정할 수 있을 것 같아. 엄마가 원하는 의대로."

엄마가 뭔가 캐내려는 듯한 눈빛으로 아리를 빤히 보았다.

"너, 정말 그것 때문에 가는 거 맞지?"

"엄마도 이모한테 벌써 들었잖아. 내가 무당 될 팔자는 아니란 거."

아리는 짐짓 쾌활하게 말했지만 엄마는 이맛살을 찌푸리며 다짐하듯 물었다.

"정말 괜찮은 거지? 가위 눌림이 더 심해졌다든가 뭐 그런 거 아니지?"

"엄마는 이모 말 잘 믿잖아. 이모가 아니라는데 뭐가 걱정이야! 경주에 전화나 해 줘."

아리가 약간 짜증 섞인 소리로 말하자 엄마가 마지못해 고개를 끄덕이더니 전화기를 들었다. 엄마는 먼저 외할머니한테 전화해서 아리가 경주에 간다고 알린 다음 이모에게도 전화했다. 이윽고 전화를 끊고 나서 엄마가 말했다.

"이모는 오늘 저녁 약속이 있어서 밤늦게 들어온대. 외삼촌 집에 있다가 밤에 이모네 집에 가면 되겠다."

"알았어, 엄마. 나, 바람 잘 쐬고 올게. 이맘때쯤 경주는 아주 좋잖아. 물론 진로도 확실하게 정하고 올게."

아리는 엄마한테 짜증을 낸 게 미안해서 한껏 애교스럽게 말했다.

네 마음속 공포

아리는 오후 늦게 경주에 도착했다. 일단 외삼촌 집으로 가서 외할머니와 사촌들과 밤늦게까지 이야기를 나누며 놀았다. 그러다 이모가 왔고, 같이 이모네로 건너왔다. 이모는 아리가 올 때면 자고 가곤 했던 작은 방을 내주었다.

"오늘은 푹 자고 얘기는 내일 아침에 하자."

아리는 불을 끄고 자리에 누우면서 생각했다.

'만약 여기서도 새벽 2시 38분에 또 깬다면 전적으로 나한테 문제가 있는 거야. 하지만 그렇지 않다면 우리 집 내 방에 뭔가가 있는 게 분명하고.'

다행히 그날 밤에는 한 번도 깨는 일 없이 푹 잤다. 다음 날 아침 식사가 끝나자 아리는 찻잔을 앞에 놓고 이모와 소파에 마주 앉았다.

"네 엄마 말로는 진로 문제를 상의할 거라던데, 정말이야? 유전학자가 될 건지, 의사가 될 건지, 설마 그거 물어보려고 여기까지 내려온 거 아니지?"

이모는 역시 눈치가 백단이다. 아리는 고개를 끄덕였다.

"당근 아니지만 유전학하고 상관은 있어. 큰무당 할머니가 나한테 물려준 유전자 때문에 온 거니까."

"그게 또 도졌어? 아니면 새로운 증세라도 생긴 거야?"

아리는 이모에게 일주일 전 한밤중에 시작된 일을 자세하게 들려주었다.

"그러니까 내 생각엔 이모, 아무래도 그 시간에 내 방에 누가 와 있는 것 같아. 말하자면 귀신이라든가…… 자꾸 그런 생각이 들어."

이모는 커피를 한 모금 마시고 잠시 무언가를 생각하더니 말문을 열었다.

"네가 잠에서 깨는 시간이 축시야. 보통 새벽 1시부터 3시까지가 축시인데 우리나라는 지금 일본 표준시를 쓰고 있잖아. 우리 표준시는 일본보다 32분 늦기 때문에 정확히 계산하면 1시 33분부터 3시 32분까지가 축시인 셈이지. 축시는 하루 중 음기가 가장 강한 시간으로 귀신의 시간이라고 할 수 있는데 네가 깨는 시간이 축시 한복판이니까 음기가 최고로 강한 시간이야. 네 말이 맞는 것 같다. 아무래도 축시가 시작될 때 어떤 혼이 널 찾아와서 끝날 때 떠나가는 것 같다. 그리고 혼의 기운이 가장 강해질 무렵에 네가 깨어나 그 존재를 느끼는 거고."

아리의 등줄기에 소름이 오르르 돋았다. 설마 했는데 버럭 화가 났다.

"아, 그러니까 그 귀신이 왜 날 찾아오는 거냐고!"

"그야 너한테 남다른 능력이 있기 때문이지. 넌 네가 너무 평범해서 싫다며? 넌 결코 평범하지 않아. 죽은 사람의 혼을 느끼는 능력, 그건 예사 능력이 아니거든. 그걸 잘 활용해서 그 혼과 소통할 수 있다면 넌 비범한 재능을 갖게 되는 거지. 여태까지는 네가 어렸기 때문에 자세한 설명 없이 그냥 외삼촌이 부적으로 널 찾아온 혼들의 기를 눌러 주었을 뿐이고."

이모는 '혼'이라고 뭔가 있어 보이는 표현을 썼지만 아리에게는 그냥 무섭고 귀찮은 '귀신'일 뿐이다.

"그럼 이번 귀신한테는 왜 부적이 통하지 않는 건데? 왜 밤마다 같은 시간에 날 깨우는 거냐고."

귀신과 소통하는 비범함 따위는 절대 원치 않는다고 마음속으로 되뇌면서 아리는 퉁명스럽게 물었다.

"그건 아마 이번 혼한테 지독한 간절함이 있기 때문이 아닐까? 부적의 힘으로도 누를 수 없는 절절한 마음 같은 거……."

"죽었으면 쿨하게 그냥 가면 되지, 무엇 때문에 그렇게 미련이 많대?"

"미련을 끊기가 그렇게 쉬운 줄 아니? 그 혼이 왜 그렇게 미련이 많은 건지 궁금하면 네가 직접 물어보면 되잖아."

이모가 놀리듯 빙글빙글 웃었다. 아리는 두 눈을 치켜뜨며 소리를 버럭 질렀다.

"이모!"

"얘가 어디서 성질을 내고 그래? 너 그렇게 버릇없이 굴면 상담 안 해 준다. 이모는 버릇없는 애들은 딱 질색이거든. 아무리 예뻐하는 조카라 해도."

"알았어. 잘못했어, 이모. 근데 귀신 같은 건 왜 생기는 거야? 죽으면 저승이든 천당이든 가는 게 도리잖아. 괜히 세상을 떠돌면서 살아 있는 사람들 겁주는 건 민폐잖아, 민폐!"

"귀신이니 사후 세계니 그런 걸 믿지 않는 사람들도 많지만 어쨌든 우리나라 민간 신앙에서는 사람이 죽으면 육신은 땅에 묻히고 혼은 저승으로 가게 돼 있지. 그런데 억울하거나 원통한 일이 있을 때는 그 혼은 저승으로 가지 못하고 귀신으로 떠돌게 돼. 〈전설의 고향〉 같은 드라마나 공포 영화에 흔히 나오듯이."

"그럼 난 어떡하면 돼? 어떡하면 새벽 2시 38분에 날 깨우는 그 귀신을 쫓아 버릴 수가 있을까?"

"방법은 두 가지지. 네가 그 귀신을 만나서 도대체 무엇 때문에 찾아왔는지 알아보든가, 아님 밤마다 그렇게 계속 깨면서 귀신이 제풀에 지쳐 물러갈 때까지 기다리든가."

"귀신이 저절로 물러가기도 하는 거야?"

"분명 무언가 할 말이 있어서 찾아왔는데 네가 계속 모르는 체하면 귀신도 결국엔 자신의 말을 들어줄 다른 사람을 찾아가지 않을까?"

"하지만 난 그냥 막연하게 느낄 뿐이지, 무당처럼 귀신을 본다든가 대화할 수 있는 능력을 가진 건 아니잖아. 그래서 내가 무당이 되는 일은 없을 거라고 이모가 말했잖아."

"그랬지. 넌 치귀지사(治鬼之士) 사주니까. 다스릴 치, 선비 사. 귀신을 다스리는 선비란 뜻이야."

"귀신을 다스려? 어떻게?"

"알기 쉽게 말하면 치귀지사는 부적의 힘을 빌려, 귀신과 대화해서 그 한을 풀어 주는 사람이지."

"그거 무당이나 마찬가지 아냐?"

"아니지. 전혀 달라. 무당은 언제 어디서나 접신을 할 수 있고 다른 사람의 혼을 제 몸에 받아들일 수도 있지만 치귀지사는 정해진 시간에, 말하자면 귀신의 시간인 축시에만 부적의 힘으로 귀신을 보고 대화할 수 있을 뿐이야."

"이모한테 그런 부적이 있어?"

"조상 할아버지가 물려주신 책에 그 부적 그림이 있어. 그건 우리 집안에만 내려오는 비밀스런 책이어서 일반 무당들은 알지도 못하는 부적이지. 네 외삼촌한테 경명주사로 써 달라고 하면 돼. 네 외삼촌은 성 씨 집안 직계니까 반드시 효험이 있을 거야."

"하지만 이모, 너무 무서워. 세상에 귀신을 보고 귀신하고 대화한다니……."

"이모도 너한테 강요하고 싶은 생각은 없어. 그냥 귀신이 제풀에 물러갈 때까지 기다리는 것도 방법이니까. 하지만 그렇게 되면 넌 평생 두려움에서 벗어나지 못할 거야. 귀신의 존재를 느낄 때마다 한밤중에 깨서 공포에 떨다가 억지로 다시 잠을 청하곤 하겠지. 반면에 용기를 내서 귀신과 마주한다면 처음에는 무섭겠지만 곧 괜찮아질 거야. 그리고 그다음부터는 귀신의 존재를 느껴도 두려워하지 않게 될 거야. 어떻게 대처하면 되는지 이젠 그 방법을 아니까. 선택은 네 몫이야. 네가 선택하는 거야, 아리야."

아리는 눈을 감고 골똘히 생각해 보았다. 이모의 나직한 목소리가 음악처럼 귓가에 울렸다.

"참고로 귀신은 음이고 사람은 양이야. 양이 음을 이기기 때문에 어떤 귀신이라도 사람인 널 해치지는 못 해. 널 해칠 수 있는 건 네 마음속 공포, 귀신에 대한 두려움뿐이지."

아리는 눈을 크게 뜨고 이모를 바라보았다. 이모가 이어서 말했다.

"네 이름 아리, 그거 이모가 지어 줬어. 네 사주를 보고. 너도 알고 있겠지만 아리는 순수한 우리말 알, 다시 말해 얼에서 나온 거야. 얼이 제대로 박힌 애가 되라는 의미에서 그렇게 지었지."

귀신하고 대화하는 거하고, 얼이 제대로 박힌 거하고 무슨 상관인지 따지려다 말고 아리는 눈을 깜박이며 생각에 잠겼다. 얼마 뒤 아리가 입을 열었다.

"저기 있잖아, 이모. 만일 내가 귀신하고 대화하다가 혹시 귀신한테 빙의가 되면 어쩌지? 귀신이 나한테 달라붙어서 안 떨어지면……."

"너 지금까지 이모가 한 말 어디로 들었어? 네 사주, 치귀지사 사주라고 했잖아. 그리고 그런 위험한 일이면 이모가 너한테 하라고 권하겠니? 그랬다가 나중에 네 엄마라도 알게 되면 그 원망을 어떻게 들으라고. 아까 부적 얘기도 했는데 그게 너와 귀신이 소통하게 도와주기도 하지만, 한편으로는 그 혼이 일정 거리 이상은 다가오지 못하게 해서 보호해 주는 기능도 있어. 외삼촌이 써 준 부적처럼 말이야."

이모의 차분하면서도 힘 있는 목소리가 아리의 마음속으로 조용히 스며들었다. 아리는 아랫입술을 잘근 깨물며 고개를 크게 주억거렸다.

"나, 해볼래, 이모."

이모가 엷게 웃었다.

"잘 생각했다. 그래야 성 씨 집안 외손이지. 이모가 외삼촌한테 부적을 그려 달라고 얘기할게. 시간이 좀 걸릴 테니까 그동안 우린 경주 시내 나가서 필요한 것도 사고, 능이며 유적지를 둘러본 다음에 점심 먹고 들어오자."

저녁에 아리는 서울로 돌아왔다. 아리가 아파트로 들어서자 아빠 엄마가 묘한 표정으로 바라보았다. 올해 초 아연이 의대에 입학하여 원주 캠퍼스 기숙사에 들어간 뒤로 부모님은 작은딸에게 부쩍 관심을 보였다. 큰딸이 의대생이 되어 집을 떠난 것이 뿌듯하고 기쁘면서도 한편으로는 서운하여 아직은 어린 아리에게 더 많은 관심과 사랑을 쏟는 것인지도 모른다. 아리는 좋으면서도 조금은 부담스러웠다. 아마도 그 때문일 것이다. 유전학자가 되고 싶다고 강력하게 주장하지 못하는 것은. 부모의 기대를 거스르지 않고 언니처럼 자랑스러운 딸이 되고 싶기도 한 것이다.

"우리 딸, 진로 확실히 정했어? 네 언니처럼 의대 가기로 한 거야?"

엄마가 더 이상 참지 못하고 먼저 말을 꺼냈다.

"응. 거의 다 정한 거나 마찬가지야. 의대 쪽으로."

"정한 거나 마찬가지? 아직도 확실한 건 아니라는 얘기잖아!"

아빠가 그만 다그치라는 듯이 엄마에게 눈짓을 했다. 아리는 속으로 휴, 한숨을 내쉬었다.

"그 쇼핑백 안에는 뭐가 들었는데?"

엄마가 눈길을 돌려 아리의 손에 들린 쇼핑백을 보며 물었다. 이모가 사 준 초 다섯 개와 향, 향꽂이와 외삼촌이 그려 준 부적이 들어 있는 쇼핑백이다. 만약 두 분이 앞으로 아리가 벌일 희한한 일에 대해 알게 되면 집안에 어떤 소동이 일어날지, 생각만으로도 머리털이 쭈뼛 서는 것 같다.

아리는 테이프로 입구를 봉해 놓은 쇼핑백을 흔들어 보이면서 짐짓 쾌활하게 말했다.

"이모가 다른 생각 말고 공부 열심히 하라고 학용품 몇 가지 사 줬어. 프라이버시 문제니까 열어 보자고는 안 할 거지, 엄마?"

아리가 선수를 치자 엄마가 가만히 아리를 바라보았다.

"정 궁금하면 이모한테 전화해서 물어보면 되잖아. 엄마, 나 배고파. 아직 저녁 안 먹었어. 얼른 차려 줘."

아리는 소리쳐 말하고는 재빨리 방으로 들어와 쇼핑백을

잘 감춰 두었다.

하지만 아리는 그날 밤에는 그 쇼핑백 안에 든 물건들을 사용하지 않았다. 혹시 자신이 없는 사이에 귀신이 가 버리지 않았을까, 하는 기대 때문이다. 하지만 아리는 어김없이 한밤중에 또 깨어났다. 전자시계의 초록색 숫자는 여전히 '2:38'이다.

'그래, 할 거야! 성 씨 집안 외손답게 얼이 똑바로 박힌 황아리가 내일 꼭 할 거라니까. 어떤 귀신이 나타나든 겁먹지 않고 다 들어줄 거야, 다!'

아리는 불을 켜고 침대에 앉아 머리맡의 '몽(夢)' 자 족자를 쳐다보며 마음속으로 다부지게 말했다.

내 말을 들어줘, 아리

　나는 귀신이다. 2주 전까지만 해도 분명 사람, 그것도 아주 잘생긴 청소년이었는데 느닷없이 죽는 바람에 이렇게 귀신이 되어 버렸다. 오래 병상에 있었거나 노쇠한 경우 외에는 대부분의 죽음이 갑작스럽긴 하지만 내 경우엔 특히 더 그랬다. 마른하늘에 날벼락 치듯, 번갯불에 콩 구워 먹듯이 훌쩍 죽음의 세계로 점프했다. 물론 그건 내 의지가 아니었다. 보이지 않는 어떤 큰 손이 장기를 두듯이 나를 삶에서 죽음으로 옮겨 놓은 것이다. 전혀 예상치도 못했던 황당한 일이어서 내가 이렇게 귀신으로 떠돌고 있는지도 모르겠다.

　아무튼 지금 나는 주인도 없는 빈방에 들어왔다. 이 방 주인은 나와 같은 열일곱 살 여고생이고, 책상 위 전자시계의 숫자는 '1:33'이다. 사실 이런 시간에 남의 방에, 그것도 내 또래 여학생 방에 무단 침입하는 것은 생전의 나였다면, 상상도 못 할 일이지만 지금은 어쩔 수가 없다. 물에 빠진 사람은 지푸라기라도 잡는다고 했는데, 내게는 그 아이가 바로 그 지푸라기니까.

이제 내가 어쩌다 귀신이 되었는지, 무슨 이유로 잘 알지도 못하는 여고생을 이 야심한 시간에 찾아왔는지 처음부터 차근차근 이야기해야겠다.

2주 전인 9월 말 토요일 오후에 나, 윤서준은 비탈길을 미끄러져 내려오던 트럭에 치여 그 자리에서 죽었다. 바닥에 머리를 부딪치면서 느꼈던 지독한 통증이 지금도 기억난다. 수박이 갈라지듯 머리가 두 쪽으로 깨지는 듯한 느낌이랄까. 그러면서 죽는구나, 하는 생각이 순간적으로 스쳐 갔고 엄청난 공포가 몰려왔다. 아주 찰나의 일이었지만 지금도 선명하게 기억난다. 다행인 것은 그 고통과 공포의 순간이 길지 않았다는 것이다. 불행 중 다행으로 나는 즉사했으니까. 이어 내 혼이 몸에서 쑤욱 빠져나왔다. 그러자 주위 풍경이 몽땅 사라지더니 내 앞에 환하면서도 안온함이 느껴지는 널찍한 길이 나타났다. 동시에 어디선가 낭랑한 목소리가 울려왔다.

어서 오십시오. 저승 여행 자동 안내 방송입니다. 지금 막 몸에서 빠져나온 혼들께서는 왜 저승사자가 나타나지 않는지 궁금하시겠지요? 일단 안내 드리면 저승도 이승처럼 많은 것이 자동화되었습니다. 게다가 인건비, 아니 귀건비가 높아져서 모든 혼을 일일이 저승사자가 거둘 수는 없습니다. 상위 4퍼센트의 지극히 선한 혼만 저승사자가 직접 거두며, 하위 8퍼센트의 극악무도한 혼들은 특별 관리 팀에 소속된 무술 실력이 뛰어난 저승사자들이 거두게 됩니다. 그리고 88퍼센트의 일반 혼들은 본 안내 방송에 따라 저승 여행을 시작하게 됩니다.

자, 육신을 벗어난 혼은 지금 이 '빛의 길'에 오르십시오. 이제부터 아홉까지 셀 동안 빛의 길에 올라야 합니다. 아홉까지 다 세고 나면 빛의 길이 사라집니다. 하나, 두울……

내 눈앞에 펼쳐진 빛의 길이 너무나 찬란하고 아름다워 순간적으로 오르고 싶은 충동이 솟구쳤다. 마치 보자마자 타고 싶어지는 놀이공원의 놀이 기구처럼 그 길은 그렇게 매혹적이었다. 이래서 대부분의 사람들이 죽는 순간 본능적으로 빛의 길에 올라 저승으로 가는 건지도 모른다. 실제로 나도 훌쩍 뛰어 그 길에 오르려 했다.

그런데 아무리 뛰어오르려 해도 몸이 말을 듣지 않았다. 무거운 추 같은 것이 내 발에 달려 있는 것만 같았다. 나는 안간힘을 다해 뛰어오르려고 시도하고 또 시도했다. 그동안에도 방송에서는 계속 숫자를 세고 있었다.

여어어덟, 아아호옵…….

아, 안타깝게도 오르지 못한 혼이 제법 되는군요. 자신의 가슴속에 있는 그 어떤 것 때문에 일반 혼의 중량보다 무거워진 혼들이 많은 것 같네요.

그렇다고 너무 걱정하지는 마세요. 앞으로 49일 뒤 바로 이 시간, 이곳에서 다시 한 번 더 기회가 있으니까요. 이 유예 기간을 잘 이용하여 가슴속의 그 어떤 것을 털어 버린다면 본디의 무게로 되돌아가 빛의 길에 오를 수 있습니다.

하지만 기회는 단 한 번뿐입니다. 만약 49일 뒤에도 이 길에 오르지 못하면 떠도는 원혼이 될 수밖에 없습니다. 원혼이 얼마나 딱한 존재인지는 굳이 설명하지 않아도 잘 알 거라 믿습니다. 이 세상에 필요하지도 않고 딱히 할 일도 없고 존재감도 없이 그냥 지리멸렬하게 떠도는 존재. 오직 사람들이 두려워할 뿐인 귀신이란 존재가 되고 싶진 않겠지요?

그러니 반드시 49일의 유예 기간 동안 방법을 찾으십시오. 당신의 장례식이 끝나는 사흘 뒤까지가 삶을 반추하고 길을 모색하는 시간입니다. 부디 깊이 생각하여 무엇이 당신의 혼을 그토록 무겁게 하였는지 그 원인을 꼭 찾기 바랍니다. 원인을 알면 해결책도 찾을 수 있으니까요.

아, 여기저기서 불만이 터져 나오는군요. 저승사자가 일일이 안내해 줘도 모자랄 판에 달랑 안내 방송만 하면 다냐? 갓난아이나 다름없는 지금 막 죽은 혼들을 이승에 내팽개쳐 놓고 스스로의 힘으로 49일 동안 길을 찾으라는 것은 저승 세계의 직무 유기가 아니냐? 그렇게들 불평하시는군요.

네, 그런 불평 당연합니다. 하지만 걱정 마세요. 인간처럼 혼 또한 적응력이 강합니다. 이미 살아 본 세상이기 때문에 잘 적응할 수 있을 겁니다. 아, 두 가지만 알려 드리지요. 지금 여러분을 둘러싸고 있는 안개, 무척 답답하시지요? 이 안개는 앞으로 사흘 뒤 여러분의 장례식이 끝나면 절로 걷힐 겁니다. 그렇다고 안개가 완전히 걷히는 건 아니고 여러분을 세상의 강렬한 빛으로부터 보호하기 위해 또 다른 안개가 여러분을 감쌀 겁니다. 그래도 그 안개 속에서는 희미하게나마 물체를 감지할 수 있고 소리는 또렷하게 들을 수 있습니다. 그러다 밤이 되거나 캄캄한 곳에 가게 되면 마치 빛 속에 있는 듯 주변을 환히 볼 수 있을 겁니다.

또 한 가지, 왜 주변에는 다른 혼들은 하나도 없고 자신 혼자만 있는지 궁금하시지요? 그건 지금 방송을 듣는 많은 혼들이 죽은 시간은 같지만 장소는 저마다 다르기 때문입니다. 안내 방송은 시간에 맞춰 나가는 거고, 듣는 장소는 제각각이니 다른 혼들을 볼 수 없는 건 당연한 일이지요. 만약 49일 뒤에도 빛의 길에 오르지 못한다면 그때는 뒤처져 귀신이 된 동료들을 만날 수 있을 겁니다.

어떻습니까? 설마 낙오자가 되어 떠도는 귀신들 무리에 끼고 싶지는 않겠지요? 그러려면 49일의 유예 기간 동안 자신을 무겁게 짓누르고 있는 지난 생의 무게를 털어 낼 방법을 반드시 찾아야 합니다. 그러니 부디 앞으로 남은 시간을 잘 활용하여 목표를 이루십시오. 하여 다음 기회에는 반드시 빛의 길에 오르기 바라며 이만 안내 방송을 마칩니다.

그것을 끝으로 빛의 길도 사라지고 목소리도 더 이상 들리지 않았다. 여전히 짙은 안개 속이었지만 조금 전처럼 그렇게 막막하거나 답답하지는 않았다. 사흘 뒤 내 장례식이 끝나면 완전히는 아니지만 일단 안개가 걷힌다고 한 말이 적잖이 위로가 되었다.

'우선 한숨 돌리고 차근차근 앞으로 할 일을 생각해 보자.'

나는 그 자리에 주저앉아 나를 살펴보았다. 아직 저 세상에 가기 전이어서 그런지 비록 혼이지만 내 몸은 그대로였다. 서 있을 때보다 앉았을 때 더 편안한 느낌도 마찬가지였다. 사실 눈에 보이는 내 몸은 실체가 아니라 기(氣)의 환영일 뿐이겠지만 그래도 변함없는 내 모습에 마음이 놓였다. 집을 나서면서 입었던 후드 달린 노란색 긴소매 티셔츠와 청바지, 그리고 가늘고 긴 손가락.

나는 내 손을 들여다보며 잠깐 지난 일을 떠올렸다. 내가 피아노를 치면 그 반주에 맞추어 유주가 노래를 불렀던 어린 시절의 일을.

갑자기 코끝이 찡해지더니 두 눈에 눈물이 고였다. 내가 죽었다는 사실이, 사랑하는 가족들과 헤어져 아닌 밤중에 홍두깨처럼 죽은 혼, 귀신이 되어 버렸다는 사실이 비로소 실감이 났다. 엄마 아빠와 유주는 얼마나 황당해할까? 친척들과 나를 아는 모든 사람들도 모두 얼마나 놀랐을까? 가족들은 물론이고 나를 아는 사람들 중 그 누구도 이제는 만날 수 없다는 생각이 들자 와락 울음이 터져 나왔다.

나는 한참을 울었다. 울음소리며 격한 감정은 생시와 똑같았지만, 콧물은 없고 눈물만 그대로 흘러내렸다. 아무리 나쁜 일도 나쁘기만 한 것은 아니라더니 혼이 되니 약간은 좋은 점도 있는 것 같았다. 콧물 없이 깔끔하게 울 수 있다는 것. 그건 엄마를 닮아서 '한 깔끔' 하는 내 성격에 꼭 맞는 일이다. 사실 나는 사내 녀석치고는 감정이 여려서 잘 울고 싶어 하는 편인데도 그동안 많이 억제해 왔다. 영화나 드라마 주인공처럼 콧물 없이 눈물만 멋지게 흘린다면야 난들 왜 그렇게 내 감정을 억누르며 살아왔겠는가.

원 없이 실컷 울고 나니 속이 훨씬 후련해졌다. 그러자 대체 내가 왜 빛의 길에 오르지 못했는지 생각해 볼 여유가 생겼다. 그건 내 죽음이 슬퍼서라든가 이 세상에 더 살고 싶은 미련 때문은 아닌 듯했다. 그건 모든 죽은 혼이 느끼는 보편적인 감정인데, 나 윤서준이 그런 평범하고 일반적인 이유로 낙오했을 리는 없지 않은가. 안내 방송의 내용을 분석해 보면 빛의 길에 오르지 못한 혼들은 각자 저마다의 문제로 혼이 너무 무거워졌기 때문이라고 했다. 혼이 무겁다는 말은 마음이 무겁다는 뜻일 터였다. 그럼 무엇 때문에 내 마음이 그토록 무거워진 걸까?

그때 문득 내가 유주를 만나러 가던 중에 사고를 당했다는 사실이 떠올랐다. 그 애가 먼저 날 보자고 했지만 사실은 나도 유주에게 꼭 할 말이 있었다.

'유주야, 지난 몇 달 동안 까칠하게 굴어서 미안해. 내가 좀 복잡한 일이 있어서 그랬어. 아주 개인적인 일이어서 그게 무언지는 말할 수는 없지만 지금은 도로 괜찮아졌어. 그래서 그동안 제대로 못 했던 오빠 노릇, 이제 잘해 보려고 해. 가수가 되고 싶은 네 꿈 오빠가 확실하게 밀어 줄게. 우리 둘이 힘을 합쳐 엄마 아빠를 설득하자. 그럼 엄마 아빠도 결국엔 허락해 주실 거야.'

머릿속이 환해지는 느낌이 들었다. 바로 그거다! 유주에게 그 말을 하지 않고는 갈 수가 없어서 빛의 길에 오르지 못한 게 분명하다. 하지만 그뿐, 생각은 더 이상의 진전이 없었다. 아무래도 내 장례식이 끝날 때까지 기다려야 할 것 같았다.

난 안개에 감싸인 채 거기 그대로 있었다. 죽은 혼에게 시간은 살아 있을 때와는 전혀 다른 방식으로 흐르는 것 같았다. 지루하다거나 심심하다는 느낌은 전혀 없었다. 지난 일을 돌이켜보다가 때론 멍하니 있기도 하였는데, 그러는 사이에 시간은 쏜살같이 지나가 어느 순간 갑자기 내 귀에 소리가 들리기 시작했다. 그와 동시에 안개가 약간 옅어졌다. 안내 방송대로 다른 안개로 바뀐 듯, 흐릿함 속에서도 주위 사물들을 분간할 수 있고 소리는 아주 또렷이 들을 수 있었다. 그곳은 내가 사고를 당했던 바로 그 자리다. 어느새 사흘이 지나 월요일 오후고 내 장례식은 끝났으며, 그동안 내가 죽은 그곳에 죽 있었다는 것을 알 수 있었다.

나는 본능적으로 휘적휘적 걸어서 우리 집으로 갔다. 눈을 감고도 찾아갈 수 있는 길이어서 뿌연 안개쯤은 아무 문제도 되지 않았다. 닫힌 대문, 닫힌 현관문을 그냥 통과하여 거실로 갔다. 오후의 거실이 어둑하여 바깥에 있을 때보다 주위가 한결 잘 보였다. 낯익은 가구며 소파에 우두커니 앉아 있는 엄마, 거실 유리문에 그림처럼 박힌 정원의 가을 풍경…….

엄마에게 다가가려다 눈물이 쏟아질 것 같아 급히 안방으로 가 보았다. 아빠가 조각상처럼 침대에 걸터앉아 있었다. 아빠의 모습 또한 방문 앞에서 잠깐 보고는 유주의 방으로 가 보았다. 유주는 제 방 책상 앞에 멍하니 앉아 있었다. 유주의 방은 안방이나 거실보다 어두워서 그 모습이 좀 더 분명하게 보였다. 문득 유주가 잔뜩 억눌린 듯한 목소리로 흐느꼈다.

"오빠, 미안해. 정말 미안해. 나 때문에, 나 때문에……."

'아냐, 너 때문이 아냐.'라고 소리치고 싶었지만, 우린 이미 서로 말을 나눌 수 없는 다른 세계에 있다. 가슴이 미어지는 듯해 얼른 내 방으로 왔다. 방문이 굳게 닫히고 커튼마저 쳐진 내 방은 캄캄해서 오히려 주변이 선명하게 잘 보였다. 내 책상과 컴퓨터, 빈 의자와 벽에 기대 놓은 기타, 옷걸이에 걸린 옷들. 나는 없는데 내 방은 그대로구나! 가슴이 먹먹해지면서 슬픔이 밀물처럼 밀려왔다.

나는 쓰러지듯 침대에 주저앉아 마음을 가라앉히려 애썼다. 귀신이어도 격한 감정이 힘들기는 마찬가지였다. 얼마나 지났을까. 문득 집 안이 쥐 죽은 듯 고요하다는 생각이 들었다. 귀신이 된 다음부터 소리에 더 예민해져 생전보다 더 잘 들을 수 있는데도 아무 소리도 들리지 않는다. 마치 아무도 없는 빈집 같다. 분명 아빠는 안방에, 엄마는 거실에, 유주는 제 방에 있는데…….

아까 들었던 유주의 흐느낌이 불현듯 귓가에 되살아났다.

'오빠, 미안해. 정말 미안해. 나 때문에, 나 때문에…….'

내가 죽은 건 절대 유주 때문이 아니다. 하지만 유주뿐 아니라 엄마 또한 분명 그렇게 생각할 거라는 사실을 그제야 계시처럼 알아차렸다. 그러자 미래의 우리 집 정경이 슬라이드처럼 내 눈앞을 스쳐 갔다.

집 안에는 웃음이 사라지고 아빠는 슬픔을 잊어버리려 회사 일에만 매달린다. 엄마는 유주 때문에 내가 죽었다고 생각해서 그 애를 용서하지 못하고 멀리한다. 유주는 괜히 오빠를 불러내어 죽게 했다는 죄책감 때문에 깊은 절망감에 빠진다. 가수가 되겠다는 꿈은 아예 접는다. 밝고 행복했던 우리 집은 삭풍이 몰아치는 시베리아 벌판이 되어 버린다.

'안 돼. 그건 안 돼!'

큼직한 돌덩이가 덜컥 얹힌 듯 마음이 무거워지면서 섬광처럼 깨달음이 찾아왔다. 내 혼이 무거웠던 것은 사랑하는 가족들에 대한 걱정 때문이었다는 걸.

앞으로 남은 49일, 아니 사흘이 지났으니 46일 동안 내가 할 일이 무엇인지 알 것 같다. 그건 나로 인해 식구들이 불행해지는 일 없이, 앞으로도 여전히 서로 사랑하면서 행복하게 살기를 바란다는 내 뜻을 엄마 아빠 그리고 유주에게 전하는 일이다. 그래야 나도 편안하게 저승으로 갈 수 있을 테니까.

그러려면 먼저 나부터 가족들과 제대로 이별해야 한다. 미련을 두고 자꾸 마음 아파하다 보면 내 뜻을 전한 뒤에도 빛의 길에 오르지 못하고 계속 이승을 떠돌 것만 같다. 그건 싫다. 깔끔하게 내 갈 곳으로 가고 싶다.

나는 집에 있을 때는 내 방에만 틀어박혀 있고 엄마나 아빠, 유주 곁으로는 다가가지 않기로 마음을 정했다. 내가 곁에서 얼씬거리고 있으면 식구들도 막연하게나마 내 존재를 느낄지도 모르고, 그러면 더더욱 슬픔에서 벗어나지 못할 것 같아서다.

이제 내가 할 일은 부모님이나 유주에게 내 뜻을 전할 방법을 찾는 거다. 만약 엄마나 아빠가 무속 신앙을 믿는다면 우리 집과 최대한 가까이 있는 점집 같은 데를 찾아가 방법을 모색해 볼 수도 있겠지만 두 분은 전혀 그렇지 않다. 그러니 부모님보다는 유주에게 내 마음을 전하는 게 빠를 것 같다. 하지만 어떻게? 한때는 텔레파시가 잘 통하는 쌍둥이였지만 지금 우리는 서로 다른 세상에 살고 있다. 유주는 살아 있는 사람들의 세상인 이승에, 나는 이승과 저승의 경계선에.

죽은 사람의 혼령과 산 사람을 이어 주는 영매나 무당에 대한 이야기를 책에서도 읽었고 드라마나 영화에서도 많이 보았다. 어린아이나 소년 소녀 중에도 영매나 무당이 제법 있다는 이야기도 들었다. 부디 유주 주변에도 그런 아이가 있어 주기를 간절히 바라면서 일단 우리 정휘 고등학교부터 찾아보기로 마음먹었다.

나는 다음 날 화요일 아침, 등교 시간에 맞추어 우리 학교로 갔다. 햇빛 때문에 다시 짙은 안개가 나를 둘러쌌지만 안

내 방송에서 알려 준 것처럼 금세 적응이 되었다. 많이 더듬거리지 않고도 학교로 가는 길을 찾았고 어렴풋하게나마 형체도 알아볼 수 있었다. 사람들의 목소리며 모든 소리들은 선명하게 들렸다.

나는 교문 앞에 서서 등교하는 아이들을 지켜보았다. 모습을 또렷하게 볼 수 없다 해도 내가 찾는 아이가 정말 있다면 쉽게 알아챌 것이다. 막연하지만 그런 느낌이 들었다. 하지만 그날은 허탕이었다. 등교하는 아이들은 하나같이 흐릿한 모습인 채로 내 앞을 스쳐 갈 뿐이었다. 그 뒤에는 혼자 텅 빈 운동장을 어슬렁거렸다. 유주 반이나 우리 반에는 가 보고 싶지 않았다. 식구들뿐 아니라 세상에 남겨 둔 친구들에게도 미련을 두고 싶지는 않으니까.

오후에, 그리고 밤늦게 야자를 마친 아이들이 다 집으로 돌아갈 때까지 나는 교문 앞을 서성였다. 별 성과가 없었다. 아무래도 우리 학교에는 내가 찾는 아이가 없는 것 같다. 지친 내 혼을 이끌고 내 방으로 돌아왔다. 비록 안개가 보호해 주고 있어도 해가 있을 때 돌아다니는 일은 에너지가 많이 소모되는 힘든 일임을 비로소 깨달았다. 귀신이 왜 주로 캄캄한 밤이나 어두운 곳에서 나타난다고 알려져 있는지 알 것 같다. 하지만 나를 도와줄 누군가를 찾을 때까지는 낮에도 계속 돌아다녀야 한다.

밤이 깊었을 때 거실에서 흐느낌 소리가 들려왔다. 엄마였다. 엄마가 아빠 몰래 거실로 나와 울고 있는 것이다. 나는 거실로 뛰쳐나가고 싶은 마음을 억눌렀다. 내가 가까이 가면 분명 엄마의 마음을 더욱 어지럽고 힘들게 할 테니까. 얼마 뒤 엄마가 안방으로 들어가는 소리가 들렸다.

한참 뒤에 누군가가 살금살금 걸어와 내 방 앞에 멈추더니 방문 손잡이를 돌렸다. 그제야 나는 방문을 아예 잠가 놓은 것을 알았다. 아마 아빠일 것이다. 엄마나 유주가 내 방에 들어와 울까 봐 그랬을 것이다.

난 알 수 있다. 방문 앞에 서 있는 사람이 유주란 걸. 하마터면 방 밖으로 나갈 뻔했지만 역시 참았다. 난 이 세상 사람이 아니고 남은 사람들을 위해서도 빨리 내 세상으로 가야 한다! 유주는 내 방문 앞에 오래 서 있다가 제 방으로 돌아갔다. 다시금 슬픔이 해일처럼 밀려왔다. 나는 내 혼이 육신에서 빠져나왔을 때 내 눈앞에 펼쳐졌던 눈부신 빛의 길을 떠올리며 마음을 다잡았다.

'다음번에는 반드시 그 길에 올라야 해. 반드시……'

다음 날 유주는 등교했다. 나도 학교로 가서 교문 앞을 서성였지만 또 허탕이었다. 금요일 밤까지 계속 교문 앞에서 서성인 끝에 우리 학교에는 내가 찾는 아이가 없다는 결론을 내렸다. 이제 희망은 유주가 토요일마다 가는 논술 학원뿐이다.

유주는 아직 고 1이라 독서 논술을 듣고 있다. 강사는 그 분야에서 꽤 이름이 난 스타라고 했다.

다음 날, 토요일 정오 무렵에 나는 그 논술 학원으로 갔다. 곧 수업이 끝날 것이다. 나는 안개에 감싸인 채 학원이 있는 건물 입구에 바짝 붙어 아이들이 나오기를 기다렸다. 이윽고 와자지껄 아이들 목소리가 들려왔다. 유주 목소리는 들리지 않았다. 어쩌면 혼자 조용히 가 버린 것인지도 모른다. 학원을 나서는 아이들 목소리는 내 귓전을 스쳐 자동차 소리가 빵빵거리는 한길 저편으로 멀어졌다.

아이들이 절반 이상 빠져나갔을 때 유난히 내 귓전을 울리는 목소리가 있었다.

"야, 항아리 어서 와."

"나 항아리 아니거든. 황아리라고, 황아리."

이름이 하필 '황아리'여서 별명이 '항아리'인 모양이다. 나도 모르게 픽 웃음이 나왔다. 바로 그때 황아리와 그 애 친구가 학원 입구로 나왔다. 놀랍게도 황아리는 다른 아이들과 달리 선명하게 보였다. 보통 키에 보통 몸매에 귀염성 있는 얼굴. 대낮인데도 한밤처럼 다 보이는 것이다!

난 그 애의 기가 우리 귀신들과 통한다는 것을 금세 알아차렸다. 물론 영매나 무당처럼 귀신을 보거나 대화할 수 있는 능력까지 가진 것은 아닌 듯했지만 일단 그 애를 찾아낸 것만으로도 기뻐 무작정 뒤따라갔다. 그 애는 친구와 걷다가 교차로에서 헤어져 그린힐 아파트 단지 쪽으로 걸었다. 그곳 108동 9층에 아리네 아파트가 있다.

아리가 아파트 현관으로 들어섰다. 나도 뒤따랐다. 그 애는 현관 바로 왼쪽 방으로 들어갔는데 그 방에서 내가 감당하기 버거운 강한 기운이 뻗쳐 나오고 있었다. 그건 나 같은 귀신을 막는 부적에서 나오는 기운이다. 그것으로 그 애가 귀신의 존재를 감지하는 능력을 가졌다는 것을 확신할 수 있었다. 사실 우리가 대화하려면 그 능력만으로는 턱도 없지만 나로서는 아리에게 희망을 거는 것 말고는 달리 방법이 없다.

나는 일단 우리 집, 내 방으로 돌아왔다. 내가 부적의 기운을 감당하려면 새벽 1시 32분이 지나야 한다. 그건 혼이 되면서, 보다 정확하게 말하면 혼으로 이 세상에 적응해 가면서 자연스럽게 알게 된 사실인데, 새벽 1시 33분부터 3시 32분까지가 혼의 에너지가 가장 충만한 시간이며 그 시간에는 살아 있는 사람과도, 물론 그럴 능력이 있는 사람의 경우에 한해서지만, 소통이 가능하다.

그날 밤 자정이 지나고 일요일 새벽 1시쯤에 아리네 집으로 갔다. 정확히 새벽 1시 33분에 아리의 방으로 들어갔는데, 그 애는 자고 있었다. 다행히 족자 부적의 기운은 그럭저럭 견딜 만했다. 나는 아리가 깨기를 기다리며 방 안을 서성였다. 그 애가 내 존재를 느끼고 깨어나야만 우리가 대화할 수 있는 방법도 찾을 수 있지 않은가.

하지만 그 애는 내가 방에 들어온 지 한 시간이 다 되도록 잠만 자고 있었다. 어쩌면 부적의 강한 기운 때문에 내 기가 그 애에게 가 닿지 않는지도 모른다는 생각이 들었다. 슬프기도 하고 낙심도 되었다.

그때 갑자기 그 애가 침대에서 일어나더니 벽을 더듬어 불을 켰다. 방 안의 모든 것들이 뿌연 안개 속으로 사라지고 그 애 모습만 또렷하게 눈에 들어왔다. 아리는 침대에 앉아 벽에 걸린 족자를 한참 쳐다보더니 도로 불을 끄고 자리에 누웠다. 아리가 내 존재를 알아챈 것은 확실했고 그것만으로도 우선은 고마웠다.

아리는 한동안 뒤척였지만 다시 일어나지는 않았다. 나는 한 시간이 더 지난 뒤에 아리의 방을 나왔다. 그다음 날도, 또 그다음 날도 같은 시간에 아리를 찾아갔다. 그때마다 아리는 자고 있었는데 새벽 2시 38분에 꼭 깨어나 불을 켜곤 했다. 내가 제 방에 있다는 것을 아리도 분명하게 아는 것 같다.

하지만 그뿐이었다. 아리는 침대에 앉아 족자를 한동안 쳐다보다 불을 끄고 도로 자리에 눕고 나는 한 시간을 더 어둠 속에 버티고 있다가 지친 혼으로 내 방으로 돌아오곤 했다.

꼬박 일주일을 그렇게 반복하고 나자 나는 초조해졌다. 내게 주어진 49일 중에 벌써 14일이 지나 버렸다. 여기서 그만 아리를 포기하고 다른 방법을 찾아야 하는 것이 아닐까, 낙담이 되었지만 그럴 수는 없었다.

'좀 더 기다려 보자. 내가 괜히 아리를 찾아낸 건 아닐 거야. 그리고 시간도 별로 없으니 일단 아리한테 희망을 다 걸어야 한다고.'

그래서 오늘도 새벽 1시 33분에 그 애 방으로 온 것인데 아리는 없다. 어제가 토요일이어서 어쩌면 친척 집에 놀러 간 것인지도 모른다.

아리가 없으니 편안한 내 방으로 돌아가는 게 마땅하지만 다른 때처럼 두 시간 동안 버텨 보기로 한다. 그 애와 소통하고 싶은 내 간절한 마음을 그렇게라도 표현해야지 어떻게든 길이 열릴 것 같아서다.

시간은 물처럼 흘러가고, 새벽 3시 32분에 아리의 방을 나왔다. 지친 혼을 이끌고 흐느적흐느적 우리 집으로 돌아오면서 나는 마음속으로 아리에게 간절하게 말했다.

'아리야, 넌 내가 지난 일주일 동안 계속 널 찾아왔다는 걸 알잖아. 너한테 꼭 할 말이 있어서 그랬다는 것도 짐작했을 거야. 그러니 부디 방법을 찾아 줘. 우리가 소통할 수 있는 방법. 너에게 말하고 싶어. 제발 내 말을 들어줘!'

나에게 속삭여 봐

아리는 새벽 1시 20분에 알람을 맞춰 놓았다. 이모는 귀신인지 혼인지가 찾아오는 시간이 축시가 시작되는 새벽 1시 33분이라고 했다. 그냥 자다가 또 2시 38분에 깨어나 귀신을 맞는 의식을 시작할 수도 있지만 그건 너무 늦은 시간이다. 이모는 부적의 효험이 한 시간 정도라고 했다. 매도 일찍 맞는 게 좋다는 말처럼 귀신과 얼른 면담을 마치고 일찍 자는 게 더 좋을 것 같다.

아리는 책상 옆에 있는 작고 둥근 탁자를 침대와 책상 사이에 끌어다 놓고 양쪽에 의자를 놓았다. 먼저 탁자 한가운데 외삼촌이 그려 준 부적을 올려놓았다. 부적은 딱 A4 용지 절반 크기다. 그 부적 둘레에 둥그렇게 초 다섯 개를 놓았다.

이모가 가르쳐 준 순서대로 먼저 청색 초를 동쪽 방향에 놓은 다음 시계가 돌아가는 방향으로 빨간색, 황토색, 흰색, 검은색 순으로 초를 놓았다. 이모는 다섯 가지 초의 색깔이 우주의 다섯 가지 기(氣), 목화토금수를 상징한다고 했다.

촛불은 귀신과 아리를 위한 것이다. 이모는, 형광등 불빛은 귀신에게 힘들고, 그렇다고 너무 깜깜하면 아리가 무서울 테니 귀신에게 별로 해롭지 않은 촛불을 켜라고 했다. 대신 바깥에서 다른 빛이 일절 들어오지 못하도록 커튼을 단단히 치라고 했다. 다행히 아리의 방 창에는 커튼 대신 빛을 완전히 차단해 주는 암막이 쳐져 있다.

마지막으로 향꽂이를 부적 바로 위쪽에 놓고 향을 미리 꽂아 놓았다. 향은 주위를 정화하고 정신을 맑게 하여 신명(神明)과 통할 수 있게 해 준다고 했다. 말이 좋아 신명이지 솔직히 귀신과 소통을 좀 더 수월하게 하기 위한 장치다.

준비를 끝내고 시계를 보니 11시가 조금 넘었다. 알람이 울릴 때까지 두 시간을 푹 자고 그다음 한두 시간쯤 깨어 있다가 도로 잠들면 내일 하루는 정상적으로 보낼 수 있을 것도 같다.

아리는 불을 끄고 자리에 누웠다가 깜박 잠이 들었는데 얼마 뒤 깨어 보니 1시가 조금 넘었다. 더는 잠이 올 것 같지 않아 이불 속에서 뒤척거리며 대체 어떤 귀신이 나타날까 생각해 보았다. 물론 무섭기야 했지만 약간은 호기심이 생긴 것도 사실이다. 문득 엄마 친구한테서 들은 할머니 귀신 이야기가 떠올랐다.

엄마의 절친 중에 작사가가 있다. 엄마랑 친구는 고등학생 때부터 친하게 지냈고 꿈도 똑같이 작가였는데 현재 엄마는 번역가이고 그 친구는 작사가다. 그런데 1년 전에 그 친구가 가사를 쓰러 경기도에 있는 어느 펜션에 간 적이 있었다. 가사를 써 주기로 한 날짜는 다가오는데 실마리가 통 풀리지 않아 머리도 식힐 겸 짧은 여행을 간 것이다. 그런데 밤늦게까지도 가사가 써지지 않아 끙끙거리다가 불을 끄고 막 침대에 누웠을 때였다. 갑자기 음산한 기운이 느껴지더니 침대 머리맡에 누구가가 서 있는 것이 보였다. 놀랍게도, 하얗게 센 머리를 쪽지고 흰 무명 치마저고리를 입은 할머니가 자신을 잡아먹을 듯이 내려다보고 있었다! 엄마 친구는 팔을 마구 휘두르며 가까스로 일어나 불을 켰다. 방엔 아무도 없었지만 온몸에 소름이 쫙 끼친 걸 깨닫고는 그 할머니가 귀신임을 알았다고 했다.

친구는 밤새 불을 켜 놓고 자다 말다 했는데 아침이 되니까 생각이 슬슬 풀려 가사를 완성했다고 한다.

"음악 하는 사람들이 하는 얘기가 있거든. 녹음 중에 귀신을 보거나 귀신 소리를 들으면 그 곡이 대박 난다고. 그래서

63

나도 은근 기대하고 있어. 이번에 내가 가사를 쓴 곡이 크게 히트해서 거의 국민 가요쯤 될지도 몰라. 노래방마다 내 가사가 울려 퍼지고 연말에 큰 액수의 저작권 사용료가 들어오고, 아 생각만 해도 황홀하다, 얘!"

작사가 친구가 집에 놀러 와 엄마에게 그 이야기를 할 때 아리도 옆에서 흥미롭게 들었다. 저 혼자서만 가위 눌리고 악몽을 꾸는 게 아니라 실제로 귀신을 보는 사람도 있구나 싶어서 동지를 만난 듯한 기분이었다. 그래서 아리는 엄마 친구가 작사한 노래가 정말 대박이 나기를 빌었는데 나중에 곡이 발표되었을 때 들어 보니 노래가 그다지 마음에 닿아 오지 않았다. 가사는 좋았는데 곡이 영 아니라는 생각이 들었다. 그래도 혹시나 하고 기대했지만 역시 발표된 지 얼마 되지 않아 노래는 흐지부지 사라지고 말았다.

나중에 집으로 놀러 온 작사가 친구는 곡 때문이 아니라 하필 할머니 귀신을 봤기 때문에 히트하지 못했다고 푸념을 늘어놓았다.

"할머니는 살 만큼 살았기 때문에 생기가 다 빠졌잖니. 그 상태에서 귀신이 되었기 때문에 영양가가 별로 없는 거야. 내가 아는 가수는 녹음할 때 녹음실에서 빨간 옷을 입은 예쁜 소녀 귀신을 봤는데 그 노래가 엄청 히트한 거 있지."

엄마 친구 얘기를 회상하다 보니 혹시라도 깐깐하고 잔소리만 많은 할머니 귀신이 나오면 어쩌나 걱정이 되었다. 아리는 얼른 고개를 저었다.

'쓸데없는 걱정은 하지 말자. 난 귀신을 다스리는 사주를 가졌다고 이모가 말해 줬잖아!'

이불 속에서 뒤척이다 보니 어느새 알람이 울렸다. 아리는 얼른 불을 켜고 알람을 껐다. 어떤 귀신이 나올지는 모르지만 잠옷 차림은 좀 뭐해서 짙은 밤색 카디건을 걸쳐 입었다. 그러고는 머리맡에 걸린 족자를 떼어 둘둘 말아서는 옷장 안쪽에 넣었다. 그 족자가 귀신의 기를 누르기 때문에 귀신을 만날 때는 넣어 두는 게 좋다고 이모가 일러 주었던 것이다.

책상 위의 전자시계를 보니 1시 27분이었다. 이제 준비하면 되겠다 싶어 창문에 암막을 치고 다섯 색깔 초에 성냥불로 일일이 불을 붙인 후 향에도 불을 붙였다. 가느다란 향 연기가 피어오르면서 은은한 향내가 방 안에 퍼졌다.

아리는 한 번 더 심호흡을 하고 나서 전등을 끄고 탁자 앞에 앉았다. 방 안에 깜깜한 어둠이 내려앉았다. 오직 다섯 개의 초가 타고 있는 탁자 위만 일렁거리는 불빛으로 밝을 뿐이다. 아리는 탁자 가운데 놓인 부적을 가만히 내려다보았다. 촛불 빛을 받은 부적의 붉은 그림이 마치 살아 꿈틀거리는 듯했다. 무섭기도 하고 신비하기도 하다.

향이 점점 타 들어가고 있다. 이모는 향이 타고 있을 때 눈을 감고 소리 내어 말하라면서 몇 문장을 일러 주었다. 아리는 모의고사를 준비하듯 그 문장을 머릿속에 단단히 새겨 두었다. 눈을 감고 그 문장을 읊은 뒤에 눈을 뜨면 눈앞에 누군가의 모습이 보일 거라고 했다.

이모가 말할 때는 아무 의심 없이 받아들였는데 막상 그대로 행해야 할 시간이 다가오자 갑자기 작은 의심이 고개를 들었다. 정말 내가 귀신을 볼 수 있을까? 대화도 할 수 있을까? 그런데 순간, 저도 모르게 부적으로 눈길이 가면서 이상하게도 확신이 생겼다.

'황아리, 넌 황 씨 집안 외손이야. 네 핏줄을 믿고 조상들이 물려주신 유전자를 믿어.'

마침내 1시 33분이 되었다. 축시가 시작되었으니 지금 막 귀신이 방으로 들어왔는지도 모를 일이다. 아리는 심호흡을 한 번 하고 나서 전자시계도 책상 서랍에 넣었다. 이모가 전자시계의 불빛도 귀신에게 안 좋다고 했기 때문이다. 이모는 귀신에게 마음을 다하면 귀신도 감응하여 서로 대화를 잘 나눌 수 있을 거라고 했다.

'제발 너무 무서운 귀신은 안 나타나기를……!'

아리는 이모가 일러 준 대로 눈을 감고 정신을 집중한 다음 간절한 마음으로 주문을 외기 시작했다.

"탐생망극(探生忘克), 탐생망극, 탐생망극. 천도는 생함을 사랑하여 극함을 잊느니, 산 자와 죽은 자는 그 경계가 엄연하여 감히 서로 통할 수 없어 상극(相剋)이나 그럼에도 불구하고 간절히 소통을 원할 때 마침내 극함을 잊고 생함을 탐하여 통기(通氣)가 이루어지나니, 나를 찾아온 혼이여 부디 모습을 드러내시라. 급급여율령 칙등."

문득 이마에 서늘한 기운이 느껴졌다. 머리털이 올올이 서는 것 같아 눈을 뜨고 싶지 않았지만 제 안의 모든 용기를 그러모아 간신히 눈을 떴다.

'아……!'

탁자 맞은편 의자에 아리 또래의 소년이 앉아 있었다. 노란색 긴소매 티셔츠에 청바지를 입은, 조각 같은 얼굴에 우수가 깃든 서늘한 눈매의 소년. 영화나 텔레비전 화면에서 막 튀어나온 듯한 잘생긴 소년이다. 일렁이는 촛불 빛이 소년의 얼굴에 음영을 드리워 마치 환영 같은 아름다움을 연출하고 있다.

이건 꿈일까, 환영일까. 아리는 두려움도 잊고 홀린 듯이 소년을 바라보았다.

세상에 이런 꽃미남, 아니 꽃소년, 아니, 아니 꽃귀신이라니! 머리를 산발한 원한에 찬 처녀 귀신도 아니고, 생각만 해도 몸서리쳐지는 연쇄살인마 귀신도 아니고, 영양가 없는 할머니 귀신도 아니고, 생떼 쓰는 꼬마 귀신이나 그밖에 상상할

수 있는 온갖 안 좋은 귀신도 아닌 이렇듯 아름다운 꽃귀신이
라니……!

두려움 때문인지 감동 때문인지 온몸이 와들와들 떨렸다.
아리는 맞은편 꽃귀신을 뚫어져라 바라보며 진정하려 애썼
다. 마침내 떨림이 가라앉자 아리는 용기를 내어 입을 열었다.

"넌 누구니? 왜 날 찾아온 거야?"

맞은편 꽃귀신이 제 나이 또래 같아서 아리는 반말로 물었
다. 또 귀신을 다스리는 치귀지사의 사주를 타고 났다고 했으
니 귀신의 기에 눌리지 않기 위해서라도 반말을 쓰는 게 맞는
것 같았다.

꽃귀신이 이윽히 아리를 바라보았다. 아리는 다시 온몸을
떨었다. 조금 전과는 빛깔이 다른 떨림인 듯했지만 그것이 무
엇이라고 딱 꼬집어 말하기는 어려웠다. 그런데 귀신의 모습
뿐 아니라 소리까지도 정말 들을 수 있을까. 갑자기 걱정이
되었다.

그때 꽃귀신이 말문을 열었다.

"안녕. 난 윤서준이야. 너와 같은 고등학교 1학년, 열일곱
살이지."

아리는 그 말을 분명하게 알아들었다. 꽃귀신의 목소리는
부드러운 중저음의 미성이었는데 얇은 막 너머에서 아련히
들려오는 듯한 느낌이었다.

"넌 황아리지? 별명은 항아리."

아리는 화들짝 놀라며 꽃귀신을 바라보았다. 내 별명까지 알고 있다니!

"날 알아? 그러니까 살아 있을 때부터……."

"그건 아냐. 죽은 뒤에 날 도와줄 누군가를 간절히 찾다가 그게 바로 너라는 걸 알게 됐을 뿐이야."

"우리 이모도 그랬어. 귀신이 뭔가 나한테 하고 싶은 말이 있어서 날 깨우는 거라고. 참, 우리 이모가 민속학 교수여서 이런 일 잘 알아. 이번 일도 이모가 도와줬어."

은근히 이모 자랑을 하고 보니 문득 내가 저 애를 어떻게 돕는다는 거지, 하는 생각이 스치면서 덜컥 겁이 났다. 대부분 원한이나 억울한 일이 있을 때 귀신이 된다고들 하지 않는가. 그렇다면 저 아이는 대체 무슨 사연으로 귀신이 된 걸까? 혹시 학교 폭력이나 왕따로 자살한 건 아닐까? 아님, 폭력 아빠나 명문대를 강요하는 극성스러운 엄마 때문에 고민하다가 무슨 사고라도 당했나?

온갖 불길한 상상이 아리의 머릿속을 휘젓고 다녔다. 만일 그런 무서운 사연이라면 무슨 수로 돕는단 말인가. 이제는 귀신과 마주 앉은 것보다 서준에게 별로 도움이 되지 못할까 봐 걱정이 되면서 또다시 몸이 푸르르 떨렸다.

꽃귀신이 아리를 빤히 바라보더니 나지막이 말했다.

"떨고 있구나. 그렇게 겁먹지 않아도 돼. 나, 막된 귀신 아니거든. 살아 있을 때도 꽤 괜찮은 녀석이었어."

꽃귀신의 표정도 목소리도 평온했다. 만약 아리가 상상한 그런 사연들이 있다면 저렇게 여유로울 수는 없을 터였다. 마음이 놓이면서 떨림도 멎었다.

"그래. 넌 아주 착한 귀신처럼 보여. 잘생기기도 했고."

꽃귀신 서준이 빙그레 웃었다. 순간 두 가지 자각이 동시에 아리의 마음을 두드렸다. 어, 귀신도 사람처럼 웃네? 그리고 귀신이 되기 전에 저 애는 분명 내 또래 청소년이었잖아, 하는 자각.

"내 자랑은 아니지만 살아 있을 때 내가 한 인물 했거든. 난 정휘 고등학교에 다녔는데 우리 학교에서 꽤 인기가 많았지."

아리는 저도 모르게 고개를 끄덕였다. 다른 아이가 그런 말을 했으면 잘난 체한다고 싫어했을 텐데 이상하게도 서준에게는 그런 반발심이 전혀 들지 않았다. 뿐만 아니라 두려움도 말끔히 사라졌다. 귀신이 아니라 그냥 제 또래 남자 친구와 이야기하는 기분이 들면서 그 애에 대해 많은 것을 알고 싶다는 호기심이 솟구쳤다. 그러자 노래처럼 시처럼, 하고 싶은 말이 불쑥 떠올랐다.

'나에게 속삭여 봐.'

혀끝에서 뱅뱅 도는 그 말을 내뱉고 싶었다. 묻지도 따지지도 말고 마음이 시키는 대로. 하지만 아직 마음이 움직이는 대로 입을 열 순 없었다.

"말해 봐. 왜 날 찾아온 건지, 내가 어떻게 도와주면 되는 건지."

아리는 결국 아주 산문적으로, 평이하게 운을 뗐다.

"지금부터 내 얘기를 할게. 그래야 네가 어떻게 날 도울지 알 수 있을 테니까."

서준이 이야기를 시작했다. 아리는 드라마나 영화에 집중하듯이 서준을 뚫어져라 바라보며 그 애의 이야기에 귀를 기울였다.

아리에겐 특별한 것이 있다

기적이 일어났다. 그건 화요일 새벽 1시 33분에 아리의 방에 들어서는 순간부터 시작되었다. 우선 방 분위기가 훨씬 편안해졌다. 나를 힘들게 했던 부적 족자도, 번거로운 녹색 불빛을 내뿜는 전자시계도 사라졌다. 방 안에는 다섯 개의 촛불만 있을 뿐 인공적인 불빛은 한 점도 없었다. 게다가 은은한 향내까지. 내가 혼이어서 그런지 향내에 기분이 상큼해지는 것 같다.

아리는 마치 초대한 손님을 기다리는 것처럼 방 가운데 탁자와 의자를 준비해 놓았다. 나는 아리 맞은편 빈 의자에 앉았다. 탁자 위에 놓인, 묘한 기를 내뿜는 부적을 보는 순간 아리가 나와 소통할 방법을 찾아냈음을 알았다.

내가 자리에 앉자마자 아리가 눈을 감더니 주문을 외웠다. 그런 다음 눈을 뜨고 나를 보았다. 그 애 눈에 어린 놀라움과 감탄을 보고 아리가 확실히 나를 본다는 것을 알았다. 그리고 감탄은 아마도 내가 잘생겼기 때문일 것이다. 이런 말 너무 타박하지 말기 바란다. 생전에 내가 약간 왕자병 또는 자뻑 기질이 있었는데 죽었다고 그게 어디 가겠는가.

우리는 서로 인사하고 몇 마디 나누었다. 아리가 몹시 긴장하고 두려워하는 것 같아 그 애 마음을 편안하게 해 주려고 나름 애를 많이 썼다. 그 덕분인지 얼마 지나지 않아 아리는 나를 귀신이 아니라 그냥 제 또래 청소년으로 생각하는 듯했다.

아리가 내 얘기를 자세히 듣고 싶어 했다. 그건 서로에게 필요한 일이기도 해서, 먼저 간단하게 우리 가족을 소개하고 사고가 나던 토요일 오후의 일을 자세히 들려주었다.

그런데 내가 사고를 당한 얘기를 막 했을 때였다. 책상 위 부적이 뿜어내던 기운이 한풀 꺾이면서 다섯 개의 촛불 주위로 뿌연 안개가 서렸다. 그러자 아리가 화들짝 놀라며 내뱉듯이 말했다.

"시간이 다 됐나 봐. 우리 이모가 부적의 효력이 한 시간 정도라고 했거든. 벌써 네 모습이 조금 흐릿해졌어. 목소리도 동굴 속처럼 웅웅 울리고."

"내일 또 와도 되지? 내일도 내 말을 들어줄 거지?"

혹시라도 기적이 이것으로 끝나는 게 아닌가 하는 불안한 마음에 나는 물끄러미 아리를 보았다. 아리가 선뜻 고개를 끄덕였다.

"당근이지. 시작했으면 끝까지 가야지. 안 그래?"

"고맙다, 아리."

"이제 내 방에서 떠나는 거야?"

"부담스럽다면 금방 갈게."

"그, 그런 건 아니고 그냥 궁금해서. 온종일 내 방에 있는 건 아닐 테고 주로 어디에 있는데?"

"우리 집 내 방. 아빠가 아예 문을 잠가 버려서 지내기에는 오히려 편해. 빛이 거의 들어오지 않으니까. 내가 왜 귀신이 되었는지, 귀신으로 어떻게 지내는지는 내일 얘기해 줄게."

촛불을 감싼 안개가 짙어지면서 부적에서도 더 이상 기운이 뿜어 나오지 않았다. 아리가 꿈을 꾸는 듯한 눈빛으로 나를 보는 것으로 미루어 내가 아니라 빈 의자를 보고 있음을 알았다.

아리가 속삭였다.

"아직 거기 있는 거 알아. 조심해서 잘 가고, 내일 또 만나."

아리가 나를 볼 수 없다는 걸 알면서도 나는 웃으며 손을 들어 보이고는 방을 나왔다. 귀신이 된 뒤 처음으로 기뻤다. 귀신이건 사람이건 다른 존재와 소통한다는 건 행복한 일이다. 그 애가 주문에서 외웠던 통기, 기가 통한다는 말이 가슴 속에서 메아리쳤다. 어쩌면 인간 세상의 모든 오해와 불신도 통기가 되면 저절로 사라지지 않을까.

다음 날 새벽 1시 33분에 나는 다시 부적이 놓인 탁자를 사이에 두고 아리와 마주 앉았다. 아리가 주문을 외고 눈을 떴다.

"안녕, 아리."

"안녕."

아리의 옷차림이 어제 새벽과 달랐다. 여친을 무지 잘 사귀는 내 친구 박현우가 언젠가 해 준 말이 퍼뜩 생각났다. 여친의 옷차림이 변하면 그건 나한테 관심이 있다는 뜻이라고 했던 말.

"예쁜 옷 입었네."

내 칭찬에 아리는 얼굴을 붉히며 말을 더듬었다.

"그, 그건 예의상……. 어, 어제는 얼결에 잠옷 위에 카디건을 걸쳤는데 그건 좀 아닌 것 같아서……. 넌 예의범절을 따지는 사극 스타일이잖아."

"내가 좀 그렇긴 하지."

무심결에 내 입가에 웃음기가 어렸다. 속마음이야 어떻든 아리가 나를 위해 옷을 갖춰 입었다는 건 기분 좋은 일이니까. 그러자 아리가 새침한 표정으로 나를 흘겨보았다.

"너, 귀신이 너무 잘 웃는 거 아냐?"

"귀신이 되기 전엔 나도 사람이었거든. 너와 똑같은 열일곱 청소년."

내 마음이, 내 목소리가 절로 가라앉았다.

"미안. 난 네가 귀신이라기보다는 그냥 친구 같아서……."

"나도 네가 그렇게 스스럼없이 말해 주는 게 좋아."

잠시 방 안에 침묵이 들어찼다. 다섯 개의 불꽃이 어서 이야기를 시작하라고 재촉이라도 하는 것처럼 심하게 일렁였다.

"네 얘기 계속해 줘. 듣고 싶어."

그날부터 금요일 새벽까지, 사흘에 걸쳐 나는 죽은 이후에 내게 일어난 일들을 아리에게 낱낱이 들려주었다. 내가 왜 찾아왔는지, 바라는 게 뭔지도 죄다 말했다. 그리고 나도 아리와 아리네 가족에 대한 이야기를 들었다. 나와 아리가 소통하도록 도와준 아리 이모에 대해서도 들었다. 그렇게 다 터놓고 보니 아리가 오래 사귄 절친 같은 느낌이 들었다. 더 이상 나를 무서워하지 않는 것으로 봐서 그 애 또한 나와 같은 마음인 듯했다.

마침내 토요일 새벽, 나는 다른 때보다 긴장하면서 의자에 앉았다. 여느 때처럼 인사를 나눈 뒤 조심스럽게 말을 꺼냈다.

"오늘 논술 학원에 가지?"

아리가 난처한 표정으로 고개를 끄덕였다.

"응. 유주한테 네 얘길 해 줘야 한다는 거 알아. 사실 나, 그 애하고 하나도 안 친해. 지난 몇 달 동안 같이 강의를 들으면서 한 번도 말을 나눈 적이 없어."

나도 안다. 아리는 같은 학교 동급생도, 유주가 친하게 지낼 만한 아이도 아니다. 도도한 내 동생 유주는 아리처럼 겉보기에 평범한 아이하고는 일단 사귀지를 않는다. 잘 알지도 못하고 다만 같은 학원에 다닐 뿐인 아리가 어느 날 갑자기 이상한 소리를 하면서 다가온다면 약간은 공주병이 있는 내 동생은 아리를 스토커쯤으로 여기고 아예 상대조차 안 할 게 뻔하다.

"오늘부터 친해지면 되잖아."

급한 마음에 말도 안 되는 소리를 했다.

"넌 네 동생을 그렇게도 모르니? 걔 별명이 얼음 공주라고."

"하지만 너뿐이잖아, 날 도와줄 사람은. 게다가 나한테는 시간이 얼마 없어. 벌써 3주나 지났어."

"물론 약속한 대로 유주한테 네 말 전할 거야. 그런데 오늘 수업 끝나고 내가 유주한테 다가가서 죽은 네 쌍둥이 오빠에 대해 할 말이 있다고 하면 그 앤 뭐라고 할까?"

"아마도 널 정신 나간 애 취급하겠지. 안 봐도 훤해."

"솔직히 네 동생이 그렇게 나오면 나, 엄청 기분 나쁠 것 같거든."

"아리야, 겉으로 보기에는 유주가 강한 것 같아도 내가 보기에는 네가 더 강해. 그러니 네가 좀 봐주고 이해해 줘. 지금 내 동생, 무척 힘든 상태야. 저 때문에 내가 죽었다고 생각해서 괴로울 거고, 우리 엄마 때문에 더 힘들지도 몰라. 엄마는 나를 더 사랑했거든. 언젠가 엄마가 이런 말을 한 적이 있어.

'옛날 사람들은 쌍둥이를 좋아하지 않았어. 특히 아들 딸 쌍둥이가 태어나면 딸이 아들 앞길을 가로막는다고 언짢아했지. 물론 엄마는 그런 미신 같은 말 안 믿어. 네 동생 유주가 기가 좀 세기는 하지만 우리 잘난 아들이 반듯하고 단단하니까 둘 다 잘 자랄 거야. 엄만 그렇게 믿어.'

그때 난 알았지. 혹시라도 그런 일이 일어날까 봐 엄마가 은근히 두려워하고 있다는 거. 그런데 이런 일이 일어났잖아. 어쩌면 엄마는 유주를 원망하고 있을지도 몰라. 그때 유주가 날 불러내지만 않았어도 그런 사고는 없었을 거라고 생각하면서……. 그러니 유주가 얼마나 힘들겠어?"

간절한 내 말이 아리의 마음을 움직인 건지 찌푸렸던 표정이 다림질한 듯 펴졌다.

"알았어. 이따 유주가 어떻게 대꾸하든 마음 상하지 않도록 할게. 그렇지만 유주를 봐주거나 이해하고 싶은 마음은 눈곱만큼도 없어. 미안한 말이지만 난 유주가 싫어."

아리의 말은 충격적이었다. 다른 아이였다면 아마 내 동생 유주가 예쁘니까 질투가 나서 그러는 거라고 지레 짐작했을 것이다. 하지만 아리는 다르다. 함께 대화를 한 건 오늘까지 겨우 다섯 시간이 좀 안 되지만 아리가 어떤 아이인지 알기에는 충분한 시간이다. 겉으로는 평범해 보여도 아리에게는 뭔가 특별한 것이 있다. 물론 나만 느끼는 감정인지도 모르지만. 그래서 더욱 아리가 한 말이 마음에 걸렸다.

'예쁘고 총명한 내 동생 유주를 그렇게 싫어하다니! 유주가 밤하늘의 별처럼 모두에게 사랑받을 거라고만 생각했는데, 그동안 유주에 대해 너무 몰랐던 걸까?'

아무리 쌍둥이라도 상대편에 대해 완벽하게 알 수는 없고, 아무리 좋거나 매력적인 사람이라도 모두가 다 좋아할 수는 없다. 이건 중학생만 되도 절로 알게 되는 평범한 진리인데 이상하게도 아주 중요한 깨달음처럼 느껴졌다.

'이 기분은 뭐지? 유주에 대한 이 감정은……'

하지만 눈앞에 있는 아리를 보자, 더 이상 잡히지 않는 감정에 대해 생각할 여유가 없었다. 내 문제로 아리에게 너무 부담을 준 것 같아 미안했기 때문이다. 그래서 더 이상 유주 얘기는 하지 않고 학교며 친구 얘기 등 가볍게 이런저런 대화를 나누었다. 아리도 편안하게 가족과 주변 얘기를 했다. 얼마 뒤 나는 아리에게 말했다.

"오늘은 이만 가야겠다. 아무래도 네가 피곤할 것 같아서⋯⋯."

"괜찮아. 밤중에 한 시간 동안 깨었다가 도로 잠드는 게 이젠 습관이 됐어."

"그래도 오늘은 조금이라도 일찍 자. 그래야 이따 유주하고 제대로 담판을 짓지."

"이래 뵈도 나, 강단 있어. 네가 준 미션 잘 해낼 거라고."

아리가 웃으며 씩씩하게 말했다. 나도 따라 웃었다.

"나도 그렇게 믿어. 이만 갈게."

"그래, 내일 봐. 내일 너한테 좋은 얘기를 들려줄 수 있으면 정말 좋겠다."

"아직 시간이 있으니까 너무 마음 쓰지 마. 잘 자, 아리야."

나는 자리에서 일어나 방을 나왔다. 아마 이날 처음 아리는 내가 눈앞에서 갑자기 사라지는 대신 자리에서 일어나 몇 걸음 걷다가 연기처럼 방문 너머로 사라지는 모습을 보았을 것이다.

나는 내 방으로 돌아왔다. 새벽 3시가 가까운 한밤중이어서 집 안은 쥐 죽은 듯 고요했다. 식구들 모두 깊이 잠들어 있을 터였다. 울컥 그리움이 치솟았다. 안방으로, 유주 방으로 가서 잠든 모습이나마 지켜보고 싶었다.

하지만 나는 알고 있다. 죽은 혼이 산 사람 곁에 서성이면 안 된다는 것을. 자꾸 그러다 보면 집착이 생겨서 산 사람에게 들러붙게 되고, 그럼 그 사람이 괴로워진다는 것을. 그러다 결국 그 혼을 떼어 내려고 굿을 하건 다른 종교의 힘을 빌리건, 아무튼 온갖 애를 써야 한다는 것을. 사랑하는 가족들에게 그런 고통을 주고 싶진 않았다.

나는 깜깜한 내 방에서 꼼짝도 하지 않으면서 마음속으로 간절히 기원했다.

'부디 아리가 유주에게 내 마음을 전해 주기를! 우리 식구 모두가 내 마음을 알고 예전처럼 서로 사랑하고 행복해지기를! 그래서 마침내 4주 뒤에 내가 마음 편히 떠날 수 있기를!'

의혹

아이들이 와, 웃음을 터뜨렸다. 강사가 재미있는 말이라도 한 모양이다. 잠깐 창밖을 보며 딴 생각에 잠겨 있던 유주는 책으로 시선을 돌렸다. 하지만 글자는 눈에 들어오지 않고 강의도 소음처럼 귓전에서 웅웅거리다 흩어져 버렸다. 보는 것, 듣는 것 그 무엇에도 집중이 잘 안 되는 이런 현상은 쌍둥이 서준이 뜻밖의 사고로 죽은 뒤부터 시작된 일이다. 마치 자신이 현실이 아닌 이상한 환상 속을 헤매고 다니는 것만 같다.

멍하니 책을 내려다보던 유주는 왠지 뒷머리가 당기는 듯한 느낌이 들어 고개를 돌렸다. 순간 대각선으로 두 줄 뒤쪽에 앉아 있는 여자애와 눈이 마주쳤다. 여러 달 같이 논술을 들었지만 이름도 모르고 말 한 번 해 본 적 없는, 한마디로 별 존재감이 없는 여자애다. 그 애는 유주와 눈이 마주치자 황급히 강사에게로 눈길을 돌렸다.

유주는 이내 그 애가 제게 관심을 갖고 있다는 것을 알아차렸다. 예쁜 데다 공부까지 잘해서 늘 주위 사람들의 관심을 한 몸에 받는 유주의 주위에는 그런 아이들이 언제나 한두 명씩 있다. 남몰래 유주를 지켜보다 어느 날 슬그머니 다가와 친구가 되어 달라고 떼쓰듯 말하는 아이. 하지만 유주는 절대 아무하고나 친구가 되지 않기 때문에 그런 아이들은 귀찮기만 하다. 요즘같이 우울한 때는 더더욱.

무슨 내용을 들었는지 도무지 기억도 나지 않는 강의가 드디어 끝났다. 혹시라도 그 애가 귀찮게 할까 봐 얼른 가방을 챙겨 메고 학원 밖으로 나왔을 때였다.

"유주야!"

함께 독서 논술을 듣는 같은 학교 친구 희정이다. 3주 전까지만 해도 학원이 끝나면 수다도 떨고 간식도 사 먹으면서 같이 집으로 가는 단짝이었는데, 서준의 사고 이후로 유주가 침울해지면서 둘 사이가 조금 멀어졌다. 유주가 위로를 원치 않았고, 희정이 또한 남을 위로하는 게 서툴러서 그런지도 모른다.

"왜?"

유주는 희정을 보며 건조한 목소리로 물었다. 희정이 유주 앞으로 반듯하게 접힌 쪽지를 내밀었다.

"저기, 이거 황아리가 전해 달래. 너한테 꼭 할 말이 있다면서 저기서 기다리겠대."

희정이 학원 건물 1층에 있는 카페를 가리키며 말했다. 강의가 끝나고 학생들이 자주 들르는 곳이다.

"황아리?"

아까 강의 시간에 저를 지켜보았던 그 애가 분명하다. 그제야 그 애 별명이 '항아리'라는 것도 기억이 났다.

"언제부터 그 애랑 이렇게 친했어?"

유주가 따지듯이 묻자 희정이 한 손을 휘휘 내저었다.

"아리랑 친한 수민이, 우리 아파트 단지에 살잖아. 걔네 엄마랑 우리 엄마랑 친하기 때문에 나도 걔랑 그럭저럭 잘 지내는데, 좀 전에 수민이가 부탁한 거야. 사실은 내가 얼마 전에 수민이한테 신세 진 게 있어서 거절 못 했어. 그러니 날 봐서라도 받아."

희정이 유주 손에 쪽지를 쥐어 주었다. 유주는 떨떠름한 표정으로 얼결에 쪽지를 받아 쥔 채 가만히 서 있었다.

"버리더라도 한번 읽어 보기나 해. 수민이 말로는 아리가 아주 중요한 얘기라고 했대. 물론 너랑 친구가 되고 싶다거나 널 귀찮게 하는 내용은 절대 아니니까 그런 걱정은 안 해도 된대. 그러니 한번 읽어 보고 만나러 가기 싫음 안 가도 되잖아. 아무튼 난 제대로 전달했으니까 먼저 갈게. 월요일에 학교에서 봐."

희정이는 속사포처럼 말을 쏟아 내고는 서둘러 가 버렸다.

유주는 쪽지를 구겨 버리려다 일단 펴 보았다. 희정이 말대로 대체 무슨 속셈인지 읽어나 보자는 생각이 들어서다.

네 쌍둥이 오빠 윤서준이 너한테 말 좀 전해 달래. 서준이 3주 전에 네 전화 받고 널 만나러 가다 사고 당한 거, 나 알고 있어. 그것 때문에 네가 많이 힘들다는 것도. 그 얘길 하고 싶으니까 꼭 와 줘.

유주는 이맛살을 찌푸렸다. 무슨 내용인지 얼른 이해가 되지 않았다. 유주가 아는 한 서준은 아리를 전혀 알지 못했다. 그런데 서준이 유주의 전화를 받고 나오던 길에 사고를 당했다는 걸 아리가 어떻게 알까? 그건 유주와 엄마 아빠밖에 모르는 일인데…….

유주는 입술을 깨물었다. 쪽지의 내용은 아무래도 미끼 같다. 유주를 카페로 오게 하려는 낚싯밥. 아리가 어디서 무슨 얘기를 전해 듣고 이런 쪽지를 보냈는지 물어보고 싶었다. 더 이상 이런 장난을 치지 못하게 미리 못 박아 두어야 한다는 생각도 들었다.

유주는 카페로 갔다. 아리는 구석 자리에 앉아 있었다. 유주는 냉랭한 표정으로 아리 앞 빈 의자에 앉았다. 아리는 유주의 이런 반응을 예상했다는 듯 차분한 표정이다.

"대체 너 뭐야? 우리 오빠 얘기는 어디서 들은 거야?"

"얘기할 테니까 우선 커피 좀 마셔. 너 카페 마끼아토 좋아한다며? 그걸로 내가 시켰어."

그러고 보니 탁자 위에 커피 잔 두 개가 놓여 있다. 언제 내 뒷조사까지 했냐고 따져 물으려다가 그건 마음만 먹으면 쉽게 알 수 있는 일인 듯해서 잠자코 커피를 마셨다. 진하면서도 부드러운 커피가 짜증나는 기분을 어느 정도 가라앉혀 주었다.

"할 말 있으면 빨리 해. 나 바빠. 그리고 네 말 들어주는 거 이게 처음이자 마지막이니까 다시는 나 귀찮게 하지 마."

"나도 너랑 별로 얘기하고 싶지 않거든. 하지만 서준이가 간절히 바라니까……."

"서준이라고? 너 정말 우리 오빠를 알아? 네가 누구한테 무슨 말을 듣고 이러는지는 모르겠지만……."

날카롭게 이어지려는 유주의 뒷말을 아리가 가로막았다.

"그래, 난 네 오빠 몰랐어. 학교도 다르고 학원에서도 너랑 얘기 한마디 안 해 봤는데 내가 네 오빠 윤서준을 알 리가 없지. 내가 아는 건 귀신 윤서준이야."

"귀신이라고? 너, 지금 장난하니?"

유주의 목소리가 높아졌다. 아리가 후딱 옆을 돌아보더니 나무라듯 말했다.

"목소리 낮춰. 다른 사람들한테까지 이상한 애로 보이고 싶지는 않으니까."

유주는 어이가 없어서 멍하니 아리를 바라보았다.

"믿기 어렵겠지만 난 네 오빠를 봤어. 청바지에 후드 달린 노란색 티 입었더라. 아주 잘생겼고."

순간, 유주의 얼굴이 하얗게 질렸다. 그건 분명 서준이 사고 날 때 입었던 옷이다. 서준이 좋아하던 옷이어서 집에 똑같은 옷이 한 벌씩 더 있었다. 엄마는 수의 대신 그 옷을 입혀 서준을 영원히 보냈다.

"너, 신들린 거야? 무당이나 영매 같은 거?"

유주가 떨리는 목소리로 물었다. 아리가 고개를 저었다.

"그런 건 아니고 내가 가위에 잘 눌리고 귀신 꿈을 잘 꾸거든. 우리 이모 말로는 그게 내가 귀신과 소통하는 능력이 있어서 그렇대. 우리 이모가 교수인데 민속학 전공이거든."

"그러니까 네가 꿈에 우리 오빠를 봤다는 거야?"

유주가 따지듯 물었다. 귀신은 말도 안 되지만 꿈이라면 그럴 수도 있을 것 같다. 유주도 전혀 모르는 낯선 사람이 나오는 꿈을 가끔 꾸곤 하니까.

유주가 대답을 재촉하듯 빤히 바라보자 아리가 천천히 고개를 끄덕였다.

"뭐, 꿈이랄 수도 있지. 환영이랄 수도 있고. 하지만 중요한 건 지난 닷새 동안 한밤중에 서준이가 계속 날 찾아왔다는 거야. 우린 밤마다 한 시간 가량 얘길 했어. 주로 서준이가 얘기하고 난 듣는 편이었지. 덕분에 난 너랑 네 오빠에 대해 많은 걸 알게 됐어. 네가 카페 마끼아토를 좋아한다는 것까지……."

유주는 생각에 잠겨 다시 커피를 마셨다. 닷새 동안 똑같은 꿈을 꾸고 그걸 생생히 기억하는 건 흔히 있는 일은 아니다. 물론 유주도 가끔은 영화처럼 기승전결이 분명한 꿈을 꾼다. 그리고 깨어나서 그 꿈을 생시인 것처럼 완벽하게 기억하기도 한다.

하지만 아리는 뭔가 좀 수상쩍다. 그런데 믿지 않을 수도 없으니 답답했다.

"근데 왜 네 꿈에 우리 오빠가 자꾸 나타나는 거야? 꿈에서라도 서준이를 보고 싶은 사람은 우리 엄마 아빠, 그리고 난데!"

"우리 논술 시간에 셰익스피어의 『햄릿』 공부했잖아. 햄릿 아버지 유령이 왜 밤마다 나타났어? 햄릿한테 할 말이 있어서잖아. 네 오빠도 마찬가지야. 남은 가족들한테 할 말이 있는데 보통 사람들은 귀신과 소통하지 못하잖아. 그래서 날 찾아온 거지. 자기 말을 우선 너한테 전하고 싶어서."

"그게 뭔데?"

"서준인 남은 식구들이 자기 때문에 너무 슬퍼하지 않기를 바란대. 사고가 난 건 유주 네 탓이 아니니까 절대 그렇게 생각하면 안 된다고 하더라. 네가 전화하지 않았어도 서준이가 너한테 전화했을 거래. 사실 그날 서준이도 너한테 꼭 할 말이 있었대."

순간 유주는 손을 떨며 커피 잔을 잡았다. 마음을 진정시키려고 커피를 한 모금 마셨는데 사레가 들렸는지 기침이 쏟아져 나오면서 눈물도 같이 쏟아졌다. 아리가 얼른 휴지를 집어 유주에게 주었다. 유주는 휴지로 눈물을 닦으면서 마음을 진정시키려 애썼다.

"사레가 들려서……."

"알아……."

"우리 오빠가 얘기했어? 나한테 할 말이 뭐였는지?"

"꿈을 포기하지 말고 빛예고에 편입하라는 말을 해 주려고 했대. 그동안 마음 복잡한 일이 있어서 너한테 오빠 노릇 제대로 못 해서 미안했대. 둘이 힘을 합쳐서 엄마를 설득하자, 그럼 엄마도 결국 빛예고 편입을 허락하실 거다, 그런 얘기를 하고 싶었대."

또다시 울컥하면서 유주의 두 눈에 눈물이 고였다. 눈물은 이내 뺨을 타고 주르륵 흘러내렸다. 유주는 휴지를 들어 눈물을 닦고 또 닦았지만 둑이 터진 듯 눈물은 멎지 않았다. 아리는 잠자코 남은 커피를 마셨다. 얼마 뒤 유주는 눈물 콧물을 다 닦고 말개진 얼굴로 입을 열었다.

"사실 그날 나도 오빠한테 이번에 S방송국에서 하는 오디션에 지원할 거라는 얘기를 할 작정이었어. 엄마 몰래 지원할 거니까 오빠한테 도와 달라고 부탁하려 했던 거지. 그러면서 지난 몇 달 동안 나한테 왜 그렇게 까칠하게 굴었는지 그것도 물어보고 싶었지. 근데 오빠가 그렇게 사고를 당하고 보니까 꼭 가수가 되겠다는 내 욕심 때문에 그런 일이 생긴 것만 같더라. 어쨌든 내가 그날 전화만 안 했어도 서준이는 죽지 않았을 거잖아."

유주의 목소리가 다시 울먹해졌다. 재빨리 감정을 수습하면서 유주는 남은 커피를 마저 마셨다. 식어서인지 쓴맛이 입안을 채웠다.

"네가 그렇게 생각할까 봐, 그래서 식구들이 모두 불행해질까 봐 서준이가 귀신이 되어 떠돌고 있는 거야."

"서준이가 그렇게 말했어? 귀신이 돼서 떠돌고 있다고?"

"아니, 꼭 그렇게 말했다기보다… 하여튼 너무 걱정하지는 마. 남은 식구들이 잘 지내는 걸 보면 마음 편히 갈 거라고 했어. 죽은 날로부터 49일 뒤에는 떠난다더라. 이제 4주 남았네."

"엄마도 오빠 사십구재 지낸다고 했어."

"그러니 너도 네 오빠 맘 편하게 떠날 수 있게 너 때문에 그런 일이 일어났다는 자책 같은 건 하지 마."

"그게 내 맘대로 되니? 내 맘이 내 맘대로 되는 거냐고!"

유주가 뾰족한 목소리로 타박하듯 말했다. 아리가 안쓰러운 표정으로 유주를 바라보았다. 한동안 둘 사이에 침묵이 흘렀다.

"오늘 밤에도 서준이 꿈, 꿀 것 같니?"

"아마 그럴걸. 내가 너한테 자기 말을 잘 전해 줬는지 궁금할 테니까."

"그럼 서준이한테 내 말 전해 줘. 사고 난 게 나 때문이라고 자책 같은 거 안 하려고 노력할 테니까 오빠도 우리 걱정하지 말고 어서 좋은 데로 가라고. 귀신은 안 좋은 거잖아. 난 오빠가 귀신이 돼서 남의 꿈속에 나타나고, 그런 거 싫다고 좀 전해 줘."

이제 유주의 표정도 목소리도 차분하게 가라앉아 있었다. 아리의 이야기에 이끌려 얼결에 눈물을 보이고 속내까지 털어놓았는데, 돌이켜 생각해 보니 기분이 영 찜찜했다. 아리가 들려주는 얘기가 너무나 정확해서 믿지 않을 수가 없지만 뭔가 석연찮았다. 처음에는 꿈이니까 했는데, 꿈속에서 귀신을 만나 대화한다는 것 역시 귀신을 직접 본다는 것만큼이나 황당하기는 마찬가지다.

"서준이 얘기 전해 줘서 고마워. 이제 우리가 더 이상 할 얘기는 없겠지?"

"아마도……."

"그럼, 여태까지 그랬던 것처럼 앞으로도 서로 상관 말고 지내자."

유주는 조금 전에 아리 앞에서 눈물을 보였다고 해서, 혹시라도 아리가 앞으로 친한 척하거나 살갑게 굴까 봐 걱정이 되었다. 원래 유주는 아리 같은 타입을 별로 안 좋아하는데, 사실인지 아닌지 알 수 없지만 아리가 꿈에 서준이를 봤다고 하니 왠지 더 싫다는 생각이 들었다.

"나도 그럴 작정이었어."

아리가 굳은 표정으로 말했다. 유주는 자리에서 일어났다.

"카페 마끼아토 잘 마셨어."

"잘 가."

아리는 쳐다보지도 않고 짤막하게 말했다.

유주는 카페 출입구로 걸어가 밖으로 나가려다가 무심결에 뒤돌아보았다. 여전히 구석 자리에 꼼짝 않고 앉아 있는 아리의 모습이 보였다. 애써 눌러두었던 의혹이 빳빳이 고개를 치

커들었다.

'저 애가 한 말 정말일까?'

카페 밖으로 나서면서 유주는 중얼거렸다.

"신경 끄자. 다신 얼굴 맞대고 얘기할 일 같은 건 없을 테니까."

우린 친구야

거실에서 엄마가 전화를 받는 소리가 들렸다. 분명 이모인
듯해서 아리는 거실로 나갔다. 엄마가 통화를 끝내고 수화기
를 내려놓았다.

"이모야?"

엄마가 고개를 끄덕였다. 이모는 이런저런 볼일 때문에 서
울에 자주 온다. 한 번 오면 보통 이삼일은 머무는데 주로 고
등학교 동창인 절친 집에 가곤 한다. 혼자 사는 친구여서 여
동생 집보다 더 편한 듯했다. 아리네 집은 시간을 내서 잠깐
들르곤 했다.

"이모 서울에 온대?"

"이따 4시쯤 도착한대. 내일 저녁때 경주로 다시 돌아가야

해서 이번엔 그냥 간다고 하더라. 왜, 이모한테 할 말 있어?"

"아, 아니. 그냥 물어본 거야."

아리는 엄마가 꼬치꼬치 캐물을까 봐 얼른 제 방으로 들어왔다. 그리고 휴대 전화를 꺼내 이모에게 문자를 보냈다.

─이모, 서울 온다며? 혹시 나 잠깐 만나 줄 시간 있어?

조금 뒤에 휴대 전화에서 딩동, 하고 메시지 알림 소리가 울렸다.

─네가 4시까지 터미널로 올래? 5시까지 시간 있어.

이모는 아리가 무슨 얘기를 하려는 건지 알아차린 듯했다. 그동안 문자 메시지로 서준에 대해 간단히 알려 주긴 했지만 이모한테 자세한 이야기를 하고 싶었다. 더구나 오늘은 유주를 만나고 와서 기분이 내내 편치 않아 누구에게든 털어놓고 싶은데, 그 이야기를 할 수 있는 사람은 이모뿐이다.

아리는 탁상시계를 흘낏 보았다. 터미널까지 갈 시간은 넉넉하다. 아리는 가겠다는 메시지를 보내고 수민에게도 메시지를 보냈다.

─나, 볼일 있어서 나가는데 네가 방패막이야. 혹시 우리 엄마가 확인 전화하면 잘 얘기해 줘.

─너 요즘 무슨 비밀이 그렇게 많아? 아까 유주 일도 그렇고.

─나중에 다 얘기해 줄게. 봐줘라, 넌 내 절친, 베프잖아.

─이럴 때만 ㅠㅠ 알았어!

아리는 옷을 차려입고 엄마한테 친구 수민이네 간다고 둘러대고는 터미널로 갔다. 그러고는 경주에서 막 도착한 이모와 같이 근처 조용한 찻집으로 갔다. 차를 마시면서 서준에 관해, 그리고 아까 유주를 만난 것까지 다 털어놓고 나니 기분이 한결 개운해졌다.

"그러니까 유주는 네가 꿈을 꾼 걸로 안다. 그거구나."

"내가 그렇게 말한 게 아니라 그 애가 그렇게 믿고 싶어 하더라고. 내가 정말 귀신 윤서준을 본 건지, 꿈을 꾼 건지는 중요한 문제가 아니잖아. 중요한 건 그 애한테 서준이 말을 전하는 거잖아. 그래서 그 애 깜냥대로 생각하게 내버려 뒀어. 내가 서준이를 어떻게 보게 되었는지 그 이야기를 시시콜콜히 하기도 귀찮았어. 뭐, 얘기했어도 그 앤 안 믿었을 거야."

"그게 최선이었을 수도 있겠다. 하지만 사람은 아무래도 꿈속의 일보다는 실제로 일어난 일을 더 믿지."

"걱정 마, 이모. 그 애, 내 말을 믿는 것 같더라고. 불가능한 미션을 내가 해냈다니까."

"하긴, 네가 할 일은 이제 끝난 것 같네. 나머진 각자 알아서들 해야지."

"그럼 이제 서준인 날 안 찾아올까?"

이모가 차를 마시다 말고 아리를 빤히 바라보았다.

96

"계속 찾아왔으면 좋겠어?"

"아, 아냐, 이모. 무슨 그런 말을……."

아리는 두 손을 휘휘 저으며 큰 소리로 말했다. 그런데 왜 자꾸 얼굴이 화끈거리는지, 이모 눈을 똑바로 바라볼 수가 없다. 이모가 차를 마저 마시더니 빙그레 웃었다.

"하여간에 요즘 애들은 잘생기기만 하면 귀신이라도 좋대요."

아리는 변명을 하려다가 문득 엄마 생각이 나서 말문을 돌렸다.

"저기 이모, 이번 일 엄마한테는 끝까지 비밀이야. 엄마가 알면 난리 날 거야."

"이모가 왜 얘기하겠니. 보나마나 애를 요상한 데 빠지게 했다고 원망이나 들을 텐데. 너나 친구들한테 얘기하고 그러지 마. 아무리 친한 친구한테라도 네가 그 말을 하는 순간, 그건 세상 사람이 다 아는 비밀이 돼. 그러다가 언젠가는 네 엄마 귀에도 들어가겠지. 그런 걸 생각하면 유주가 그걸 네 꿈이라고 믿는 편이 더 나을 것 같긴 하다."

"나한테 들은 얘기, 유주는 아무한테도 말 안 할 거야. 그건 그 애 프라이버시거든. 걔 별명이 얼음 공주잖아. 그 자존심에 그런 얘길 할 리가 없지."

아리는 이모와 얼마 더 이야기하다 시간이 다 되어 찻집을 나왔다. 버스를 타고 집으로 돌아오는데 '계속 찾아왔으면 좋겠어?'라고 물었던 이모의 말이 자꾸 귓가에 맴돌았다. 이윽고 제 방에 들어왔을 때 아리는 확실히 그 대답을 찾았다. 오늘 밤을 끝으로 서준이 더 이상 찾아오지 않는다면 무척 서운할 것 같다. 돌이켜 보면, 서준과 대화를 나눴던 지난 닷새는 무척 즐거운 시간이었다. 귀신인데도 서준이 전혀 무섭지 않았던 것이다.

일요일 새벽 1시 33분. 아리가 주문을 외고 눈을 뜨자 맞은편 자리에 앉아 있는 서준이 보였다. 우리가 이렇게 만나는 것도 이게 마지막이구나, 하는 생각이 들면서 마음 한구석에 서늘한 바람이 스쳐 갔다. 아리는 한껏 담담한 표정으로 서준을 바라보았다. 서준은 다른 때와는 달리 조금 긴장하고 있는 것 같았다.

"안녕."

"안녕. 나, 네 동생 유주 만났어."

서준이 궁금해할 것 같아서 아리는 그 일부터 이야기했다. 서준은 귀 기울여 들었고, 이야기가 끝난 뒤에도 한동안 침묵을 지켰다. 아리가 다시 말했다.

"내가 꿈을 꾼 걸로 알긴 하지만, 유주가 내 말을 믿는 것 같더라. 그러니까 네 뜻이 유주한테 제대로 전해졌다는 얘기야. 유주가 그러더라고. 자기도 노력할 테니까 너도 빨리 좋은 데 가래. 네가 귀신이 돼서 남의 꿈속에 나타나고 그런 거 싫대. 걔는 어떻게 좋은 말도 그렇게 기분 나쁘게 하니? 그것도 재주는 재주야."

"마음은 안 그래. 말투가 좀 그렇긴 하지만."

"그건 그렇다 쳐. 이제 마음은 좀 편해진 거야? 4주 뒤에 떠날 수 있겠어? 지난번에는 네가 가고 싶었는데도 혼이 무거워져서 못 갔다고 했잖아."

"글쎄. 일단 유주나 부모님한테 내 마음만 전하면 다 될 줄 알았는데 생각만큼 마음이 가볍지가 않네. 3주 전 빛의 길에 오르지 못했을 때와 별로 달라지지 않은 것 같아."

"그러다가 4주 뒤에 또 못 떠나는 거 아냐?"

"안 돼. 4주 뒤에는 꼭 갈 거야. 난 떠도는 귀신이 되고 싶진 않거든."

"아까 우리 이모가 그러더라. 네가 식구들이 걱정돼서 못 떠났다고 했지만 사실은 네 마음속 미련이나 집착 때문에 못 떠난 것일 수도 있대. 사랑하는 사람을 잃은 슬픔은 짧은 시간 내에 극복할 수 있는 문제가 아니라서 너한테도 네 가족한테도 시간이 필요하다고도 했어. 근데 너한테는 4주밖에 시간이 없으니 우선 너부터 미련을 끊는 연습을 해야 한대."

"그건 벌써 연습하고 있어. 집에 있을 때 내 방에만 틀어박혀 있고 가족들한테는 절대 가까이 가지 않는걸."

"그것만으로는 부족해. 마음에서 완전히 떠나보내야 한다고, 우리 이모가 그랬어. 남겨진 가족들이 앞으로 어떻게 살건, 최악의 경우 네가 걱정하던 대로 서로 마음을 닫고 불행하게 살게 돼도 그건 그 사람들 문제라고 인정해야 한대. 유주가 가수가 되건 못 되건 그것도 유주 인생이니까 네가 상관할 바가 아니라고 했어."

서준이 심각한 표정으로 듣고 있더니 이윽고 고개를 끄덕였다.

"이모 말씀이 맞는 것 같다. 어쩌면 떠나지 못한 혼들은 거의가 집착이나 미련 때문에 낙오된 것일지도 몰라. 솔직히 내 경우는 예외라고 생각했는데……."

"나도 그렇지만 너도 여태까지는 별 어려움 없이 무난하게 살아왔잖니. 그래서 남보다 더 미련이 많을 수도 있고, 또 너무 착한 게 원인일 수도 있어. 마음이 여려서 남은 식구들 걱정을 하다 보니 미련이 생긴 건 아닐까? 솔직히 사람은 이기적인 동물이어서 자기 일은 알아서 잘 하게 돼 있어. 유주도 그렇잖아. 넌 유주가 걱정돼서 빚예고 편입을 권하려 했지만 그 애는 저 혼자 오디션 볼 생각을 하고 있었잖아. 그거 도와달라는 말을 하려고 너한테 전화한 거고. 그러니 이제부터는 유주 걱정도 부모님 걱정도 하지 마."

"그럼 이제 어쩐다지? 떠나는 날까지 내 방에 꼼짝 말고 틀어박혀서 미련을 버리기 위해 노력해야 하는 걸까?"

서준은 아리에게 묻는 게 아니라 혼자 중얼거리는 것 같았다. 물론 질문이라 해도 아리가 대답해 줄 말은 전혀 없었다. 얼마간 침묵이 흘렀다. 서준은 고개를 숙이고 한참 생각하더니 이윽고 고개를 들었다.

"저, 너한테 부탁 하나 해도 될까?"

"뭔데?"

이상한 일이다. 귀신이 뭔가 부탁한다는데, 부담스럽다기보다는 기대가 되고 설레다니…….

"사실 좀 미안한 부탁이긴 한데, 계속 널 찾아와도 될까?"

"당연히 되지. 우린 친구잖아."

즉각적으로 대답이 튀어나왔다. 아리는 약간 부끄럽기도 했지만 서준이 빙긋 웃는 모습을 보니 마냥 기분이 좋았다.

"지난 며칠 동안 너랑 얘기하면서 나 자신에 대해 꽤 객관적으로 돌아보게 됐어. 내 동생 유주에 대해서도 그렇고. 덕분에 마음이 많이 안정됐고, 4주 뒤에 꼭 돌아가야 한다는 결심도 더 굳어졌어. 앞으로 남은 시간 동안 계속 그렇게 너랑 얘길 하다 보면 내 맘속에 있는, 나도 모르는 미련까지도 다 털어 버릴 수 있을 것 같아."

"내가 도움이 되었다니 기뻐. 앞으로도 계속 그러고 싶어."

"고맙다, 아리!"

그 말을 마치기가 무섭게 서준의 모습이 사라졌다. 얘기에 열중하느라 시간이 가는 줄도 몰랐는데, 어느새 시간이 다 된 모양이다. 내일부터는 서준과 얘기할 때 손목시계를 차고 있어야겠다는 생각이 들었다. 서준이 홀연히 사라지기 전에 시간을 확인하고 싶었다.

"잘 가, 서준아. 내일 또 보자."

아리는 일렁거리는 촛불 너머 어둠을 향해 말했다. 비록 보이지는 않지만 서준이 웃으며 손을 들어 보이고는 방을 빠져나갔다는 것을 아리는 분명하게 느꼈다.

두근두근 내 가슴

아리 이모 말이 옳다. 나를 잃은 슬픔을 극복하는 것은 전적으로 우리 식구들 마음에 달린 일이다. 내 마음을 전하는 것이 약간의 도움은 될지언정 근본적인 해결책이 되지는 못한다. 가족들이 전처럼 서로 사랑하고 잘 지내는 모습을 보고 떠나겠다는 건 내 지나친 욕심이었는지도 모르겠다. 아님 미련이나 집착 때문인지도…….

나는 아리에게 그 말을 들었을 때 눈앞에서 번개가 친 듯한 느낌이 들면서 순간 '아, 그렇구나!' 하고 깨달았다. 아리와 대화하지 못했다면 유예 기간이 끝나는 날까지도 알아차리지 못했을 것이다. 엄마 아빠와 유주에게는 시간이 필요하고 내가 할 수 있는 건 마음속 미련을 접고 가야 할 길로 가는 것 뿐이라는 사실을.

이것을 깨닫고 나니 길이 보였다. 앞으로 남은 4주 동안 내가 할 일은 식구들에 대한 미련을 버리는 일 뿐이다. 그렇다고 마냥 내 방에 웅크리고 앉아 시간만 보내고 싶지는 않다. 지난 일주일처럼 계속 하루에 한 시간씩 아리와 대화를 나눈다면 마음속 미련이나 집착을 버리는 데 도움이 될 것 같다.

아니, 그보다 그냥 아리를 만나는 것이 좋다. 아리를 만나 대화하는 동안에는 내가 귀신이라는 사실을 잊을 수 있어서 기쁘다. 귀신이 되어 보면 알게 될 것이다. 누군가와 대화하고 소통한다는 것이 얼마나 행복한 일인지. 물론 여기서 내가 말하는 누군가는 살아 있는 사람이다. 안내 방송에서 알려 준 대로 만약 내가 4주 뒤에도 빛의 길에 오르지 못하고 완전히 귀신이 된다면 그때는 다른 귀신들을 만나게 될 것이다. 그들과 대화도 하고 소통도 하겠지.

하지만 그건 내가 원하는 바가 아니다. 갈 곳으로 가지 못하고 떠도는 귀신들끼리 만나 수다 떠는 모습을 상상해 보라. 완전히 모양 빠지는, 으스스한 일이다. 낙오자의 무리 같은 귀신들 사이에 내가 섞여 있다고 생각하면, 상상만으로도 서글퍼진다. 하긴 그 어떤 혼도 귀신이 되고 싶어 하지는 않았겠지만, 어쨌거나 그런 불상사가 일어나지 않도록 부지런히 마음을 비우고 떠날 준비를 해야겠다.

다행히 아리가 계속 찾아와도 된다고 해서 얼마나 기쁜지 모르겠다. 그래서일까? 다음 날 아리를 찾아갈 때 이런 생각이 들었다.

'내가 살아 있는 사람이라면 고마운 마음의 표시로 장미꽃 한 다발을 사 가지고 가련만……. 하지만 귀신이어서 가진 것이라고는 마음뿐이니 내 마음을 받아 줘, 아리야.'

그날부터 나는 아리와 대화하는 것이 한결 편해졌다. 내 얘기를 꼭 알려야 한다는 목적도 없고, 아리 또한 나를 반드시 도와주어야 한다는 부담감이 없었으니까. 우리는 그냥 친구끼리 이야기하듯 자연스럽게 생각나는 대로 이런저런 이야기를 나누었다. 나는 아리가 물어보는 것은 다 대답해 주었는데 딱 한 가지 대답하지 않은 게 있다.

"나, 너한테 궁금한 게 있어. 네가 그랬잖아. 지난 몇 달 동안 너한테 심각한 문제가 있어서 유주한테 까칠하게 굴었다고. 유주도 너한테 따져보려고 했다던데, 그게 뭐야?"

"그건 별로 말하고 싶지 않아. 이미 다 해결된 일이고, 이젠 별로 중요한 문제도 아니거든."

순간 아리가 서운한 표정을 지었다. 친구 사이에 너무 선을 그었나 싶어 마음에 걸렸다. 그래서 얼른 뒷말을 덧붙였다.

"네가 꼭 듣고 싶다면 말해 줄 수도 있어."

그동안 귀신인 나를 위해 애써 준 것을 생각하면 무슨 이야기든 다 할 수 있을 것만 같다. 그것이 차마 말할 수 없는 비밀이라도. 아리가 웃으며 고개를 저었다.

"네가 하고 싶지 않다면 나도 그다지 듣고 싶지 않아."

깔끔한 그 말이 내 마음을 툭 건드렸다. 나는 새삼 아리를 바라보았다. 솔직히 그때까지 아리는 내 말을 유주에게 전해 줄 수 있는 남다른 능력을 가진 고마운 아이일 뿐이었는데, 그 순간 내 마음속에서 변화가 일어난 듯했다. 진짜 친구로서 아리를 바라보게 되었다고나 할까? 하루에 한 시간씩 아리를 만나는 일이 더 기다려지고 즐겁게 느껴진 것이 아마 이때부터였던 것 같다.

아리와 또 무슨 얘길 했더라? 아, 생각난다.

"사실은 너도 유주처럼 가수가 되고 싶었다고 했잖아. 근데 부모님이 원하시지 않는다고 그렇게 쉽게 포기할 수 있었어?"

"그건 아마 둘 다 되고 싶었기 때문일 거야. 작곡도 하고 노래도 하는 싱어 송 라이터도 되고 싶었지만 외교관도 매력적이었거든. 그리고 내 진짜 꿈은 내가 무얼 하든 무엇이 되든 내가 있어 주위 사람들이 행복해지고 세상이 조금이라도 좋아지는, 그런 사람이 되는 거였어. 진짜 꿈이 따로 있으니까 유주처럼 꼭 가수가 되어야겠다는 생각은 없었던 거지. 유주는 가수가 되는 게 꿈이니까 나보다 훨씬 절실한 거고."

아리가 나를 빤히 보더니 중얼거리듯 말했다.

"너흰 쌍둥인데 어쩜 그렇게 다르니?"

"쌍둥이라고 똑같으면 오히려 재미없잖아."

"그건 그래. 요즘은 보통 형제거나 남매거나 자매거나, 암튼 달랑 둘인 집이 많잖아. 근데 그런 집들을 보면 대개 성격이 극과 극이야. 우리 엄마 선배는 아들만 둘인데 큰아들은 엄청 검소해서 비싼 명품 같은 건 절대 안 사고, 머리도 집에서 와이프가 깎아 준대. 근데 그 동생은 비싼 명품만 좋아하고 머리를 자르러 갈 때도 일류 미장원에 예약한대. 그 선배가 우리 엄마한테 아들들 얘길 하면서 둘이 어쩜 그렇게 다르냐고 그러면서 웃더라. 우리 집만 해도 나랑 아연이 언니는 성격이 전혀 딴판이야. 너랑 유주가 다른 것처럼."

"그러고 보니 내 친구들도 형제나 남매가 성격이 다 달랐던 것 같다."

나는 친하게 지냈던 친구들을 생각하며 잠시 추억에 잠겼다. 내 죽음에 충격을 받은 녀석들도 꽤 많을 것이다. 하지만 내가 추억까지도 훌훌 털어 버리고 떠나가듯 녀석들도 언젠가는 나를 잊을 것이다. 물론 아주 가끔은 생각해 주겠지.

"형제자매의 성격이 전혀 다른 것은 아마도 유전자 때문이 아닐까? 예전처럼 형제자매가 여러 명이라면 그중 닮은 사람도 제법 있겠지. 하지만 요즘은 하나 아니면 둘이니 다양한 유전자를 세상에 전하기 위해 그렇게 전혀 다른 성격의 아이들이 태어나는 게 아닌가 싶어."

아리는 이다음에 유전학자가 되는 게 꿈이라고 했다. 우리 엄마가 유주의 꿈을 이해하지 못하듯 아리 엄마도 아리가 유전학자가 아닌 의사가 되기를 바란다고 한다.

나중에 뭐가 되든, 아리는 멋진 어른이 될 것이다. 그리고 아리가 어른이, 아니, 숙녀가 된 모습을 나는 전혀 볼 수 없을 것이다. 늦가을의 스산한 바람이 내 마음 한구석에도 불어 대는 것 같다. 빛의 길에 올라 저 세상으로 가면 이 세상에서 있었던 일들은 다 잊는 것일까? 엄마 아빠와 유주, 친구들, 그리고 죽은 다음에 아리와 만난 이 특별한 일까지도?

마음이 무겁게 가라앉는 것 같아 나는 짐짓 밝게 말했다.

"넌 유전자가 스스로 뭔가를 결정하고 선택한다고 생각하는 거야?"

"그건 좀 비약이겠지? 어쩌면 자연이라는 큰 힘에 의해 이미 그렇게 설계되어 있을 수도 있어. 다양한 유전자를 세상에 전해야 어떤 유전자가 진화에 더 좋은지 알 수 있잖아. 한편으로는 다양한 유전자가 부딪히면서 함께 살아 나가야 인간이 더 진화할 수도 있는 거고. 그래서 서로 닮은 형제보다는 극과 극으로 다른 형제들이 더 많이 태어난다고 보는 거지."

"네가 말한 것과 의미가 조금 다른 것 같긴 한데, 언젠가

세조와 단종에 대한 드라마를 보다가 엄마가 이런 얘기를 하신 적이 있어.

'서준아, 역사에서 보면 역모 죄에 걸린 사람들은 삼족을 멸하잖아. 하지만 당시 상황에서 억울하게 역적이 되었지만 뒷날 보면 충신인 경우가 많아. 단종 복위 거사를 하다 처형된 사육신처럼 말이지. 그 사람들 모두 대단히 뛰어난 학자이고 올곧은 사람이었거든. 그런데 단종 복위 거사가 발각돼 사육신뿐 아니라 집안의 남자들은 모조리 처형됐어. 사육신만 처형했다면 그 이후로 후손 중에서 훌륭한 인재들이 많이 태어났을 테고, 어쩌면 우리 역사를 획기적으로 바꿀 수 있는 인물이 태어났을지도 모르는데 말이야. 그래서 엄마는 수양대군의 가장 큰 죄는 좋은 사람들을 너무 많이 죽인 거라고 생각하는데 네 생각은 어떠니?'

우리 엄만 사극을 보면서 그렇게 나랑 얘기하는 걸 좋아하셨어. 엄마를 닮아서 그런지 나도 역사를 좋아했고. 어때, 우리 엄마가 한 얘기가 유전자에 대한 네 생각이랑 통하는 거 같지 않니? 나도 그때 엄마의 생각에 동의했거든."

이제 엄마는 누구랑 같이 사극을 보면서 역사 이야기를 할까? 아빠는 바빠서 드라마를 볼 시간이 없고, 유주는 사극을 좋아하지 않는데…… 그런 생각이 들자 기분이 우울해졌는데 아리의 생기 어린 목소리가 가라앉으려는 내 마음을 붙잡아 주었다.

"그래, 내 생각도 바로 그거야! 수양대군은 수많은 좋은 유전자가 다음 세상에 전해지는 걸 원천봉쇄했어. 그건 우리나라에도 인류 역사에도 큰 죄가 되는 일이라고 생각해."

아리는 이과이고 나는 문과인데도 우리는 생각이 잘 통한다. 덕분에 아리와 나누는 대화는 진지하면서도 유쾌하다.

"유전자에 대해 이렇게 관심이 많으면서, 엄마가 반대한다고 네 꿈을 포기하는 거야? 유주 같으면 절대 포기 안 할 텐데."

"내 경우는, 유주보다는 너랑 비슷하지. 너도 부모님이 외교관이 되는 걸 원하셔서 가수를 포기했다고 했잖아. 그리고 아직 포기는 아니야. 결정을 못 한 것 뿐이지."

"내가 보기에 넌 유주랑 같은 케이스야. 아무튼 난 네가 유전학자가 되면 좋겠어."

아리가 고개를 숙이고 잠시 무언가를 생각하더니 다시 나를 바라보았다.

"그런데 넌 왜 유주랑 같이 논술 학원 안 다녔어?"

내 착각인지는 모르지만 어쩐지 우리가 논술 학원에서 일찍 만나지 못한 것이 아쉽다는 뜻으로 들렸다.

"글쎄, 고등학생이 되고 보니까 유주랑 같이 다니는 게 좀 부담스러웠어. 그리고 더 중요한 건 내가 글을 꽤 쓰거든. 굳이 논술 학원은 안 다녀도 된다고 생각했어. 엄마 아빠도 내

실력을 인정해 줬고.”

내가 쓴 글을 보고 흐뭇해하시던 엄마 아빠의 모습이 떠올랐다. 아빠는 왕조 시대에는 명문장가가 가장 뛰어난 외교관이었다고 이야기해 주었다. 그 시대의 외교는 대부분 문서로 했고, 물론 그 문서를 들고 중국으로 간 사신의 역할도 중요했지만, 외교의 성과는 대부분 문서에서 판가름이 났다고 했다. 물론 요즘에야 많이 다르겠지만, 외교관이 글을 잘 쓴다면 금상첨화라고 했다. 우리 역사에서 명문장으로, 또는 뛰어난 언변으로 멋진 외교를 펼쳤던 신라 시대 강수나 고려 시대 서희 같은 인물들을 보면서 아빠는 외교관이 되고 싶다는 꿈을 꾸었다고도 했다.

지난 생각을 하다 보니 마음이 아련해졌다. 비록 외교관의 꿈을 이루지 못하고 평범한 회사원이 되었지만 아빠는 멋진 분이었다. 사극을 좋아했던 엄마 또한. 그러고 보면 턱없이 일찍 죽긴 했어도 난 여러모로 행운아였다.

“노래도 잘하고 글도 잘 쓰고 대체 못하는 게 뭐야?”

“글쎄. 나도 그게 궁금하긴 해.”

내가 농담처럼 말하자 아리가 피식 웃더니 다시 말했다.

“아쉬워.”

“뭐가?”

“네가 쓴 글, 난 읽어 볼 수가 없잖아. 네 노래도 들을 수 없고······."

거기서 아리는 말을 멈추더니 무언가 기막힌 생각이 떠올랐다는 듯 눈을 반짝이며 나를 바라보았다.

"아, 그래. 노래는 들을 수 있잖아. 하루에 서너 곡씩만 불러 줘. 너도 가수가 되고 싶었다고 했잖아. 어쩌면 그게 네 마음속에 미련으로 남아 있을 수도 있어. 그러니까 내가 네 콘서트에 모인 팬이라고 상상하고 노래를 하는 거야. 하루에 몇 곡씩 나한테 들려주다 보면 마음속 미련이 사라질지도 몰라. 어때, 좋은 생각이지?"

살아 있을 때 엄마 아빠 앞에서 유주랑 같이 노래를 부른 적은 많았다. 친구들 앞에서, 때론 친구들과 같이 자주 노래를 불렀다. 이제는 죽은 몸, 귀신이지만 노래를 좋아하는 마음은 한결같다. 하지만······.

"왜, 싫어?"

내가 망설이자 아리가 조심스럽게 물었다.

"싫은 게 아니라, 너 무섭지 않겠어? 귀신이 노래를 부르는 건 좀······."

"너, 귀신 아냐. 내 친구야."

아리가 똑 부러지게 말했다. 내 얼굴에 웃음이 번졌다.

"좋아. 하루에 서너 곡씩 불러 볼게. 근데 내가 좋아하는 노래는 다 7080 노래야. 어릴 때부터 엄마 아빠가 듣는 노래를 함께 들어서 그런지 요즘 노래는 좀 그래."

"솔직히 말하면 나도 7080 노래 좋아해."

그때부터 나는 하루에 서너 곡씩 내가 좋아하는 노래를 아리에게 불러 주었다. 기타도 피아노 반주도 없었지만 그래서 오히려 더 진솔하게 부를 수 있었다. 아리가 집중하여 듣고 있어서 그런지 노래에 담긴 감정이 더 절실하게 다가오기도 했다.

노래에는 신비한 힘이 있는 것 같다. 기쁜 노래건 슬픈 노래건 내 마음을 말하듯이 노래하다 보면 마음속 응어리가 풀어지는 듯했다. 사실 내 마음속에는 근원적인, 그 누구도 해결해 줄 수 없는 슬픔이 있었다. '왜' 나는 이토록 일찍 죽어야 했나? 좋은 부모님과 예쁜 여동생, 유복한 환경, 내게 행복한 삶의 조건을 충분히 주었으면서도 왜 그것을 누릴 시간은 주지 않았나?

하지만 그 '왜'는 누구도 대답할 수 없는 질문이었다. 그런데 노래를 부르다 보니 답이 없어도 괜찮다는 생각이 들었다. 길지는 않았지만 열일곱 해 동안 나름대로 열심히 살았으니 그것으로 만족하고 이제 갈 곳으로 가야지 싶었다. 그러면서 지난날들을 돌이켜 보고 거기서 의미를 찾게 해 준 이 유예의 시간이 고맙다는 마음도 들었다.

그렇게 또 일주일이 지났다. 아리가 유주를 만나는 토요일이 되었다. 이런저런 이야기를 나눈 끝에 아리가 물었다.

"오늘 유주 만나는 날인데, 유주한테 꼭 전해 주었으면 하는 말 있어? 네가 원한다면 오늘 다시 한 번 시도해 볼게."

나는 고개를 저었다.

"아니, 됐어. 내 마음을 이미 전했으니 이젠 유주가 알아서 해야지. 엄마 아빠 어른이니까 잘 하실 거라고 믿어. 난 내할 일을 해야지. 미련을 버리고 떠나는 일……. 자, 이제 노래할게. 시간이 얼마 안 남았잖아."

그러자 아리가 흘끗 시계를 보았다. 언제부터인가 그 애는 나를 만날 때 손목에 시계를 차고 있다.

"무슨 노래 부를 건데?"

아리의 두 눈에서 촛불의 불꽃이 고요히 빛났다. 그러자 생각지도 않은 말이 고백하듯 불쑥 튀어나왔다.

"오늘은 특별한 노래를 부르고 싶어."

"특별한 노래? 설마 네가 만든 노래?"

"어떻게 그렇게 금방 알았어?"

신기하고 또 기뻤다. 내가 하나를 말하면 아리는 늘 그 말 뒤에 숨은 내 마음까지도 간파한다.

"너 지난번에 싱어 송 라이터가 되고 싶다고 얘기했잖아. 그때 언뜻 생각했어. 어쩌면 네가 만든 곡이 있을지도 모른다고."

내가 했던 말을 아리가 컴퓨터처럼 기억하고 있다는 것 또한 고맙다.

"사실은 내가 지난봄에 만든 노래가 두 곡 있어."

나는 약간은 으쓱한 기분으로 그 이야기를 간단하게 아리에게 들려주었다.

내가 맨 처음 만든 노래는 제목이 〈꽃씨〉인데, 지난봄 거실에 혼자 앉아 꽃이 활짝 핀 정원을 내다보고 있을 때 문득 노랫말이 떠오른 곡이다. 그래서 얼른 종이에다 가사를 썼고 그런 다음 기타를 가져와 흥얼거리며 곡을 만들었다. 그러고 나서 한 달 쯤 뒤, 꽃이 다 진 정원을 보며 까닭 없이 우울해져 〈작별〉이라는 곡을 만들었다.

나는 그 두 곡을 유주에게 주었다.

"이거 내가 쓴 곡이니까 나중에 한번 불러 봐."

그 무렵 나는 유주에게 까칠하게 대하고 있던 터라 지극히 사무적으로 말하고는 악보를 책상에다 던져 놓은 채 그 애 방을 나왔다. 그 뒤 유주에게 곡이 어땠냐고 묻지 않았고 유주도 곡에 대해서는 아무 말도 하지 않았다.

"그 뒤로 정말 한 번도 안 물어봤단 말이야?"

"우리 둘 다 학교 공부에 바빴거든. 어쩌면 까칠하게 대하는 내게 화가 나서 유주가 일부러 침묵을 지킨 건지도 모르고."

"그래도 궁금하지 않았어? 네 첫 작품인데?"

"난 그냥 내가 노래를 만들었다는 것이 신기하고 좋았어. 누가 알아주지 않아도 나 혼자 마냥 좋아서 틈만 나면 부르고 또 불렀지."

"솔직히 나도, 내가 네 노래의 첫 번째 감상자가 돼서 좋아. 어서 불러 봐. 듣고 싶어."

아리가 눈을 빛내며 노래를 재촉했다. 나는 뿌듯한 마음으로 노래를 시작했다.

그날 하늘은 눈부시게 푸르렀지.
넌 담벼락에 기대 서 있었어.
문득 바람이 불어 날려 온 꽃씨 하나
내 가슴속에 예쁜 꽃피우네.

내가 작사 작곡한 노래여서 그런지 노랫말과 곡이 다른 노래보다 더 내 마음을 아련하게 했다. 노래를 만들던 지난봄 어느 날의 우리 집 거실 정경이 고스란히 눈앞을 스쳐 갔다. 그러다 노래가 정점에 이르렀을 때였다.

이제야 알 것 같아.
그날 왜 바람이 불었는지
이제야 정말 알아.

그날 그 꽃씨가 무엇인지를.

마음속에서 뭔가 작은 움직임이 일었다. 고요한 봄날 한낮
에 꽃봉오리를 흔드는 바람이 살짝 지나간 듯도 했다. 아주
미세한 움직임이었지만 그게 무언지는 이내 알 수 있었다.

갑자기 가슴이 두근거렸다. 물론 실제로는 육신이 없으니
가슴이 두근거릴 때의 감정 또는 느낌이 나를 엄습했다고 말
해야 옳다. 어쨌거나 나는 마음속의 그 심한 동요를 전혀 내
색하지 않고 노래를 마쳤다.

"노래가 마음에 들어. 가사도 곡도 오래 여운이 남네. 너
정말 싱어 송 라이터에 재능이 있는 것 같다. 다른 노래도 들
려줘 봐."

"그 노랜 다음에 들려줄게. 단 두 곡뿐인데 좀 아껴 둬야지."

내가 짐짓 여유 있게 말하자 아리가 웃었다. 솔직히 그건
내 마음의 동요를 감추기 위한 위장이기도 했다. 나는 내친김
에 아리가 잘 아는 노래 두 곡을 더 불렀다. 이윽고 부적의 효
험이 다했고, 다른 날처럼 웃으며 아리와 작별하고 집으로 돌
아왔다.

내 자제력은 딱 거기까지였다. 내 방 침대에 앉자마자 마
음속의 소용돌이가 그대로 한숨으로 쏟아져 나왔다. 가슴의
두근거림이 더 심해져 어찌해야 좋을지 알 수가 없다. 아련함

과 근심이 뒤섞인 복합적인 감정이 나를 사로잡았다. 아리의 얼굴이 눈앞에 어른거렸다. 이제 3주 후면 모든 걸 훌훌 털어버리고 떠나야 하는데 어쩌자고 이런 감정에 휩싸이게 된 것일까? 이제 겨우 가족들에 대한 감정을, 미련을 정리해 나가고 있는데 왜 또다시 새로운 감정에, 미련에 휩싸이게 된 걸까? 이러다가 난 정말 갈 곳으로 못 가고 떠도는 귀신이 되는 건 아닐까?

　머리를 감싸고 심각하게 고민을 하고 있는 와중에도 철없는 내 가슴은 계속 두근두근 소리를 내며 뛰고 있었다.

나, 왜 이래?

일주일 만에 아리를 다시 봤다. 지난주까지만 해도 아리는 전혀 관심 밖의 아이였는데 이제는 다르다. 사실, 아리가 들려준 이상한 얘기 때문에 유주는 지난 일주일 내내 마음이 편치 못했다. 꾸며 낸 얘기라고, 말도 안 되는 소리라고 무시하기에는 아리의 말이 너무나 정확했다. 그 얘기를 자꾸 생각하다 보니 서준이 정말 귀신이 되어 어딘가를 헤매고 있는 것 같아 무섭기도 하고 슬프기도 하고 기분이 영 착잡했다.

그래서 유주는 논술 학원에 가는 토요일을 기다렸다. 수업이 끝나고 지난번처럼 아리가 만나자고 하면, 이번에는 흔쾌히 대화를 해 볼 참이었다. 그런데 그 기대는 보기 좋게 엇나갔다. 앞으로 서로 상관 말자고 했던 그 약속을 철저히 지키겠다는 듯 아리는 강의가 끝나자마자 유주에게 눈길 한 번 안 주고 나가 버렸다.

그렇다고 아리를 뒤쫓아 가 얘기 좀 하자고 붙잡기는 싫었다. 유주는 무안하고 울적한 기분으로 집으로 돌아왔다. 집에는 아무도 없다. 요즘 아빠는 회사 일을 핑계로 매일 늦게 들어오고, 엄마도 자주 집을 비웠다. 엄마도 아빠도 서준의 죽음을 받아들이기 위해 안간힘을 쓰고 있는 것이다.

'엄마는 지금 어디를 방황하고 있을까?'

늘 딸보다 아들을 더 사랑했던 엄마. 서준을 부를 때 엄마의 목소리에는 생기가 넘쳤고 눈빛도 더 다정했다. 적어도 유주가 느끼기에는 그랬다. 엄마는 서준을 '잘난 우리 아들' 같이 조금은 오글거리는 호칭으로 부르곤 했는데 유주는 언제나 그냥 유주일 뿐이었다. 그러다 서준이 사고를 당한 이후 지금까지 엄마는 유주를 제대로 바라본 적이 없다. 유주에게 할 말이 있을 때도 모르는 사람을 보듯 지나쳐 보면서 건성으로 말할 뿐이다.

유주는 엄마가 저를 원망하고 있음을 알았다. 언젠가 엄마는 옛날 사람들이 남녀 쌍둥이가 태어나면 여아가 남아의 앞길을 가로막는다고 생각하여 기뻐하지 않았다는 말을 얼핏 비친 적이 있다. 물론 그건 구시대의 미신이라고 말하긴 했지만 그때도 엄마는 뭔가 불안한 눈빛이었다. 그리고 이제는 그게 결코 미신만은 아니었다고 생각하는 게 틀림없다. 아마도 엄마는 유주 때문에 서준이 죽었다고 생각하여 오래도록 유주를 용서하지 않을지도 모른다.

'그래, 엄마. 용서하지 마. 나도 날 용서할 수가 없는걸. 가수가 되겠다는 허황된 꿈을 꾼 나를, 그 꿈 때문에 오빠를 죽게 만든 나를 용서할 수가 없어. 이제 그따위 꿈은 깨끗하게 버릴 거야. 물론 그런다고 오빠가 살아 돌아오는 건 아니겠지만, 그렇게라도 해야 조금이라도 덜 미안하잖아, 오빠한테…….'

갑자기 코끝이 찡해지면서 두 눈에서 눈물이 펑펑 쏟아졌다. 서준이 죽은 이후에 유주는 비로소 알게 되었다. 자기 안에 얼마나 많은 눈물이 고여 있는지를. 그렇지 않고서야 시도 때도 없이 툭하면 눈물이 쏟아질 리가 없지 않은가.

유주는 속이 풀릴 때까지 실컷 울었다. 매정하게 돌아가 버린 아리가 얄밉다는 감정도 눈물과 함께 사라지면서 뒤숭숭하던 마음이 다소 가라앉았다.

유주는 점심을 차려 먹고 설거지를 해 놓은 다음 제 방으로 들어와 책상 앞에 앉았다. 하지만 아무것도 하고 싶지 않았다. 공부는 물론이고 좋아하는 노래를 듣는 일도, 스마트폰을 들여다보는 일도 시큰둥하기만 했다.

유주는 괜히 방에서 거실로, 거실에서 방으로 서성이다가 무작정 집을 나섰다. 늦가을 오후의 햇살이 내리쬐고 있는 거리는 부산하고 활기찼다. 하지만 유주에게는 바삐 오가는 사람들과 쌩쌩 달리는 자동차, 그 모든 것이 이상하게 비현실적이고 몽환적으로 느껴졌다. 저기 다정하게 걸어가는 연인들도 언젠가는 죽겠지? 놀이터에서 해맑게 웃고 있는 저 아이도 어느 때가 되면 이 세상에서 사라지겠지? 그런 쓸데없는 생각들이 자꾸만 머리를 어지럽혔다.

유주는 동네를 한 바퀴 돌고 근처 공원으로 갔다. 공원 벤치에 한동안 우두커니 앉아 있다 일어나 막 공원을 나오려 할 때였다.

"어머, 유주야!"

누군가가 등 뒤에서 반갑게 불렀다. 돌아보니 중학교 동창인 민하였다. 민하는 타고난 목소리도 좋고 노래도 제법 잘 불러 유주처럼 장래 꿈이 가수였다. 그래서인지 유주에 대해 은근히 라이벌 의식을 드러내곤 했다. 하지만 유주는 민하와 라이벌이 되고 싶은 마음은 눈곱만큼도 없었기 때문에 친하게 지내지도 않았고 그다지 관심도 없었다.

그런데 민하는 보란 듯이 오디션을 봐서 '빛나 연예 예술고등학교'에 진학했고 유주보다 먼저 자신의 꿈에 한 발짝 성큼 다가갔다. 물론 빛예고에 다닌다고 반드시 가수가 되는 건 아니지만, 적어도 음악을 체계적으로 공부하는 만큼 가수가 될

확률이나 기회는 또래 아이들보다 높은 편이다.

"여기서 만나다니 정말 반갑다. 잘 지내지?"

민하가 호들갑스럽게 말했다. 유주는 민하를 만난 것이 그리 반갑지도 않고 별로 말을 길게 하고 싶은 생각도 없어서 건성으로 대답했다.

"응. 그냥, 뭐."

"너도 우리 학교에 같이 다니면 날마다 재미있을 텐데 안 됐네."

유주는 속에서 짜증이 치밀어 오르는 것을 꾹 참으면서 민하가 늘어놓는 빛예고 자랑을 잠자코 들었다. 그렇게 실컷 자랑한 뒤에 민하가 말했다.

"너, 우리 학교로 편입할 생각 없니? 너 정도 실력이면 오디션에서 충분히 붙을 텐데."

"편입 오디션 같은 걸 뭐 하러 봐? 오디션을 보려면 방송국에서 주최하는 진짜 오디션을 봐야지."

유주는 더 이상 참을 수가 없어서 냉랭하게 쏘아붙였다.

"자신 있으면 해 보든가. 아마 예선도 못 통과할걸?"

민하가 입꼬리를 올리며 약 올리듯 말했다.

"근데 난 이제 가수 같은 거 별로 하고 싶지 않거든. 너나 많이 해!"

유주는 몸을 홱 돌려 빠른 걸음으로 공원을 빠져나왔다.

그러고는 한참을 더 돌아다니다가 집으로 돌아왔다. 집에는 여전히 아무도 없다.

유주는 제 방으로 와서 쓰러지듯 침대에 드러누웠다. 공원에서 민하를 만난 일이 무거운 돌덩이가 되어 마음을 짓눌렀다. 민하를 만나면서 유주는 새삼 확인했다. 빛예고도 가수의 꿈도 다 포기해야 한다는 사실을. 이미 알고는 있었지만 그렇게 말로 내뱉으면서 확인하고 나니 마음이 몹시 쓰라렸다.

하지만 그런 건 이제 아무래도 좋다는 생각이 들었다. 오빠 서준이 살아 있던 시간으로 되돌아갈 수만 있다면 그런 꿈 따위는 백번이고 내팽개쳐 버릴 수 있다!

간절하게 오빠가 보고 싶다는 생각이 들면서 문득 서준이 준 악보가 떠올랐다. 유주는 책상 맨 아래쪽 서랍을 열고 그 안에 소중하게 보관해 둔 홀더를 꺼냈다. 그 안에 서준이 작사 작곡한 두 곡의 악보가 들어 있다. 투명 홀더여서 맨 앞에 있는 〈작별〉 악보가 그대로 다 보였다. 유주는 새삼스레 악보를 뚫어져라 들여다보았다.

지난봄 어느 날 저녁때의 일이 또렷하게 기억났다. 똑똑, 노크 소리가 들리고 서준이 방으로 들어오더니 밑도 끝도 없이 불쑥 악보를 책상에다 내려놓았다.

"이거 내가 쓴 곡이니까 나중에 한번 불러 봐."

서준은 늘 입에 달고 다니던 자칭 '오빠'라는 말도 없이 그냥 '내'가 썼다는 말만 하고는 훌쩍 방에서 나가 버렸다.

유주는 악보를 보면서 속으로 피식 웃었다.

'뭐야? 이거 때문이었어? 갑자기 나한테 까칠하게 군 게?'

일반적으로 작가나 작곡가 등 창작을 하는 사람들이 창작 열에 휩싸여 있을 때는 지나치게 예민해지고 까다로워져서 주위 사람들에게 신경질적으로 대하곤 한다는 말을 들은 적 이 있었다. 얼마 전부터 서준이 이유 없이 불퉁대서 은근히 마음이 쓰였는데 악보를 보니 납득이 되는 것도 같았다.

'치, 이거 두 곡 작곡하느라고 나한테 그렇게 유세를 떤 거 야? 자기가 무슨 대단한 싱어 송 라이터라고…….'

유주는 호기심이 일어 악보를 자세히 읽고 노래도 불러 보 았다. 노래는 생각보다 훨씬 좋았다. 제목은 〈꽃씨〉와 〈작별〉 인데, 두 곡 다 잔잔하면서도 마음에 스며드는 호소력이 있었 다. 유주는 둘 중 〈작별〉이 조금 더 마음에 들었다.

그제야 유주는 서준의 마음을 알 것 같았다. 유주 못지않 게 좋은 목소리에다 음악 또한 열렬히 좋아했으면서도, 기타 와 피아노를 수준급으로 쳤으면서도, 게다가 노래를 만들 줄 아는 이런 재능까지 타고 났으면서도 서준은 엄마 아빠의 소 원대로 외교관이 되겠다며 착실하게 공부에 매진해 왔다. 그 러니 그 마음속에서는 얼마나 무시무시한 갈등이 소용돌이치 고 있었을까! 아마도 그 때문에 극성맞게 가수가 되겠다며 엄마와 갈등을 빚고 있는 유주가 못마땅해진 건지도 몰랐다. 마음속 그 번민을 유주에게 퉁명스럽게 대하는 것으로 달래고 있었던 건 아닐까.

'바보. 그렇게 음악이 좋으면 나처럼 가수가 되겠다고 밀고 나가면 되잖아. 어차피 우리 인생인데, 엄마 아빠가 끝까지 반대하지는 않을 건데……'

유주는 그 문제에 대해 서준과 진지하게 이야기해 보고 싶었지만 그 뒤에도 서준이 계속 까칠하게 구는 바람에 기분이 상하고 짜증도 났다. 그래서 짐짓 서준이 작곡한 두 곡에 대해서는 아예 관심 없다는 듯 침묵을 지켰다. 가사를 다 외우고 혼자 있을 때는 자주 불렀는데도 끝내 입도 뻥긋하지 않았다.

'이럴 줄 알았으면 그때 말해 주는 건데. 오빠가 작곡한 노래 좋았다고, 마음에 쏙 든다고 말해 주는 건데……'

유주는 들릴락 말락 한숨을 내쉬며 투명 비닐 홀더를 쓰다듬었다. 그러다 퍼뜩 〈작별〉의 가사가 심상치 않다는 생각이 머리를 스쳤다. 지금까지는 〈작별〉이 일반적인 사랑 노래라고만 생각했는데, 다시 자세히 가사를 음미해 보니 꼭 서준 자신이 머지않아 이 세상과 작별할 줄 알고 이런 노랫말을 쓴 듯한 기분이 들었다. 가수는 히트곡이 운명이 되는 경우가 많다던데, 서준도 자신이 만든 노래처럼 되어 버린 것일까?

뒤엉켜 버린 실타래처럼 마음이 복잡했다. 불현듯 오빠 방으로 가 보고 싶어졌다. 왠지 서준이 평상시처럼 책에 파묻혀 공부에 몰두하고 있을 것만 같다. 아니, 그 방에서 서준의 흔적이라도 느낀다면 뒤숭숭한 마음이 조금은 가라앉을 것도 같다.

유주는 벌떡 일어나 서준의 방으로 갔다. 굳게 닫힌 방문 앞에 서서 손잡이를 잡았다. 손잡이가 돌아가지 않았다. 그제야 아빠가 아예 그 방을 잠가 버리고 열쇠도 감춰 놓았다는 사실이 생각났다. 엄마가 그 방에 들어가 자꾸 울기 때문에 아빠가 단호하게 조치를 취한 것이다.

이 방문은 언제까지 닫혀 있을까. 방에 들어가 오빠의 흔적이 남아 있는 노트북이며 옷이며 책이며 학용품들을 보면서 오빠를 추억하고 싶은데…….

유주는 그 자리에 못 박히기라도 한 것처럼 굳게 닫힌 방문 앞에 우두커니 서 있다가 갑자기 생각난 듯 안방으로 달려가 서랍들을 뒤졌다. 그리고 열쇠 꾸러미를 들고 다시 서준의 방으로 갔다. 열쇠로 방문을 열고 안으로 들어갔다.

오랫동안 열지 않아서일까? 방 안은 어둡고 스산했으며 음산한 느낌마저 들었다. 서준이 살아 있을 때와 달라진 것은 하나도 없는데 도대체 이 방 주인은 어디로 간 것일까. 유주는 불을 켜려다 말고 가만히 방문을 닫고는 그리운 마음으로 방 안을 둘러보았다. 지금이라도 서준이 문을 열고 들어와

'너 지금 남의 방에서 뭐하고 있는 거야?' 하고 나무랄 것만 같다.

'방송국 오디션만 해도 일 년에 몇 번씩 있는데 왜 나는 꼭 그 오디션에 나가야 하는 것처럼 성급하게 굴었을까? 내가 욕심만 안 부렸어도 오빠는 죽지 않았을지도 모르는데…….'

아무짝에도 쓸모없는 후회가 또다시 유주의 마음을 갉아 댔다. 보통 쌍둥이들은 수명도 비슷하고 삶의 형태까지도 많이 닮았다고 들은 적이 있다. 그런데 서준은 여느 쌍둥이와 다르게 어느 날 갑자기 혼자 훌쩍 저 세상으로 가 버린 것이다.

'바보! 엄마 배 속에도 같이 있었고 나올 때도 같이 나왔으면 갈 때도 함께 가야 하잖아, 이 바보야!'

갑자기 노래를 불러야겠다는 생각이 스친다. 서준이 작곡한 노래 〈작별〉을 불러 주고 싶다. 괜히 앵돌아져 노래가 좋다는 말도 해 주지 못했는데, 이제 이 노래를 불러 그 마음을 대신하고 싶다. 아리 말대로 정말 서준이 귀신으로 떠돌고 있다면, 이 노래로 오빠의 혼을 위로하고 싶다. 그런 다음 이제 아무 걱정하지 말고 떠나라고 마음을 다해 말한다면 서준의 혼이 그 말을 들어줄 것만 같다. 서준의 혼이 지금 이 방에 있든 아님 다른 곳을 떠돌고 있든, 유주가 전하는 마음은 텔레파시가 되어 서준에게 닿을 것이다. 둘은 쌍둥이다. 멀리 떨어져 있어도 마음은 네트워크처럼 순식간에 하나로 이어지는… 그게 쌍둥이다!

유주는 천천히 숨을 고른 뒤에 입을 벌리고 노래를 시작하려 했다. 그런데 목구멍이 무언가로 꽉 막힌 듯 소리를 낼 수가 없다. 아무리 애를 써도 소리가 나오지 않는다. 덜컥 겁이 나서 얼결에 말을 해 보았다.

"왜 이래? 내가 왜 이러냐고."

말은 분명 또렷하게 잘할 수 있다. 하지만 다시 노래를 하려 하자 목구멍이, 가슴이 무언가로 꽉 막힌 듯 소리를 낼 수가 없다. 가슴이 답답하여 미칠 것만 같다. 유주는 그 자리에 풀썩 주저앉으며 울음을 터뜨렸다.

"서준아. 나, 왜 이래? 왜 이러는 거냐고……!"

지금 이 순간

아마도 많은 사람들이 '카르페 디엠'이라는 말을 알고 있을 것이다. 혹 모른다면 당장이라도 인터넷을 검색해 보면 되겠지만, 라틴어인 '카르페 디엠'은 직역하면 '현재를 붙잡아라.' 라는 뜻이다. 말하자면 현재에 충실하라, 또는 현재를 즐겨라, 그런 뜻이다. 그러고 보니 엄마 아빠랑 유주랑 같이 보았던 뮤지컬 〈지킬 앤 하이드〉의 한 장면이 떠오른다. 극 중에서 지킬이 불렀던 그 유명한 노래, 〈지금 이 순간〉. 어쩌면 우리는 오직 지금 이 순간만을 사는 것인지도 모르겠다. 과거란 이미 지나가 버린 '지금 이 순간'이고 미래는 다가올 '지금 이 순간'일 뿐이니까.

불현듯 가족들과 함께 뮤지컬을 보았던 그때가 떠오르면서 가슴이 먹먹해진다. 유주랑 나는 물론이고 엄마 아빠도 노래와 뮤지컬을 무척 좋아했다. 좀 더 클래식한 쪽인 엄마 아빠는 사실 뮤지컬보다는 오페라를 더 좋아하신다. 두 분이 제일 좋아하는 오페라는 베르디의 〈라트라비아타〉인데 거기에 두 분의 사랑의 역사가 담겨 있다. 거창하게 말하면 나와 유주를 태어나게 한 역사라고나 할까.

아빠를 엄마에게 소개해 준 사람은 엄마의 고등학교 동창이었다. 엄마와 같은 대학 음대에 진학해 성악을 전공한 그 친구는 자기 사촌 오빠의 절친인 아빠를 엄마에게 소개해 주었다. 처음에 엄마는 아빠를 좋은 사람이라고만 생각하여 남자가 아닌 친구로 만났다. 반면 아빠는 엄마를 보자마자 사랑에 빠졌는데 엄마의 마음을 통 알 수가 없어서 만날 때마다 애가 탔다고 했다.

그러다 엄마 친구가 대학 졸업 공연으로 〈라트라비아타〉를 하게 되었다. 그 친구는 합창 파트에 출연하게 되었는데, 엄마에게 초대권 두 장을 주었다.

"아주 좋은 오페라니까 재하 씨랑 같이 보러 와. 특히 합창 장면이 나올 땐 무대를 유심히 살펴야 된다. 합창단 속에 내가 있을 테니까, 호호호."

'재하 씨'는 물론 우리 아빠다. 그래서 엄마는 아빠랑 같이 엄마 모교 대강당에서 공연하는 〈라트라비아타〉를 보러 갔다. 이윽고 막이 오르고 베르디의 유려한 선율이 대강당을 적시기 시작했다. 1막의 그 유명한 축배의 노래가 끝나고 남주 알프레도가 〈사랑의 테마〉를 부르며 여주 비올레타에게 사랑을 고백하는 장면에 이르렀을 때였다. 아름다운 선율과 매혹적인 가사에 엄마는 가슴이 뭉클해져 가만히 한숨을 내쉬었다. 뒤이어 아빠가 탄식하듯 한숨을 내쉬었다. 엄마는 아빠도 똑같이 알프레도의 노래에 감동을 받았다고 느꼈다.

사실 운명이란 언제나 순간에 결정되는 것이다. 내가 차에 치어 죽은 것도 한순간이었고, 엄마가 아빠를 사랑하게 된 것도 한순간의 일이다. 알프레도가 사랑의 테마를 불렀던 그 순간, 엄마는 깨달았던 것이다. '이 노래를 듣고 감동할 정도의 감성을 가진 남자라면 일생을 함께 살아도 좋겠다. 이 사람이 바로 내 운명이다.'라고.

운명이라……. 이렇게 열일곱 살에 어이없이 죽고 보니 삶의 큰 사건, 예를 들어 태어나고 죽는 일, 또는 사랑하는 누군가를 만나 결혼하는 일 같은 건 결국 운명적으로 결정되어 있는 게 아닌가, 하는 생각이 든다. 그밖에 다른 많은 일들이야 각자의 의지가 중요하겠지만.

'카르페 디엠' 이야기를 하다가 생각이 다른 곳으로 튀어 버렸다. 내가 그 말을 처음 알게 된 것은 〈죽은 시인의 사회〉란 영화와 책을 통해서였다. '현재를 붙잡으라.'는 그 말은 영화와 책이 주었던 감동과 함께 내 마음속에 긴 여운을 남겼다. 그래서 그 뒤에도 오래 기억하고 있었는데 아리에 대한 감정에 혼란스러워하면서 고민하고 있을 때 어느 순간 섬광처럼 그 말이 내 머리를 스쳐 갔다.

그건 마치 계시와도 같았다. 그래, 지금 이 순간의 감정이 사랑이건 기쁨이건 슬픔이건, 그 어떤 것이건 그것에 충실해야 한다. 물론 내게 미래란 없고 앞으로 주어진 시간도 겨우 3주뿐이지만, 이 축복 같은 나날을 최대한 누려야 한다. 매순간마다 찾아오는 감정에 충실하면서, 카르페 디엠!

그래서 나는 돌발 상황이긴 하지만 축복처럼 찾아온 사랑이라는 이 감정에 충실하기로 마음먹었다. 물론 거기에는 조건이 있다. 아리에게 부담을 주지 않고 쿨하게 내 감정에 충실할 것. 집착도 미련도 갖지 말 것. 하루에 한 시간씩 아리와 대화하는 시간을 소중히 여기고 기뻐하면서, 그동안 나를 위해 애써 준 아리에게 친구로서 보답할 것.

그렇게 결정하고 편안한 마음으로 침대에 걸터앉아 있을 때였다. 갑자기 찰칵 소리가 나더니 유주가 내 방으로 들어왔다. 나는 몹시 놀랐다. 혹시라도 아리한테 내가 이 방에 있다는 얘길 들은 걸까, 하는 생각이 스쳤지만 이내 고개를 저었다. 아리는 분명 그 얘기는 하지 않았다고 했다. 아마도 유주는 답답한 마음에 집에 아무도 없을 때 열쇠를 찾아 내 방에 들어와 본 게 틀림없다.

유주가 내 존재를 느낄 리는 없겠지만 왠지 불안했다. 내 방에 있는데도 유주가 방문 입구에 우두커니 서 있으니 마치 내가 침입자 같은 기분이 든다. 한 주 전이었다면, 아리가 유주에게 내 말을 전해 주기 전이었다면, 나는 유주가 내 방에 들어온 것이 무턱대고 반가웠을 것이다. 유주가 내 존재를 느끼지 못해도 나 혼자 유주를 바라볼 수 있어서 마냥 좋았을 것이다.

하지만 이젠 아니다. 나는 이미 유주의 문제는 유주가, 내 문제는 내가 해결해야 한다는 사실을 또렷하게 인식하고 있다. 그리고 지금 내 문제는 미련이나 집착 없이 아리를 향한 내 감정에 충실하다가 3주 뒤에 무사히 갈 곳으로 가는 것 뿐이다.

'유주야, 미안하다. 오빠는 더 이상 널 도와줄 수가 없어. 네 문제는 네가 해결해야 돼.'

스스로도 놀랄 만큼 차분하게, 나는 마음속으로 유주에게 말했다.

유주는 방문 어귀에 한동안 우두커니 서 있더니 문득 노래라도 부르려는 듯 입을 벌렸다. 그 애는 분명 노래를 하려는 것 같았는데, 이상하게도 아무 소리도 들리지 않았다. 유주는 당황한 표정으로 소리 내어 중얼거렸다. 그건 내게도 잘 들렸다. 그러자 몇 번인가 더 노래하는 시늉을 했지만 역시 아무 소리도 입 밖으로 나오지 않았다.

유주가 노래를 못 하게 된 건 역시 죄책감 때문일 터였다. 우려하던 일이 기어코 현실로 나타난 것이다. 가슴이 돌덩이에 눌린 듯 답답했지만 내가 할 수 있는 일은 조금 전과 똑같은 말을 마음속으로 되뇌는 것 뿐이다.

'미안하다, 유주야. 네 문제는 네가 해결해야 돼. 넌 나보다 훨씬 똑똑하잖아. 그러니 네 스스로 방법을 찾을 수 있을 거야. 오빤 그렇게 믿어.'

유주는 두어 번 더 노래하려 애를 쓰더니 무너지듯 주저앉으면서 울음을 터뜨렸다.

"서준아. 나, 왜 이래? 왜 이러는 거냐고……!"

유주가 흐느껴 울었다. 내 마음속에서도 슬픔이 끓어올랐다. 나는 침대에 웅크리고 앉은 채 유주를 가만히 지켜보았다. 이윽고 유주가 울음을 그치더니 내 책상 위 티슈 통에서 티슈를 꺼내 눈물을 닦고는 방을 나갔다.

다시 방문이 잠기고 나는 도로 혼자가 되었다. 얼마 뒤에 마음이 진정되자 내가 뭔가 달라졌다는 데에 생각이 미쳤다. 유주가 내 방에 들어왔는데도 그 애 곁에 한 발짝도 다가가지 않았다! 예전의 나라면 유주가 내 존재를 느끼지 못한다는 것을 뻔히 알면서도 충동적으로 다가가 '넌 할 수 있어, 네 힘으로 해결책을 찾아봐.'라고 안타깝게 몇 번이고 중얼거렸을 텐데…….

곰곰 생각한 끝에 내가 어떻게 그렇게 이성적으로 행동할 수 있었는지 깨달았다. 아리, 모든 것은 아리 덕분이다. 그러자 갑자기 아리가 보고 싶다는 생각이 들면서 당장이라도 아리에게 달려가 이런저런 대화를 나누고 싶었다.

하지만 아직 기다려야 한다. 기다림이 주는 애틋하고 불안한 설렘의 순간순간도 소중히 여기면서 나는 아리에게 갈 시간을 기다렸다. 귀신으로서 보내는 이런 기다림의 순간조차도 이제 두 번 다시는 오지 않을 테니까.

내 앞에 아리가 앉아 있다. 이미 죽은 내게 선물처럼 주어진 하루 한 시간의 행복. 지금 나는 바로 그 눈부신 순간을 한껏 누리고 있다. 애틋하고 설레는 내 마음을 숨기려고 전보다 더 편안하고 담담한 표정으로 아리와 이런저런 이야기를 주고받는다. 아리는 저를 바라보는 내 눈빛이 어제와 달라졌다는 것을 전혀 눈치채지 못한 듯하다. 다행이라고 해야 하나, 아님 쓸쓸하다고 해야 하나.

우린 귀신과 사람이 아니라, 그냥 평범한 청소년처럼 대화한다. 나는 아리에게 우리 엄마 아빠의 사랑 이야기를 들려주었다. 어쩐지 그 얘기를 해 주고 싶었다.

"너네 부모님은 로맨틱하시네. 우리 아빠는 학교 선생님인데 젊었을 때 엄마랑 같이 오페라 보러 간 적은 아마 한 번도 없었을 거야. 음악엔 별로 취미가 없거든. 음악은 우리 이모가 좋아해. 우리 이모는 클래식을, 특히 슈베르트를 좋아해. 이모는 중학생 때 우연히 슈베르트의 〈세레나데〉를 처음 듣고는 눈물겹게 완벽한 아름다움을 느꼈대. 자신을 완전히 잊고 음악의 아름다움과 하나가 된 황홀한 순간이었다고 했어. 비유하자면, 봄날에 꽃나무가 마침내 꽃을 활짝 피우는 순간이라고나 할까? 꽃나무는 그 순간의 눈부신 기억이 있기 때문에 겨울날의 매서운 칼바람도 이겨 내고 이듬해 다시 꽃을 피울 수 있는 거래. 꽃을 피우는 순간의 그 황홀함을 다시 경험하고 싶어서 어떤 어려움도 이겨 낸다는 거지. 사람도 마찬가지라고 했어. 자주 겪을 수는 없지만 어쩌다 찾아오는 그런 행복한 순간들이 있어서 사람들은 길고 지루한 생을 견디며 사는 거라더라. 그런 순간들이 또다시 찾아올지 모른다는 기대로, 또는 그 순간에 대한 추억의 힘으로……."

내게도 그런 순간들이 있었는지 돌이켜 보았다. 아리 이모처럼 그렇게 완벽한 감동의 순간은 아니더라도 자잘하지만 기쁘고 행복했던 순간들이 제법 많았던 것 같다. 그건 대부분 엄마 아빠와 유주, 우리 가족이 함께했던 추억들이고 요즘 아리와 만나는 시간들 역시 마찬가지다. 그러고 보니 이승과 저

승의 경계에 어정쩡하게 서 있는 나 자신을 견디게 해 준 것
도 그 추억들이다. 어둑한 내 방에 혼자 있을 때마다 엄습하
는 불안과 외로움을, 즐겁고 행복했던 기억들을 떠올리는 것
으로 극복하지 않았던가. 어쩌면 아리를 만나 내 혼이 평온해
진 덕분에 슬프거나 괴로운 기억이 아닌, 아름다운 추억들로
혼자 있는 시간들을 꽉 채울 수 있었던 건지도 모른다.

아리가 계속 말했다.

"그때부터 이모는 그 감동을 다시 느끼고 싶어서 클래식
음악을 듣기 시작했고 특별히 슈베르트 마니아가 되었지. 이
모 집에 가면 웬만한 슈베르트 씨디는 다 있어. 특히 독일 가
곡 씨디가 많지만."

"우리 엄마가 클래식을 좋아해서 우리 집에도 슈베르트 씨
디 제법 있어. 네 이모하고 우리 엄마하고 만나면 취미가 같
아서 얘기가 좀 통하겠다."

내가 이렇게 아리와 대화할 수 있는 것도 다 아리 이모 덕
분이라는 것을 잘 알고 있다. 그래서인지 아리 이모가 아주
친근하게 느껴졌다. 우리 엄마와 아리 이모가 만나는 일 같은
건 일어날 수 없기에 많이 아쉬웠다. 두 분이 만나면 좋은 친
구가 될 것도 같은데. 그러고 보면 세상에는 만나지 못한 안
타까운 인연이 생각보다 많은 것 같다.

"근데 네 부모님을 감동시킨 그 노래, 나도 한번 들어 보고

싶어. 너도 그 노래 알고 있어?"

"당근 알지. 엄마 아빠가 좋아하는 곡이어서 유주랑 나도 어릴 때부터 자주 들었거든. 하지만 이태리어 가사는 몰라. 내용은 알고 있지만."

"그럼 멜로디만이라도 들려줘. 듣고 싶어."

"응, 먼저 가사 내용을 알려 줄게. 이 노랜 가사가 아주 중요하거든. 물론 번역에 따라 조금씩 차이가 있긴 하지만 대강은 이런 내용이야."

나는 잠시 뜸을 들였다가 시를 낭송하듯 노랫말을 읊었다.

"어느 행복한 날, 그대는 내 삶에 빛을 전해 주었네. 그리고 그날 이후, 헤아릴 길 없는 사랑의 전율 속에서 살았다네. 이 사랑은 온 우주의 가슴이 뛰는 것이니, 신비롭고 어찌할 수 없는, 내 마음속의 고통과 기쁨."

"가사가 정말 좋다. 어서 멜로디를 들려줘."

나는 목을 가다듬은 다음 허밍으로 알프레도의 아리아를 불러 주었다. 아리는 눈을 반짝이며 오롯이 귀를 기울였다.

"가사를 생각하면서 들으니 노래가 더 좋은 것 같다. 너네 아빠가 듣고 감탄하실 만해. 멜로디가 정말 좋다."

"내가 아빠한테 물어봤는데, 솔직히 아빠는 멜로디보다도 자막으로 나온 가사를 보고, 그 가사가 사랑에 빠진 아빠 마음을 그대로 표현한 것 같아서 한숨을 내쉬었던 거래. 엄마 생각하고 약간 다르긴 했지만 아무튼 감동하긴 한 거지."

아리가 풋, 웃으며 물었다.

"너네 엄마도 그거 알고 계셔?"

"아마 모르실걸? 아빠 그 사실 나한테만 얘기하는 거라고
하셨거든. 유주도 모르고, 아빠랑 나랑 남자끼리만 아는 비밀
이지."

"그럼 자막이 없었다면 너네 부모님 사랑이 이루어지지 않
았을 수도 있었겠네?"

"글쎄 그랬을까? 그럼 유주랑 내가 태어나는 일도 없었겠
지. 근데 이렇게 이른 나이에 갑자기 죽고 보니 인생에는 '만
약에'란 게 없는 것 같아. 만약에 내가 5분만 늦게 또는 일찍
집을 나섰다면 그런 사고를 당하지 않았을 수도 있었겠지만,
난 이미 이렇게 죽은 몸이고 그건 누구도 돌이킬 수 없는 일
이잖아."

내 목소리에 나도 모르는 슬픔이 깃들어 있었나 보다. 아
리가 우울한 표정을 지으며 나를 바라보았다. 나는 바로 목소
리 톤을 높여 쾌활하게 말했다.

"그래도 널 이렇게 만나서 마음을 털어놓고 이야기하게 되
었으니 불행 중 다행이지, 뭐. 고맙다는 인사로 노래를 불러
줄게. 듣고 싶은 노래 있어? 신청곡 있으면 말해."

아리는 잠깐 무언가 생각하더니 살짝 웃었다.

"내 신청곡은, 네가 아껴 둔 네 노래야. 네가 만든 노래 중 하나는 아직 못 들었잖아."

"좋아. 사실, 그 노래 조만간 너한테 들려줄 작정이었거든. 제목은 〈작별〉이야."

나는 목을 가다듬은 다음 노래를 시작했다.

언젠가 때가 오겠지.

나 혼자 먼 길 떠날 그날

그날을 위해 난 꿈꿔.

오직 네 미소와 함께 갈 수 있기를.

노래를 부르다 보니 마치 내 운명을 미리 알고 만든 것 같은 착각이 든다. 이 곡을 만들던 그날이 생각난다. 그날은 일요일이었고, 나 혼자 거실 소파에 앉아 꽃이 다 져 버린 정원의 뜰을 내다보고 있었다. 그때 내 기분은 별다른 이유도 없이 꿀꿀했다. 꽃이 지듯, 존재하는 모든 것은 어느 때가 되면 다 사라지는구나! 그렇게 약간은 센티한 허무감과 상실감에 사로잡혀 있었던 것 같다. 만약 그때 갑자기 영감이 찾아오지 않았으면, 계속 늪과 같은 우울에 빠져 있었을 텐데 어느 순간 느닷없이 노랫말이 떠올랐다. 나는 얼른 볼펜을 찾아 가사를 썼고 연달아 작곡을 했다. 그러는 사이에 불청객처럼 찾아온 우울은 자취도 없이 스르르 사라져 버렸다. 글을 쓰거나 작곡을 하는 행위, 말하자면 창작을 하는 것은 스스로를 치유하는 하나의 방법이기도 하다는 것을 그때 나는 처음 알았다.

사람들은 말하곤 하지.
인생은 꿈속의 꿈일 뿐이라고.
그래도 네가 있어 아름다웠어.
슬픔까지도 사랑스러워.

문득 코끝이 시큰해졌다. 그때 우연히 떠오르는 대로 곡을 지었을 뿐인데, 아리 앞에서 이렇게 부르고 있으려니 꼭 아리를 위해 작정하고 만든 노래 같다. 인생에는 이처럼 우연이 때론 절묘하게 운명으로 맞아떨어지는 경우도 있는 건가 보다. 노래는 이제 마지막 소절로 접어들었다.

기쁨만 가득 안고 난 떠나네.
오직 네 미소만 가슴에 안고.

노래가 끝났다. 아리와 내 눈이 마주쳤다. 아리는 이내 고개를 숙였지만 나는 그 애의 두 눈에 어린 눈물을 분명히 보았다. 아리가 울었다! 아리에게 왜 울었느냐고 묻지 않아도,

굳이 아리의 대답을 듣지 않아도 나는 알 수 있었다. 그 아이가 왜 울었는지를.

아리는 눈물을 감추려는 듯 고개를 숙였다. 내 마음속에서도 슬픔이 출렁거리며 차올랐다. 나는 그 슬픔에 나를 맡긴 채 아리를 지켜보기만 했다. 얼마 동안 방 안에는 한밤의 깊은 정적만이 감돌았다. 이윽고 아리가 다시 눈을 들었을 때 나는 나지막이 말했다.

"카르페 디엠."

"뭐라고?"

"카르페 디엠. 라틴어야. 현재에 충실하라는 뜻이지. 지금 슬프면 맘껏 슬퍼하고 기쁘면 맘껏 기뻐하라, 뭐 그런 뜻. 죽어 보니까 알겠더라. 우린 다만 순간을 사는 것이고, 그게 어떤 순간이든 소중히 여기고 충실히 살아야 한다는 걸 말이야. 그러니까 지금 네가 울고 싶으면 눈물을 참지 말고 실컷 울어도 돼. 사실은 나도 좀 울고 싶거든."

나를 바라보는 눈빛을 보고, 나는 아리가 내 말을 다 이해했음을 알았다. 내가 그렇게 말해 주기를 기다렸다는 듯 내 말이 끝나기가 무섭게 아리는 소리 죽여 흐느꼈다. 내 눈에서도 눈물이 흘러내렸다. 그렇게 같이 울면서 나는 우리의 마음이 완전히 하나가 되었음을 느꼈다.

마침내 아리가 울음을 그치더니 티슈를 꺼내 코를 팽 풀었다. 나는 육신이 없는지라 모양 빠지는 일 없이 눈물만 멋지게 흘리면서 울었지만 사실은 아리가 부러웠다. 소리 내어 코를 푸는 모습까지도 예뻐 보였다.

"네 말이 맞아. 내 감정에 충실할 거야. 이런 감정이 찾아온 걸 행운이라 여길래. 카르페 디엠. 너와 얘기할 수 있고 네 모습을 볼 수 있는 지금 이 순간이 행복하고 고마워."

"나도 그래. 카르페 디엠."

아리의 눈에 다시 눈물이 고였다. 그 눈으로 나를 바라보면서 아리가 웃어 보였다. 나도 아리를 보며 웃어 주었다. 내 눈에서도 또다시 눈물이 흐르기 시작했다.

부탁

토요일 오전, 논술 학원이다. 아리는 몽롱한 기분으로 강사의 말을 듣고 있다. 다른 시간도 아닌 논술 시간에 비몽사몽이라니.

유전학자를 꿈꾸면서부터 아리는 다른 어떤 과목보다 논술을 열심히 공부했다. 논술을 잘 익혀 두어야 이다음에 박사 학위 논문이나 연구 논문들을 제대로 쓸 수 있을 것이기 때문이다. 아리는 자신이 개척하고 탐구한 분야에서 독보적이고 혁신적인 결과를 담은 논문을 쓰는 유전학자가 되고 싶었다. 아직은 진로조차 정하지 못했지만 꿈은 그랬다. 꿈을 태산만 하게 크게 가져야 작은 동산만 하게라도 이룰 수 있을 테니까.

그런 아리가 지금 그 좋아하는 독서 논술 강의를 듣는 둥 마는 둥 하고 있는 것이다. 비단 논술 학원에서만 그런 건 아니다. 언제부터인가 아니, 정확히 말하면 지난 일요일부터 이런 현상이 시작되었다. 현실이 꿈같기만 하고, 서준과 만나는 그 시간만이 팔딱팔딱 살아 있는 현실 같은 묘한 뒤바뀜.

'언제부터 그 애가 내 마음속에 들어와 있었던 걸까?'

아리는 건성으로 책을 내려다보며 생각에 잠겼다. 어쩜 그건 귀신 서준을 처음 본 순간일 수도 있고, 한밤중에 한 시간씩 대화를 나누던 어느 순간일 수도 있다. 그리고 그 마음을 확인한 건 지난 일요일, 서준의 노래를 들으며 눈물을 쏟았을 때였다. 서준이 작사 작곡한 〈작별〉이란 노래를 들으면서 자신이 서준을 얼마나 좋아하고 있는지 깨달았고, 그 애가 사람이 아니고 귀신이며 약 3주 뒤에는 흔적도 없이 사라져 버릴 거라는 자각이 들면서 걷잡을 수 없이 눈물이 쏟아졌던 것이다.

고맙게도 서준이 함께 울어 주었다. 그건 증거였다. 서준 역시 아리와 같은 마음이라는……. 아리는 가슴이 아련해지는 슬픔 속에서 한편으로는 묘한 기쁨을 느꼈다.

'카르페 디엠.'

서준이 말해 주었다. 현재를 붙잡으라고. 그때 그 말은 종소리 같은 긴 여운으로 아리의 귓가에 오래도록 맴돌았다. 비록 3주라는 짧은 시간일 뿐이지만 그 시간들을 충실하게 보내다면 언제까지나 잊을 수 없는 영원의 시간이 될 수도 있을 터였다.

그리고 바로 그 시간 이후로 아리에게는 현실이 더 이상 현실이 아니었다. 오직 서준과 만나는 환영 같은 시간만이 순도 백 퍼센트의 생생한 현실로 느껴졌다.

하지만 아리는 이런 상황이 당황스럽지는 않았다. 오히려 태어나 처음 느껴 보는, 설레고 애틋하고 두근거리는 이 감정들을 한껏 누려 보고 싶었다. 서준이 머지않아 이 세상에서 영원히 사라진다거나 그 어디에서도 서준의 흔적조차도 찾을 수 없을 거라는 사실에 대해 미리 슬퍼하고 싶지도 않았다.

'하긴, 언제부터였는지는 중요한 게 아니지. 중요한 건 지금 내 마음을 온통 서준이가 차지하고 있다는 거지.'

아리는 큰 깨달음이라도 얻은 것처럼 고개를 끄덕이며 혼자 살짝 웃었다. 그때였다. 옆 자리에 앉은 수민이가 아리의 옆구리를 쿡 찌르면서 쪽지를 내밀었다. 아리는 얼결에 쪽지를 받아 들고는 의아한 표정으로 수민을 바라보았다. 수민이 들릴락 말락 '유주'라고 말했다.

아리는 쪽지를 펴 보았다.

수업 끝나고 지난번 카페에서 좀 만나. 할 말이 있어.

아리는 아랫입술을 잘근 깨물며 쪽지를 도로 접었다. 아무리 서준의 쌍둥이 동생이라 해도 유주는 여전히 친해지고 싶지 않은 아이였다. 하지만 서준을 생각하면 매정하게 딱 잘라 거절하기 어려웠다.

'유주가 대체 무슨 얘기를 하려는 거지? 별로 할 얘기도 없을 것 같은데……'

아리는 애꿎은 쪽지만 더 이상 접을 수 없을 때까지 접고 또 접었다.

유주가 망고 주스 두 잔을 사 가지고 와 탁자에 내려놓고 자리에 앉았다. 먼저 만나자고 했으면서도 유주는 눈을 내리깐 채 말없이 주스만 마시고 있다. 아리는 주스를 마시면서 가만히 유주를 보았다. 변함없이 예쁜 모습이지만 어딘가 초췌해 보였고 낯빛도 어두웠다. 서준의 쌍둥이 동생이어서 그런 걸까? 유주의 괴로운 마음을 알 것 같은 기분이 들면서 아리의 눈빛이 얼마간 부드러워졌다.

"나한테 할 얘기가 뭔데?"

아무래도 먼저 물어봐야 할 것 같아 아리가 입을 뗐다. 그제야 유주가 눈을 들어 아리를 바라보았다.

"요새도 우리 오빠, 네 꿈에 나타나니?"

유주의 말투가 꼭 시비를 거는 것 같다. 아리의 표정이 도로 굳었다.

"내가 언제 꿈에 네 오빠 봤다 그랬어? 네가 너 편한 대로 생각한 거잖아."

"그럼 네가 정말 서준일 봤다는 거야? 귀신을?"

"목소리 낮춰. 누가 듣겠어."

아리는 말하면서 주위를 흘끗 둘러보았다. 아리와 유주가 앉은 자리는 맨 구석 자리인데, 다행히 근처 자리들은 다 비어 있었다.

"듣긴 누가 들어. 모두 자기들 얘기에 바쁜데."

빈정대는 듯한 유주의 말투에 부아가 치밀어 아리는 따지듯 물었다.

"나한테 하고 싶은 말이 그거였어?"

"당근 아니지. 네가 사실대로 대답을 해 줘야 나도 말할 수가 있거든. 그러니 어서 말해 봐. 너 정말 우리 오빠를 본 거야? 꿈이 아니고?"

"응. 진짜 봤어."

아리는 단호하게 대답했다.

"어떻게, 어떻게 본 건데?"

유주의 눈빛이 절박했다. 그 눈빛에서 아리는 언뜻 서준의 눈빛을 보았다. 이란성 쌍둥이여서 모습은 다르지만 눈빛만큼은 판박이로 닮았다. 아리는 그 눈빛을 외면할 수 없어, 서준과 어떻게 하루에 한 시간씩 대화하게 되었는지 자세하게 이야기해 주었다. 다만 서준이 어디에 머물고 있는지는 말하지 않았다. 유주가 꺼려할 것 같아서다. 아무리 쌍둥이 오빠라 해도 귀신은 두려운 존재다. 아리 역시 아직도 귀신이 무섭고 귀신의 기운을 느끼는 자신의 능력이 편치가 않다. 다만 서준은 예외다. 서준을 만난 걸 생각하면 그 능력이 고맙고 자랑스럽기도 하다.

"요즘도 한밤중에 한 시간씩 서준이를 본다고? 대화도 하고?"

유주가 침착하게 물었다. 약간은 두려워하는 기색도 보였지만 아리 앞에서는 최대한 의연하려 애쓰는 것 같다. 우리가 지금 기 싸움을 하는 건가? 아리는 그런 생각을 하면서 속으로 쓴웃음을 지었다.

"그럼 서준이는 내내 네 방에 머물러 있는 거야?"

유주가 떠보듯이 물었다. 어쩌면 유주는 사람들이 으레 생각하듯 서준의 혼이 아리에게 씐 것이라고 짐작한 건 아닐까? 빙의랄까, 뭐 그런 거. 그럴 수도 있겠지만 아리는 슬그머니 기분이 나빠졌다.

"넌 네 오빠를 그렇게도 모르니? 서준인 남한테 민폐를 끼치는 거 엄청 싫어하잖아. 새벽 1시 반쯤에 왔다가 2시 반이

지나면 돌아가. 난 서준이가 돌아갔다는 걸 확실히 알 수가 있어."

"그럼 지금 서준이는 어디 있는데? 설마 우리 주위를 맴돌고 있는 건 아니지?"

유주가 또다시 추궁하듯 물었다. 아리의 속에서 뭔가가 울컥 치솟았다.

"대체 하고 싶은 얘기가 뭔데? 서준이는 대낮에는 햇빛 때문에 사람이 없는 곳에서 조용히 지낸다고만 했어. 나도 더 이상은 캐묻지 않았고. 서준이가 어디서 어떻게 지내건 사람들한테는 눈곱만큼의 해도 끼치지 않아. 그러니 그딴 걱정 안 해도 돼. 그리고 서준인 아직은 네가 생각하는 그런 귀신이 아냐. 공포 영화에 나오는 귀신이 아니고, 다만 가야 할 곳으로 가려고 노력하는 죽은 혼일 뿐이라고."

"누가 뭐래? 왜 그렇게 열을 내?"

유주가 아리를 빤히 바라보며 물었다. 아리는 괜히 속이 켕겨서 눈을 내리깔고 주스를 마셨다. 유주도 주스를 마셨다. 조금 뒤에 유주가 말했다.

"있잖아……. 나도 꼭 한 번만 서준이를 보고 싶거든. 아주 잠깐이라도 좋아. 방법이 없을까?"

아리는 고개를 들고 놀란 눈으로 유주를 보았다. 유주가 어떤 얘기를 할지, 전혀 짐작도 못 하긴 했지만 이건 정말 뜻밖이었다.

"안 돼. 귀신은 뭐 아무나 보는 줄 아니?"

"그러니까 너한테 부탁하는 거잖아. 너도 네 이모가 도와줘서 서준이를 본다며? 물론 네가 귀신의 기를 느끼기 때문에 가능했다는 거, 나도 알아. 하지만 방법이 있을지도 모르잖아. 너처럼 서준이랑 대화하는 것까지는 바라지 않아. 그냥 한순간이라도 보고 싶어. 오빠가 여태 떠나지 못하고 있다는 걸 내 눈으로 확인하고 싶다고."

유주가 호소하는 듯한 눈빛으로 아리를 응시했다. 그 눈빛에 자꾸 서준의 눈빛이 겹쳐졌다. 아리는 속으로 한숨을 내쉬었다.

"왜 그걸 확인하고 싶은 건데?"

유주가 남은 주스를 마시더니 다시 아리를 보았다. 그 눈에 언뜻 물기가 비쳤다. 마치 서준의 눈물을 본 것 같아 아리는 기분이 착잡했다.

"그래야 다시 노래를 할 수 있을 것 같아."

"다시 노래를 하다니?"

"지난 토요일 오후부터였어. 노래를 부르려고 했는데 소리가 나오지 않는 거야. 말할 때는 멀쩡한데 노래를 부르려고만 하면 목이 꽉 막혀 버리는 거야. 막상 노래를 못 부르게 되니까 알겠더라. 내가 노래를 얼마나 좋아하는지……. 이대로 영

영 노래를 부르지 못하고 살아야 한다고 생각하면 출구 없는 밀실에 갇혀 있는 것만 같은 느낌이 들어."

유주에게 왜 그런 증상이 생겼는지, 아리는 알 것 같다. 서준의 모습을 짧은 순간이라도 보고 싶다는 그 마음도 이해가되었다. 물에 빠진 사람이 지푸라기라도 잡는 심정일 게다. 하지만 어떻게, 어떻게?

"정말 안 되겠니? 방법이 전혀 없을까?"

유주가 눈물이 그렁그렁 맺힌 눈으로 물었다. 그 눈물 때문이었을까? 아무 대책이 없다는 걸 뻔히 알면서도 아리는 이맛살을 찌푸리며 궁리해 보았다. 홀연 무언가가 머릿속을 스쳐 갔다.

"저기, 있잖아."

아리가 조심스럽게 말을 꺼내자 유주가 눈을 크게 뜨고 바라보았다.

"혹시 서준이 방에 들어가 본 적 있니? 잘은 모르지만 서준이 혼이 자기 방에 있을지도 모르잖아. 만약 그렇다면 넌 쌍둥이니까, 느낄 수 있을 거야. 그러니까 내 말은 네가 그 방에 들어가서 네 오빠 마음을 느낀다면, 서준이 모습을 잠깐보는 것보다 더 효과가 있을 수도 있다는 거야. 네가 괜한 자책으로 힘들어할까 봐 떠나지 못하고 있는 네 오빠의 마음을 느낀다면 저절로 노래를 다시 부르게 되지 않을까?"

유주의 낯빛이 더 어두워지더니 두 눈에서 눈물방울이 흘러내렸다. 유주는 이내 손끝으로 눈물을 씻고는 주스 잔을 만지작거렸다.

"사실 지난 토요일 오후에 몰래 그 방에 들어가 봤어. 사고가 난 뒤로 처음이야. 아직은 우리 식구 모두 그 방엔 출입 금지거든. 오빠가 보고 싶어서 무작정 들어갔는데 문득 네 말이 생각나더라. 서준이가 귀신으로 떠돌고 있다는 그 말……. 그게 사실이라면 죽은 영혼을 위로하는 노래를 불러 오빠를 편안하게 해 주고 싶었어. 서준이가 어디에 있건 내 마음의 노래를 들을 것 같았거든. 그럼 오빠도 홀가분하게 이 세상을 떠날 거라는 생각도 들었어. 그래서 노래를 하려 했는데, 목소리가 안 나오는 거야. 내가 노래를 못 부르게 되었다는 걸 그때 처음 알았어. 난 부랴부랴 방을 나왔고 그 뒤부터는 그 방만 쳐다보면 목소리가 더 꽉 잠기는 것 같아서 아예 그쪽으로는 고개도 돌리지 않아. 그러니 내가 어떻게 다시 그 방에 들어갈 수 있겠어? 설령 그 방에 서준이 혼이 있다고 해도 난 이제 못 들어가. 그 방에 있을 리도 없겠지만……."

아리는 속으로 한숨을 내쉬었다. 기껏 방법을 찾았다 싶었는데 이제 어쩌지?

"아리야, 부탁이야. 네가 보는 서준이 모습, 나도 보게 해 줘. 잠깐, 정말 잠깐이면 돼."

유주가 간절한 눈빛으로 거듭 말했다. 아리는 그 눈빛을 외면할 수가 없었다.

"우리 이모한테 물어볼게. 어쩌면 방법이 있을지도 몰라."

유주의 얼굴이 밝아졌다.

"고마워."

웬만해서는 고맙다는 말을 할 것 같지 않은 유주에게서 그런 인사를 들으니 더욱 부담이 되었다. 괜한 희망을 주어 마침내는 더 절망하게 만드는 건 아닐까, 염려스러웠다. 물론 유주에게 고맙다는 말을 들은 것은 솔직히 기분 좋았다.

'그래, 카르페 디엠. 지금 기분이 괜찮으면 그걸로 된 거야. 나중 일은 나중에 걱정하면 돼.'

아리는 남은 주스를 마저 다 마시고는 유주에게 눈길을 주었다. 유주가 예쁜 아이라는 사실이 새삼 느껴졌다. 하긴 유주는 서준의 쌍둥이 여동생이지 않은가.

"앞으로 2주일 뒤 토요일에 서준이가 영원히 떠난다는 거 너도 알고 있지?"

"알아. 그때가 서준이 사십구재야."

"그러니까 내 말은 시간이 별로 없단 얘기야. 만약 우리 이모가 다음 주 안에 방법을 찾지 못하면 나도 어쩔 수가 없어. 혹시 다음 주 금요일까지 내가 연락 안 하면 너도 단념해. 그리고 스스로 극복하도록 노력해 봐. 내가 보기에 그건 심리적인 거니까. 시간이 지나고 이겨 내려고 노력하면 해결할 수 있을 것 같아."

"나도 다 알아. 그렇지만 내 마음이 내 마음대로 안 되는 걸 나더러 어쩌라고? 난들 내 힘으로 극복하고 싶지 않아서 이런 부탁을 하는 줄 아니? 오죽하면 귀신을 보겠다고 하겠냐고!"

유주가 날을 세운 목소리로 쏘아붙였다.

"너 지금 나한테 성질 내는 거니?"

아리가 따져 묻자 유주가 시무룩이 눈길을 떨어뜨렸다.

"그런 거 아냐. 나 자신한테 화가 나서 그만……."

유주의 그 심정을 이해 못 할 바도 아니어서 아리는 고개를 끄덕이고는 차분하게 말했다.

"우리 이모랑 상의해 보고 연락할게. 네 번호 서준이한테 물어보면……."

"지금 서로 번호 알려 주면 되잖아. 여기다 네 번호 찍어 줘."

유주가 제 휴대 전화를 아리 앞으로 내밀었다. 아리는 잠깐 망설이다 유주의 휴대 전화에 제 번호를 찍고 통화를 눌렀다.

집으로 돌아오는 길에 아리는 당장이라도 이모에게 전화하고 싶은 마음을 꾹 참았다. 그런 중대한 얘기는 제 방에서 조용히 해야지만, 좋은 대답을 들을 수 있을 것 같아서다. 아리는 집에 도착하자마자 제 방으로 들어가 심호흡을 한 번 한 다음, 이모에게 전화를 걸었다. 바쁜 일이라도 있는 건지 이모는 전화를 받지 않았다. 그 뒤 몇 차례 더 전화를 했지만 이모는 여전히 받지 않았다.

저녁 무렵에 문득 이런 일은 전화보다 메일을 보내는 편이 낫겠다는 생각이 들었다. 아리는 저녁 식사 뒤에 이모에게 마지막으로 한 번 더 전화를 해 보고는 받지 않자, 컴퓨터 앞에 앉아 메일을 썼다. 아까 낮에 유주를 만나 어떤 이야기를 나누었는지 빠짐없이 쓰고 메일 끝에 이렇게 덧붙였다.

이모, 어렵겠지만 유주가 서준이를 볼 수 있는 방법을 좀 찾아봐 주세요. 내 생각에도 유주가 마음의 병을 치유할 수 있는 방법은 그것뿐인 것 같아. 물론 정 안 되면 병원에라도 찾아가 상담을 받아야겠지만, 가능하다면 유주를 도와주고 싶어. 서준이도 그러기를 바랄 거야.

그리고 시간이 별로 없다는 거 이모도 잘 아시지요? 늦어도 다음 주 금요일까지는 이모가 대답을 해 줘야 돼. '가능'인지 '불가능'인지 말이야. 아주 어려운 부탁인 줄 알지만, 이모가 꼭 들어줘야 돼. 부탁해용.

이모를 엄마처럼 사랑하는 아리가

아리는 '보내기'를 클릭했다. 이모가 혹 오늘 밤 늦게 메일을 본다 해도 답장은 좀 기다려야 할 터였다. 부디 이모가 방법을 찾아 하루빨리 답을 보내 주기를 바라면서, 아리는 한동안 컴퓨터 화면만 뚫어져라 바라보았다.

운명이라 말하고 싶다

일요일 새벽에 아리를 만났을 때 그 애의 표정을 보고 단번에 알아차렸다. 내게 특별히 하고 싶은 말이 있다는 것을. 그게 유주에 관한 일이라는 것도. 언제부터였을까? 아리를 보기만 해도 그 마음을 느끼게 된 것이……. 이게 바로 사랑의 힘인 걸까? 아님 내가 혼이어서 가능한 일일까?

살아 있을 때, 다른 존재와 이처럼 완벽하게 일체감을 느낀 적이 있었던가? 당장은 기억나는 게 없다. 지금 이 순간 느끼는 감정이 보석처럼 소중하여 굳이 다른 생각을 하고 싶지가 않다. 그동안 혼으로 지내면서 느꼈던 외로움과 두려움이 모두 사라지는 것 같다. 아리를 만난 것이 내게 얼마나 큰 축복인지……!

"유주가 널 보고 싶어 해. 잠깐이라도 보게 해 달라고 간절히 부탁하더라."

아리는 이모에게 메일을 보낸 사실까지 남김없이 이야기한 뒤에 내게 물었다.

"너도 알고 있었지? 유주가 노래를 못 하게 된 거."

나는 대답 대신 고개를 끄덕였다.

아리도 고개를 끄덕였다.

"그럴 줄 알았어. 많이 걱정했겠구나. 근데 왜 그 얘기 나한테 안 해 줬어?"

"그건 유주의 문제라고 생각했거든. 이렇게 죽어 보니까 알겠더라. 자신의 문제는 스스로 해결하는 것밖에는 달리 방법이 없다는걸. 나도 내 문제를 해결하려고 널 애타게 찾아다녔고 결국 이렇게 만났잖아. 때문에 유주도 그래야 한다고 생각했는데 그 방법이 이런 거라고는 상상도 못 했어. 그게 가능할지는 모르지만, 유주가 제 문제를 해결하려고 뭔가 시도했다는 것 자체가 중요하지. 이번 일이 안 된다 해도 유주는 앞으로도 계속 시도하게 될 테니까."

"근데 넌 어때? 유주가 잠깐이라도 네 모습을 보는 거……."

솔직히 잘 모르겠다. 아리는 예외지만 사람들은 귀신을 무서워한다. 아무리 쌍둥이라도 실체가 아닌 혼을 보는 것은 두려운 일일 것이다. 절박한 마음에 아리에게 그런 부탁을 했겠지만 나는 유주가 정상적인 방법으로 다시 노래 부르게 되기를 바란다. 하지만 현재로선 내 심정보다 유주의 기분이 더 중요한 것 같다.

"내 모습을 보고 정말 유주가 다시 노래하게 된다면 난 아무래도 상관없어. 근데 네 이모가 방법을 찾을 수 있을까? 그게 가능할까?"

"기다려 봐야지, 뭐. 사실 나도 큰 기대는 안 하지만, 이번 금요일까지는 희망을 가져 보려고. 그때까지 답장을 해 달라고 이모한테 부탁했거든. 되든 안 되든 다음 토요일엔 유주한테 대답을 해 줘야지."

그러고 보니 내가 돌아갈 날도 2주밖에 남지 않았다. 문득 유주가 내 모습을 보든 못 보든 유주한테 꼭 하고 싶은 말이 있다는 것을 깨달았다. 사실은 엄마 아빠에게도 하고 싶은 말이 있지만 접기로 했다. 부모님은 내가 아직까지도 혼으로 떠돌고 있다는 사실을 모르고 있으니 내 말을 전할 방법이 없다. 대신 유주한테 다 말하리라 마음먹는다. 다음 토요일에 아리는 유주를 만난다. 그때까지 할 말을 잘 생각해 두었다가 빠뜨리는 것 없이 다 말해야지. 아리는 틀림없이 내 말을 그대로 유주에게 전해 줄 것이다.

그 이후부터 우리는 더 이상 그 얘기를 입 밖에 내지 않았다. 우리는 오로지 우리 얘기만 했다. 유주가 그런 부탁을 한 적도 없다는 듯이. 우리 얘기만으로도 시간이 없는 데다 괜히 기대했다가 실망할까 봐 애써 무관심한 척했던 것인지도 모른다.

그러면서도 마음속으로는 행여나 기대하기도 했지만 목요일 새벽에도 아리는 그 일에 대해서는 아무 말도 하지 않았다.

"이모한테서는 아직 답장이 없는 거지?"

마침내 금요일 새벽에 아리를 만나자마자 내가 먼저 말을 꺼냈다.

"전화 통화는 했어. 이모가 생각 중이래. 오늘까지 확실하게 답을 준다고 했으니까 내일 새벽에는 너한테 알려 줄 수 있을 거야."

순간, 역시 그건 불가능한 일이구나, 하는 생각이 들면서 오히려 마음이 홀가분해졌다.

"그래. 되든 안 되든, 내일 유주를 만나서 얘기는 해 줘야 되잖아. 사실 내가 떠나기 전에 유주한테 꼭 하고 싶은 말이 있거든. 내가 마지막으로 남기는 말이 유주한테 도움이 되기를 바라면서 지난 며칠 동안 곰곰 생각해 둔 거야."

"그러니까 나더러 유주한테 네 말을 전해 달라는 거지?"

나는 웃으며 고개를 끄덕였다. 그러자 아리가 좋은 생각이 떠올랐다는 듯 장난스럽게 눈을 반짝였다.

"저, 나한테 휴대용 녹음기가 있거든. 학원 강의 녹음하라고 엄마가 사 준 거야. 혹시 네 목소리 녹음되지 않을까? 왜 귀신 소리 녹음하러 다니는 영화도 있잖아."

나는 피식 웃음을 날렸다.

"영화는 영화일 뿐이지. 어떻게 내 목소리가 녹음되겠어? 그런 일은 절대 없어."

"그래도 한번 해 보자. 내가 네 목소리를 들을 수 있는데, 어쩌면 녹음이 될지도 모르잖아."

아리가 어린아이처럼 고집을 부렸다. 뭐, 재미 삼아 한번 해 보는 것도 나쁘지는 않을 것 같다.

"네가 정 하고 싶다면야……."

아리가 휴대용 녹음기를 가져와 버튼을 눌렀다.

"지금, 녹음되고 있어. 서준아, 하고 싶은 말 아무 거나 해 봐."

"글쎄, 아무래도 녹음은 안 될 것 같다. 괜한……."

거기서 나는 말을 멈추었다. 왜 아리가 녹음을 하고 싶어 하는지, 불현듯 그 마음을 헤아렸기 때문이다. 아, 그랬구나. 그랬구나! 멀미라도 하듯 가슴이 울렁거렸다. 나는 마음을 가다듬고는 천천히 말했다.

"사실은 나도 내 목소리가 녹음되기를 간절히 바라고 있어. 내가 떠난 뒤에도 아리 네가 그걸 들으면서 날 기억할 수 있도록⋯⋯. 너에게 실체가 없는 환영일 뿐이어서 정말 미안하다, 아리야."

내가 더 이상 말을 않자 아리가 중지 버튼을 눌렀다. 잠시 침묵이 흘렀다.

"확인해 봐, 아리야."

아리가 가만히 나를 보더니 재생 버튼을 눌렀다. 예상대로 녹음기에서는 아리의 목소리만 흘러나왔다. 아리가 짐짓 쾌활하게 말했다.

"녹음이 되면 유주한테 들으라고 하면 되잖아. 편해 보려고 내 딴에는 머릴 좀 썼는데, 기계가 영 신통찮네."

그러더니 책상으로 가서 볼펜과 노트를 가져왔다.

"천천히 말해. 유주한테 하고 싶은 말, 내가 받아 적을게. 그래야 네 말 그대로 전할 수 있잖아."

아리는 늘 내가 원하는 것, 그 이상을 꿰뚫어 안다. 나도 모르게 불쑥, 말이 튀어나왔다.

"널 안 만났다면 난 어떻게 됐을까?"

아리가 진지한 눈빛으로 나를 보았다.

"역사와 운명에는 가정이 없는 것 같다고 네가 말했잖아. 운명적인 일은 반드시 일어나고 운명적으로 만날 사람은 어떻게든 만나는 거라고. 아마도 우린 운명적으로 만나게 되어 있었던 것 같아. 아니라면 어떻게 살아 있는 사람과 죽은 사람의 혼이 만날 수 있겠어?"

어쩌면 아리에게서 바로 그 말을 듣고 싶었던 건지도 모르겠다. 우리의 만남이 운명이라는 그 말⋯⋯.

몇십 초 동안 우리는 말없이 서로를 마주 보기만 했다. 이윽고 아리가 입을 열었다.

"말해 봐. 유주한테 하고 싶은 말⋯⋯."

지난 며칠 동안 생각했던 말들이 내 입에서 실꾸리처럼 풀려나왔다. 나는 아리가 받아 적기 편하게 천천히 말했다. 한 문장을 말하고 아리가 다 받아 쓴 것을 확인한 뒤에 다음 말을 이었다. 우리 만남의 시간이 끝나 갈 무렵에야 내 말도 마침표를 찍었다.

아리가 내 앞에 노트를 내밀며 말했다.

"이거 정리해서 내일 만날 때 보여 줄게. 혹시 더 하고 싶은 말이 있거나 덜어 내고 싶은 게 있으면 그때 말해 줘."

아리의 글씨는 동글동글 정감이 있다. 나도 볼펜을 쥐고 그 노트에다 무언가 쓰고 싶다. 아리에게 내 마음을 말이 아닌 글로 보여 주고 싶다. 내 또래가 여친이 생기면 쉽사리 하는 일을 나는 지금 전혀 할 수가 없다. 날카로운 칼에 베인 듯한 통증이 마음을 훑고 지나갔다.

그날 밤, 집으로 돌아오는 길은 몹시도 쓸쓸했다. 나는 차갑고 스산한 11월의 밤거리를 굴러다니는 낙엽이 차라리 부러웠다. 적어도 낙엽은 실체가 있지 않은가. 내가 더 이상 이 세계에 속할 수 없는 존재라는 사실이 뼈저리게 느껴졌다. 그건 정말이지 눈물겹게 외롭고 무서운 일이다. 이런 느낌이 싫어서 혼들은 서둘러 저 세상으로 가는 건지도 모르겠다.

내 방에 들어서니 마음이 안정되었다. 이제 내가 돌아갈 날도 얼마 남지 않았다. 그리고 그 남은 날 동안, 비록 하루에 한 시간이지만 아리와 함께할 수 있다. 그러자 두려움과 쓸쓸함이 사라지면서 마음이 따뜻해져 왔다. 카르페 디엠. 그 말이 마음속에 메아리처럼 울리면서 기분이 좋아졌다. 비록 귀신이라 해도 아직까지 나는 살아 있는 것이다!

토요일 새벽에 다시 만났을 때 아리가 내게 A4 용지 몇 장을 내밀었다. 이모가 보내 준 이메일과 어제 받아 적은 것을 워드로 작성해서 인쇄한 것이다.

"이모가 방법을 찾아냈어. 일단 이걸 유주한테 보여 줄 작정이야."

아리가 내 앞에 A4 용지 두 장을 나란히 놓아 주었다. 아리 이모의 메일이다. 나는 눈으로 찬찬히 메일을 읽었다. 메일 말미에 나에 대한 언급이 있어서 콧등이 약간 찡했다. 조카인 아리를 생각하면 나를 꺼려할 수도 있는데 오히려 걱정해 주는 아리 이모의 따뜻한 마음이 감사했다.

"다 읽었어?"

"응."

"어때?"

"이모님은 최선을 다해 방법을 찾아 주셨어. 그것만으로도 감사하지, 뭐."

아리가 동감이라는 듯 고개를 주억거리고는 내 앞에 나머지 A4 용지 석 장을 놓아 주었다. 유주에게 보내는 내 편지다. 나는 그 편지도 꼼꼼하게 다 읽었다.

"아주 잘 정리했네. 꼭 내가 쓴 것 같다."

내 칭찬에 아리가 기분 좋게 웃었다.

"고치거나 더 하고 싶은 말은 없어?"

"별로 고칠 건 없고, 몇 마디 추가하고 싶은 말은 있어."

아리는 내 편지를 자기 앞에다 갖다 놓고는 거기다 내가 불러 주는 말을 받아썼다.

"한 번 더 프린트해서 우리 이모 메일이랑 같이 유주한테 줄 거야. 그다음에 어떻게 할지는 유주가 선택할 거고."

"아마도 유주는 네 이모가 말한 대로 시도해 볼 거야. 그 앤 적극적이거든, 매사에."

"그래, 하여튼 좋은 결과가 있었으면 좋겠다."

그 이후로 우리는 다시 우리 얘기만 했다. 우리에게는 이제 시간이 얼마 남지 않았으니까. 해야 할 이야기는 산더미 같은데, 오늘이 지나면 남은 시간은 꼭 일곱 시간뿐이다.

하지만 아리도 나도 이제는 슬퍼하지 않는다. 그럴 시간도 없다. 이 세상을 완전히 떠나는 그날까지 나는 순간순간을 최대한 누리며 보낼 것이다. 내게는 아리가 있으니, 그 순간순간이 주는 감정이 어떤 것이든 죄다 거뜬히 받아들이고 한껏 누릴 수 있으리라.

보리수

일주일 내내 아리한테서는 연락이 없었다. 벨이 울릴 때마다 혹시나 하는 기대로 휴대 전화를 집어 들었지만, 번번이 허탕이었다. 아리가 금요일까지라고 못 박아 말했기 때문에 토요일 아침 학원에 갈 때 유주는 내심 단념을 하고 있었다. 역시 신이 들려야 귀신을 볼 수 있는 모양이다.

이제 그만 아리한테서 관심을 끊자고 결심하고 강의실에 들어섰는데, 마음과는 달리 눈길은 어느새 아리를 찾고 있다. 아리는 늘 앉는 자리에 앉아 수업이 시작되기를 기다리고 있다. 혹시라도 아리가 고개를 돌려 서로 눈이라도 마주칠까 봐 유주는 얼른 시선을 거두면서 자리에 앉았다.

'방법이 없는 모양이네. 하긴 그런 게 있을 리가 없지.'

수업에 몰두하려 했지만 강사의 열강이 낯선 외국어를 듣는 것처럼 귀에 설기만 하다. 원하지 않는데도 생각은 자꾸 아리에게로 날아갔다. 학원이 끝나고 혹시라도 희망적인 얘기를 들려주지나 않을까? 방법을 찾았는데도 나를 놀래 주려고 저렇게 시치미를 떼고 있는 건 아닐까? 귀신이 된 서준을 보는 아리는 어떤 기분일까? 서준과 아리에 대한 온갖 상상과 잡념이 수업 시간 내내 유주의 머릿속에서 어지럽게 소용돌이쳤다.

끝날 것 같지 않게 지루하게 이어지던 수업이 마침내 끝났다. 유주는 아리 쪽으로는 눈길을 주지 않으려 애쓰면서 가방을 정리했다. 자리에서 막 일어서려는데 희정이 다가와 서류 봉투를 내밀었다. 유주는 의아한 눈빛으로 희정을 바라보았다.

"아리가 너한테 전해 달래."

유주는 얼결에 테이프로 봉해 놓은 서류 봉투를 받아 들었다.

"그냥 이거만 줬어? 다른 말은 없고?"

유주는 눈으로 강의실을 훑으면서 물었다. 아리는 벌써 나갔는지 보이지 않았다.

"응, 그냥 전해 달라고만 했어."

유주는 멀거니 봉투를 내려다보았다. 마음 같아서는 당장 테이프를 떼고 속에 든 걸 꺼내 보고 싶지만 희정이가 보는 앞에서 그럴 수는 없었다.

"왜 그래? 대체 무슨 일이야? 속 시원하게 말 좀 해 봐."

희정이 다그쳤다. 둘이 단짝이어서 무슨 일이든 다 털어놓는데 유주가 유독 아리에 관해서만 입을 꾹 다물고 있으니, 궁금하기도 할 것이다.

"별일 아냐. 내가 공부에 필요한 자료를 좀 부탁해서 아리가 그걸 복사해서 준 거야."

정말 별일 아니라는 듯 유주는 무심히 서류 봉투를 반으로 접어 가방 속에 넣었다. 하지만 그것으로 물러날 희정이 아니다.

"그니까 네가 왜 하필 아리한테 그런 부탁을 하느냐고? 둘이 언제부터 그렇게 친했다고."

"아, 쫌!"

유주가 날카롭게 내뱉자 희정이 머쓱한 표정을 지으며 입을 다물었다. 유주는 희정에게 살짝 미안한 마음이 들어 부드럽게 다시 말했다.

"내가 나중에 다 얘기해 준다고 했잖아. 지지난 주에 아리가 왜 쪽지를 보내 날 만나자고 했는지, 우리가 만나서 무슨 얘기를 했는지, 지난주에는 내가 왜 또 아리를 만났는지 모조리 얘기해 줄게. 그러니 그때까지 기다려 줘."

"……."

"그 정도는 기다려 줄 수 있어야 절친 아냐?"

유주가 재차 다정하게 말하자 그제야 희정도 새치름한 표정을 풀었다.

"알았어. 대신 나중에 꼭 말해 줘야 한다."

유주는 고개를 끄덕이고는 희정의 팔을 잡아끌었다.

"자, 나가자. 내가 맛있는 거 쏠게."

유주는 희정이와 피자를 먹으며 오랜만에 실컷 수다를 떨었다. 서준이가 죽었다는 사실도 잠시 잊은 채. 마치 사고가 나기 전의 시간으로 돌아간 듯했다. 어쩜 유주는 악몽을 꾸고 있는 건지도 모른다. 지독하게 길게 이어지는 악몽. 이제 악몽은 끝나고 집에 가면 서준이 웃으며 말할 것이다. 이제 온 거야?

하지만 희정과 헤어져 아무도 없는 집 마당에 발을 딛는 순간 유주는 알았다. 서준의 사고가 악몽이 아니고, 사고 이전의 날들로 돌아간 듯한 아까의 유쾌했던 그 시간이 한낮에 꾼 덧없는 꿈이었음을.

토요일 오후의 텅 빈 집 안을 유주는 혼자 서성였다. 아빠는 오늘 볼일이 있어서 늦게 들어온다고 했고, 엄마는 아마도 어딘가를 헤매고 있을 것이다. 이 세상에서는 도저히 찾을 수 없는 서준의 흔적을 찾으려고 헛되이 애쓰면서……

아리가 준 서류 봉투는 책상 위에 내팽개치듯 놓아두었다. 왠지 봉투 속에 든 걸 꺼내 보기가 겁이 났다. 하릴없이 거실에서 텔레비전을 켜고 아이돌이 나와서 노래하고 춤추는 음악 프로그램을 보았다. 하지만 화면은 저 혼자 따로 놀고 소리는 거실 벽에 공허하게 메아리칠 뿐이다.

유주는 텔레비전을 끄고 제 방으로 들어왔다. 책상 앞에 앉아 책상 위의 서류 봉투를 물끄러미 내려다보다가 숨을 한 번 크게 들이쉬고는 봉투를 열어 속에 든 A4 용지를 꺼냈다.

A4 용지는 모두 두 종류로 각각 클립이 물려 있다. 하나는 이메일을 인쇄한 것인데 아리가 손으로 쓴 편지도 함께 있다. 유주는 먼저 아리의 편지를 읽었다.

유주야!

네가 부탁한 일, 우리 이모가 어제 저녁에야 메일로 답을 보내 줬어. 사실 그게 쉬운 일이 아니어서 이모도 방법을 생각해 내는 데에 시간이 많이 걸린 것 같다. 게다가 그 방법으로 네가 서준이를 꼭 볼 수 있을 거라고 장담할 수도 없는데, 내가 설명하는 것보다는 네가 직접 읽는 게 빠를 것 같아서 프린트해서 보낸다. 읽어 보고 시도할 거면 나한테 전화해 줘. 선택은 네가 하는 거니까 내키지 않으면 안 해도 상관없어. 그럴 경우엔 간단하게 문자 메시지 넣어 줘.

그리고 서준이가 너한테 보내는 편지도 같이 보낸다. 서준이 말을 그대로 받아써서 프린트한 거니까 네가 읽으면서 서준이의 마음을 느낄 수 있을 거라 생각해.

메일을 읽어 보면 알겠지만 네가 혹시 시도하고 싶다고 해도 기회는 단 한 번뿐이야. 그러니 가능하면 빨리, 오늘 오후에 결정해서 전화든 메시지든 주기 바란다.

유주는 아리의 편지를 책상에 내려놓고 아리 이모의 메일을 읽기 시작했다. 제법 긴 메일이었다.

아리에게

이모 답장 많이 기다렸지? 네 부탁을 받고 방법을 찾아보느라 시간이 좀 걸렸다. 사실 네 부탁, 가능한 일은 아니었어. 다만 네가 간곡히 부탁하는 데다 이모 또한 돕고 싶은 마음인지라 시도를 해 본 거지. 하지만 우리 집에 있는 옛 책은 물론 도서관에 있는 책까지 대출해 뒤져 보았는데도 역시 방법이 없더구나.

그래서 어제 너한테 안 된다는 메일을 보내려는데 문득 학창 시절에 읽은 소설 한 권이 떠오르더구나. 토마스 만이 쓴 『마의 산』이란 작품이야. 어쩜 너도 읽었을지도 모르겠구나. 이모는 하도 오래전에 읽어서 내용은 거의 기억이 안 나. 다만 꼭 한 장면만은 지금도 선명하게 기억하고 있어.

그건 주인공이(아마 주인공이 맞을 거야. 기억이 가물가물하지만.) 혼령을 보기 위해 노래를 부르는 장면이야. 그리고 정말 주인공은 잠깐이지만(내 기억으론 그래.) 혼령을 보게 돼. 오래전에 읽은 그 책의 내용을 다 잊어버렸으면서도 왜 그 장면만 지금까지 또렷하게 기억하느냐 하면 그 주인공이 불렀던 노래가 슈베르트의 〈보리수〉거든. 너도 알지? 이모가 슈베르트를 얼마나 좋아하는지. 그래서 책의 내용은 전혀 기억하지 못하면서도 주인공이 〈보리수〉를 부르면서 혼령을 불러내어 보는 장면만은 지금까지도 확실하게 기억하고 있단다. 누군가를 열렬히 사랑한다는 건 그런 거거든.

여하튼 그 장면이 떠오르면서 혹시 유주도 그렇게 해 보면 어떨까 하는 생각이 전광석화처럼 스쳐 가더구나. 내일 토요일 저녁때 유주를 집으로 초대해서 네가 서준이를 만나는 시간에 노래를 부르게 하면 어떨까? 물론 책에서처럼 〈보리수〉를 부르라는 건 아니고 서준이가 좋아했던 노래나 유주가 서준이한테 꼭 들려주고 싶은 노래를 부르면 될 것 같다.

아, 이모도 네 얘기를 들어 이미 알고 있어. 유주가 노래를 못 부른다는 걸. 그 때문에 서준이 모습을 잠깐이라도 보고 싶어 한다는 걸. 어찌 보면 본말이 전도된 걸 수도 있지만 유주가 서준이 모습을 보겠다는 간절한 마음으로 노래를 부르려고 시도해 본다면 막혔던 목소리가 트일 수도 있지 않을까? 또 소설에서처럼 노래가 이승과 저승 사이의 경계를 흔들어 서준이 모습을 보게 될 수도 있지 않을까? 정말 그렇게만 된다면 일석이조가 되는 거겠지.

사실 이건 이모 생각일 뿐이야. 이걸로 문제가 해결된다는 보장도 없지. 유주가 아무리 노래하려고 해 봐도 여전히 안 될 수도 있고, 그러면 당연히 서준이 모습을 볼 수도 없겠지. 설령 노래를 한다 해도 반드시 서준이 모습을 볼 수 있는 것도 아니거든.

게다가 유주가 부모님의 허락을 얻는 것도 쉬운 일은 아닐 거야. 전혀 알지도 못하는 친구 집에 가서 하룻밤을 묵는다는데 어느 부모님이 쉽게 허락을 하시겠니. 아마 네 엄마도 네가 낯선 친구를 데려온다고 하면 의아하게 생각할 거다. 만약 엄마 허락을 얻기가 힘이 들면 이모한테 도움을 청하렴.

이것저것 어려운 문제가 많긴 하지만 그래도 시도해 볼 만은 하지 않을까? 시도조차도 하지 않는다면 아무 일도 안 일어나지만, 시도를 해 보면 성공할 수도 있고, 혹시 실패해도 뭔가 분명 얻는 게 있을 거야.

그러니 유주에게 내가 말한 방법을 얘기해 주렴. 선택은 유주가 하는 거니까. 그리고 유주가 어떤 선택을 하든, 아리 넌 너대로 최선을 다했으니까 그것으로 된 거야.

아리야, 서준이가 떠날 날도 이제 일주일 남짓 남았지?

솔직히 이모는 너한테 혼령과 대화하는 방법을 알려 주고 나서 걱정을 많이 했단다. 혹시라도 그게 너한테 좋지 않은 영향이라도 끼치는 건 아닐까, 네 엄마가 알게 돼서 원망이나 듣는 건 아닌지 마음이 편치 않았어.

그런데 다행히도 네 앞에 나타난 건 원한에 사무친, 사람들이 생각하는 일반적인 귀신이 아니라 친구나 다름없는 평범한 청소년이어서 이모는 한시름 놓았단다. 게다가 생각보다 네가 훨씬 잘하고 있고, 또 서준이 그 아이한테도 도움이 된다니 고맙고 또 기쁘구나. 어떤 식으로든 타인을 돕는다는 것은 좋은 일이잖니. 이제 이모는 우리 아리가 가진 남다른 능력에 대해 별다른 염려를 하지 않아도 될 것 같다.

아리야, 서준이가 떠나는 그날까지 그 애의 좋은 친구가 되어 주렴. 그 애의 마음속엔 분명 지나치게 짧았던 지상에서의 삶에 대한 슬픔이 그득할 거다. 뒤늦게 만났지만 너로 인해 그 슬픔이 조금이나마 덜어졌으면 좋겠구나. 그리고 유주에게도 좋은 결과가 있기를 바란다.

이모한테 의논할 일이나 물어볼 일 있으면 전화하고, 나중에 서울 가면 보자. 나날이 쌀쌀해지는 날씨에 건강 조심하고 잘 지내라.

경주에서 이모가

177

유주는 아리 이모의 메일을 책상 위에 내려놓았다. 솔직히 실망도 되고 어이도 없었다. 유치원 애들도 텔레비전 드라마나 동화책 내용을 그대로 따라하면 안 된다는 걸 확실하게 안다. 그런데 소설을 따라하라니! 이런 황당한 방법을 일러 줄 바에야 차라리 단념하라고 하는 편이 나을 것 같다. 그럼 깨끗하게 포기하면 되니까. 말도 안 되는 방법을 얘기해 주고서는 마치 될 것처럼 시도해 보라고 계속 부추기다니 어이가 없었다.

뿐만 아니라 엄마한테 어떻게 말하고 허락을 얻어야 할지도 난감했다. 친하지도 않은 아리네 집에서 하룻밤 지내는 것도 영 내키지 않았다.

'이건 아니야. 처음부터 내가 얼토당토않은 생각을 한 거라고.'

유주는 아리에게 문자 메시지를 보내려고 휴대 전화를 집어 들었다.

—아무래도 안 되겠다. 애써 준 거 고마워.

하지만 막상 전송을 누르려니 손가락이 굳어 버린 듯 꼼짝도 하지 않았다. 유주는 휴대 전화를 내려놓고 잠시 눈을 감았다. 마음이 차분하게 가라앉으면서 아까부터 단어 하나가 머릿속을 계속 헤집고 있다는 사실을 깨달았다. 유주는 눈을 번쩍 떴다.

그건 메일에 있던 '보리수'란 단어였다. 사고가 나던 그날, 서준과 만나기로 약속했던 카페 이름도 '보리수'가 아닌가. 물론 카페 이름 '보리수'는 슈베르트의 〈보리수〉와 무관한 것일 수도 있다. 그냥 보리수나무를 좋아해서 그렇게 지은 것일 수도 있다.

그런데도 유주는 아리 이모가 언급한 책 속의 노래 〈보리수〉와 카페 이름 '보리수' 사이에 어떤 운명적인 힘이 작용하고 있는 것 같은 묘한 기분이 들었다. 아님 갈피를 잡지 못한 마음이 만들어 낸 착각인 걸까?

유주는 서준의 편지를 집어 들었다. 사실은 아리 이모의 메일보다 그걸 먼저 읽고 싶었는데 일부러 미뤄 두었다. 죽은 서준에게서 이렇게 편지를 받을 수 있다니 믿어지지가 않았다. 반가웠지만 두려운 감정도 일었다.

유주는 숨을 고르고는 편지를 읽기 시작했다.

유주야!

떠나기 전에 너한테 하고 싶은 말이 있었는데 아리를 통해 이렇게 말하고 가게 되어서 얼마나 다행인지 모르겠다. 여기에는 엄마 아빠한테 하고 싶은 말도 다 포함되어 있으니 나중에 기회가 되면 대신 내 마음을 전해 드려.

유주야, 네가 나 때문에 죄책감을 느끼고 괴로워하는 거 잘 알고 있어. 노래를 하려고 할 때 목소리가 나오지 않는 것도 아마 무의식에 깔린 그 죄책감 때문이겠지.

하지만 유주야. 그건 절대 네 잘못이 아냐. 내가 그날 사고를 당한 건 그게 내 운명이었기 때문이야. 사실 너도 그렇겠지만 난 운명 같은 건 믿지 않았어. 운명보다는 인간의 의지가 중요하다고 생각하며 살아왔지.

그런데 제대로 살기도 전에 이렇게 뜻밖에 죽은 혼이 되고 보니 알겠더라. 인간의 삶에서 작은 일은 몰라도 태어나고 죽는 일 같은 큰일은 저마다 정해진 운명에 따른 것이라는 걸. 사람들은 언제나 자신의 계획대로 인생이 진행될 거라고 믿으면서 살지만 느닷없이 의외의 일이 닥치곤 하지. 그게 바로 인간의 힘으로는 헤아리기 어려운 신의 뜻, 또는 운명의 힘이 아닐까? 만약 내게 다시 삶이 주어진다면 이제는 좀 더 겸손하게(내 나이에 어울리는 말은 아니지만.) 살 수 있을 것도 같은데 다 부질없는 감상이지, 뭐.

그러니까 내가 사고를 당한 것에 대해 유주 넌 절대 책임이나 죄책감을 느낄 필요가 없다는 거야. 난 우리 식구들이 나 때문에 계속 슬퍼하면서 불행하게 지내는 걸 원치 않아. 내 죽음을 받아들이고 가능하면 훌훌 털어 버리길 원해. 너와 엄마 아빠 모두 예전처럼 행복한 모습으로 돌아갔으면 좋겠어. 당장은 어렵겠지만 그렇게 되도록 노력했으면 해.

참, 너 내가 어디에 있는지 궁금하겠다. 하지만 그걸 말해 줄 수는 없어. 될 수 있는 한 우리 식구들 곁에는 가까이 가지 않으려 애쓰면서 죽은 혼에게 적당하고 편안한 장소에서 잘 지내고 있으니까 걱정은 안 해도 돼. 내가 왜 우리 식구들을 멀리하려 하는지, 너도 아리한테 들어서 대강은 알고 있겠지만 다시 한 번 자세하게 말해 주고 싶어.

그래. 난 이제 이 세상이 아닌 다른 세계에 속하게 된 존재야. 당연히 여기 있으면 안 되지. 그런데 내 마음속에 문제가 있어서 죽는 순간 떠나지 못했어. 그리고 그때부터 지금까지 그 문제를 해결하려고 내 나름대로 많은 노력을 해 왔어. 아마도 앞으로 일주일 뒤에, 그러니까 내가 죽은 지 49일째 되는 그날 그 시간에 나는 진짜로 떠날 수 있을 거야. 난 떠도는 귀신이 되고 싶진 않으니까 그때 꼭 떠나려고 해.

지금 난 떠나기 위한 마음의 준비를 거의 다 했고, 남아 있는 사람들 문제는 각자 스스로 해결해야 한다는 사실도 훤히 알고 있어. 그런데도 너랑 엄마 사이가 불편하고 너는 죄책감에서, 엄마는 슬픔과 상실감에서 헤어나지 못하고 있다는 사실이 자꾸 마음에 걸려.

그래서 너랑 엄마에게 시리우스, 쌍둥이별 이야기를 하려

고 해······

유주도 시리우스에 대해서는 기본적인 것은 알고 있다. 밤
하늘에서 가장 밝게 빛나는 별이라는 거. 그런데 그게 쌍둥이
별이라고? 처음 듣는 소리였다.

그보다 왜 하필 쌍둥이별 이야기를 하려는 걸까? 유주는
궁금한 마음에 바짝 더 집중하여 편지를 읽었다. 그 부분은
앞서 읽은 부분보다 길었다.

이윽고 편지가 끝이 났다. 유주는 편지를 책상 위에 내려
놓고 멍하니 내려다보았다. 어느 사이엔가 눈물이 방울방울
뺨을 타고 흘러내리더니 책상 위로 툭툭 떨어졌다. 유주는 손
수건으로 눈물을 닦아 내고 또 닦아 내면서 더 이상 눈물이
나오지 않을 때까지 흐느껴 울었다.

마침내 눈물이 멎자 욕실로 가서 세수를 했다. 그리고 물
을 한 컵 죽 들이키고 숨을 고른 다음 아리에게 전화를 했다.
신호가 몇 번 울리지 않아 아리가 전화를 받았다.

"아리야. 나, 해 볼래. 이따 몇 시까지 가면 되니? 너네 집
이 어딘지도 알려 줘."

유주는 숨도 쉬지 않고 단숨에 내뱉었다. 아리의 차분한
음성이 전화기 저편에서 들려왔다.

─서준이를 보려면 새벽 1시 반이 넘어야 하니까 밤 10시쯤

오는 게 어떨까? 부모님한테는 밤새워서 공부한다고 말씀드리는 게 좋을 것 같아.

"그건 내가 알아서 할 테니까 너네 집 주소나 가르쳐 줘. 이따 10시까지 갈게."

─그린힐 아파트 108동…….

유주는 아리네 주소를 받아 적었다. 다행히 그린힐 아파트는 유주네 주택가에서 버스로 세 정거장만 가면 된다.

유주는 방으로 들어와 책상 앞에 앉아 서준의 편지를 한 번 더 찬찬히 읽었다. 그러고는 손톱을 깨물면서 엄마가 돌아오기를 기다렸다.

시리우스, 쌍둥이별

엄마는 소파에 앉아 커튼을 활짝 젖혀 놓은 거실 유리문 밖을 내다보고 있다. 저물어 가는 11월의 늦은 오후, 스산한 정원 풍경이 한 폭의 그림인 양 펼쳐져 있다. 정원의 작은 화단에는 꽃 한 송이 없고, 잎을 거지반 떨어뜨린 나무들은 헐벗어 보인다.

어쩜 엄마의 마음속이 저 풍경과 같을지도 모른다는 생각이 유주의 머리를 스쳐 갔다. 유주는 탁자에다 아리가 건네준 서류 봉투를 살며시 내려놓고는 맞은편 소파에 앉았다. 엄마는 유주가 투명인간이라도 되는 듯, 그래서 인기척조차도 느끼지 못했다는 듯 미동도 않고 창밖만 바라보고 있다.

"엄마."

엄마는 마지못해 고개를 돌리며 퀭한 눈으로 유주를 보았다. 서준을 볼 때 엄마의 눈은 호기심 많은 소녀처럼 반짝이곤 했는데, 그 생기는 다 어디로 가 버린 것일까.

"왜?"

엄마는 유리문 너머 바깥으로 눈길을 돌리며 무심하게 물었다.

"엄마, 나 미워하지? 나 때문에 서준이가 죽었다고 생각하지?"

유주는 마음속 말을 그대로 내뱉었다. 엄마와 마주 보고 대화를 하려면 이 방법뿐이니까. 예상대로 엄마는 고개를 돌려 유주를 똑바로 바라보았다.

"무슨 말도 안 되는 소리야? 엄마 지금 심란하니까 나중에 얘기하자."

"나중엔 아예 못 하게 될 거야. 엄마하고 나 사이를 예전처럼 돌리려면 지금 얘기해야 돼, 지금."

"엄마하고 너 사이가 어떤데? 그냥 엄마한테는 시간이 더 필요한 것 뿐이야. 그러니까 나중에…….'"

"이래서 서준이가 못 떠나고 있잖아. 엄마랑 내가 걱정이 돼서!"

유주가 소리쳤다. 엄마는 움찔하더니 성난 표정으로 유주를 쏘아보았다.

"그게 무슨 소리야? 무슨 황당한 소리냐고!"

"서준이는 죽었잖아. 죽은 사람은 저 세상에 가는 게 정상이잖아. 아직도 여기 남아서 떠돌면 안 되는 거잖아!"

엄마의 얼굴이 하얗게 질렸다.

"뭐야, 너 꿈꾼 거야? 서준이가 꿈에 나타나 뭐라고 하디? 어서 말해 봐. 꿈에 서준이가 뭐라고 말했는지."

엄마는 입술을 파르르 떨었다. 꿈에서라도 서준이를 보고 싶은 사람은 엄마인데, 왜 네 꿈에만 나타난 거야. 엄마는 표정으로 그렇게 말하고 있었다. 유주는 고개를 저었다.

"꿈이 아냐, 엄마. 우린 쌍둥이인데도 서준인 죽은 후에 한 번도 내 꿈에 나타나지 않았어. 서준이 혼이 아직 여기 있다는 거, 아리라는 애가 알려 줬어. 우리 학교 애는 아니고 그냥 학원에서 같이 논술 듣는 애야."

"그 애 꿈에 서준이가 나타났다는 거야? 그 애가 서준이랑 친했대? 서준이는 엄마한테 아무 비밀도 없었어. 그 애가 서준이랑 친했다면 엄마가 몰랐을 리가 없어."

"엄마, 지금 중요한 건 그게 아니잖아. 서준인 살아 있을 때 당연히 아리를 몰랐어. 죽고 나서 아리를 찾아간 거야. 엄마랑 나한테 말을 전하고 싶어서."

"그럼, 그 아리라는 애가 귀신을 본다는 거야? 그래서 그 애한테 서준이가 보인다는 거니? 엄마더러 지금 그런 황당한

186

얘길 믿으라고!"

엄마의 목소리가 갈라져 나왔다. 유주는 엄마가 지금 느끼고 있을 혼란과 당혹감을 충분히 이해할 수 있었다.

"나도 처음엔 그랬어. 하지만 아리 얘기를 다 듣고 나니까 믿지 않을 수가 없었어."

유주는 3주 전 아리를 만난 일을 낱낱이 이야기했다. 엄마는 어스름이 깔리는 유리문 밖 정원으로 눈길을 돌린 채 유주의 말을 듣고만 있다. 유주는 계속해서 노래를 못 하게 된 사실을 털어놓았다. 그제야 엄마가 고개를 돌리곤 날카롭게 되물었다.

"노래를 못 하다니, 그건 또 무슨 소리야? 말은 잘만 하면서……."

"나도 미치겠어, 엄마. 말할 때는 멀쩡한데 노래를 부르려고만 하면 소리가 안 나오는 거야. 아무리 애를 써도 안 돼. 오죽 답답하면 내가 아리한테 말도 안 되는 부탁을 했겠어? 잠깐이라도 오빠를 보게 해 달라고, 지난주에 통사정을 했다고. 별로 친하지도 않은 그 애한테, 엄마 딸 유주가!"

엄마의 눈빛이 흔들리더니 그 얼굴에 슬픔이 땅거미처럼 내렸다. 비로소 엄마가 제 괴로움을 이해하기 시작한 듯한 기분이 들어 유주는 마음이 저렸다.

"그럴 수도 없겠지만 네가 서준이를 봐서 어쩌겠다는 건데?"

엄마가 떨리는 목소리로 물었다.

"다시 노래하고 싶어서 그래. 그래야 오빠가 안심하고 떠날 테니까. 죽을힘을 다해 노력해 보려고……."

"네 마음은 알겠는데, 그건 불가능한 일이야. 네 오빠 사십구재 치르고 나서 차라리 정신과 치료를 받아 보자."

"아리 이모가 방법을 알려 줬어. 일단 그대로 해 보고 싶어, 엄마."

"안 돼. 죽은 사람을 본다는 건 정상적인 일이 아니야. 그러다 너까지 잘못되면 엄마 아빠 어쩌라고. 이제 우리한테는 너뿐인데……. 아리 이모란 사람도 참 이상하다. 조카가 신들렸으면 그걸 벗어나게 해 줘야지, 지금 더 부추기고 있잖아. 아리 엄마 같았으면 절대 딸이 그렇게 이상한 데 빠지도록 내버려 두지 않았을 거야. 그래서 한 치 걸러 두 치라고 하는 거지."

"그런 거 아냐, 엄마. 이걸 보면 엄마도 다 이해하게 될 거야."

유주는 엄마 앞으로 서류 봉투를 내밀었다. 엄마는 흘끗 서류 봉투를 내려다보더니 굳은 표정으로 유주에게 눈길을 던졌다.

"아까 아리가 나한테 준 거야. 아리 편지랑 아리 이모 메일, 그리고 서준이 편지가 이 안에 들어 있어."

"서준이 편지라고? 너, 정말 이상해졌구나. 당장 그 학원 그만둬. 아린지 우린지, 그 애 더 이상 만나면 안 되겠다."

"엄마!"

"이제 쓸데없는 얘기 그만하고 네 방에 들어가 있어. 엄마 피곤해. 저녁은 이따 시켜 먹자. 아빠 오늘도 늦게 들어오실 거야."

엄마는 흐린 먹빛으로 물들어 가는 정원으로 시선을 돌렸다. 유주를 완강하게 밀어내는 듯한 몸짓이었다. 유주는 여기서 그냥 물러설 수가 없었다.

"내가 가수 되는 거 반대한 거, 엄마가 나 걱정해서 그런 거 아니지? 내가 진짜 잘 나가는 가수가 되면 서준이가 치일까 봐, 그걸 더 걱정했던 거지?"

엄마가 홱 고개를 돌려 유주를 노려보았다.

"못된 계집애. 너도 나중에 자식 낳아 보면 알 거다. 조금 더 사랑하는 자식은 있어도 그 때문에 다른 자식이 성공 안 하기를 바라는 부모는 세상에 없어!"

엄마가 눈을 치켜뜨며 소리쳤다. 그건 엄마가 몹시 화가 났다는 표시였다. 유주는 입술을 깨물며 변명하듯 말했다.

"내가 그렇게 생각한 게 아니야. 오빠가 편지에다 그렇게 썼어."

"서준이 핑계를 대면 무슨 말을 해도 다 용서가 되는 줄 아니?"

"그런 거 아니야. 오빠가 나 만나러 나가기 직전에 엄마한테 시리우스별 이야기를 했지? 시리우스는 쌍둥이별이라고."

"너, 네가 그걸 어떻게 알아? 어떻게……."

유주는 탁자 위의 서류 봉투를 집어 들고는 그 안에 든 서준의 편지를 꺼냈다.

"여기에 다 써 있어. 오빠가 한 말을 아리가 대신 받아쓴 거야. 내가 그 부분을 읽을 테니까, 엄마 제발 들어줘. 잠깐이면 돼. 잠깐이면……."

엄마는 창백한 얼굴로 가늘게 손을 떨면서 그저 멍하니 유주를 바라보기만 했다. 유주는 서준이 쓴 편지 중 뒷부분을 찾아서 읽기 시작했다. 실내가 어둑했지만 글씨를 못 읽을 정도는 아니었다.

그래서 너랑 엄마에게 시리우스, 쌍둥이별 이야기를 하려고 해.

물론 지금은 너한테만 전하지만 나중에 네가 엄마한테도 말씀드려. 만약 그날 사고가 나지 않았다면, 우리가 카페 보리수에서 만나 서로 하려던 얘기를 하고 무사히 집으로 돌아왔다면, 그때 엄마랑 네게 하려던 얘기였어. 시리우스가 쌍둥이별이라는 거. 책에서 우연히 읽었는데, 네가 빛예고에 편입하도록 허락해 달라고 엄마를 설득할 때 그 얘기를 하면 좋을 것 같았어. 그래서 그날 집을 나서기 직전에 엄마한테 운을 떼 놓았지. 시리우스는 쌍둥이별이라고.

너도 이미 알고 있겠지만 시리우스는 밤하늘에서 가장 밝은 별이야. 큰개자리별로 겨울밤 남쪽 하늘에서 볼 수 있지. 우리나라와 중국에서는 천랑성이라고 부르는데, 순수한 우리말로는 늑대별이지. 이 별이 먹이를 바라보는 늑대의 눈빛 같다고 그렇게 붙인 거래.

그런데 우리가 알고 있는 늑대별은 시리우스 A이고, 바로 그 옆에 시리우스 B가 있다는 사실이 이미 1800년대 후반에 밝혀졌어. 말하자면 쌍둥이별인데, 너무 가까이 있어서 하나의 별로 오인되었던 거지. 시리우스 B는 늑대별에 비해 질량은 훨씬 무겁지만 밝기는 현저하게 떨어져. 때문에 쌍둥이별인데도 육안으로는 볼 수가 없는 거지.

난 생각해 봤어. 왜 하필 가장 밝은 늑대별이 육안으로는 볼 수 없는 시리우스 B와 쌍둥이인 걸까? 이런 궁금증이 든 건 아마도 내가 쌍둥이여서겠지. 솔직히 내가 천체 과학자가 아니니 답이 나올 수는 없어. 다만 이런 생각은 들었어. '밝기'란 인간들이 별들을 관측하는 기준일 뿐이고 별들에게는 다 저마다의 존재 이유가 있는 건 아닐까? 시리우스 A는 그 화려한 빛남으로, 시리우스 B는 그 무거운 질량으로 우주의 균형을 맞추면서 밤하늘에 존재하는 것은 아닐까? 아리가 늘 말하는 유전자의 다양성이라고나 할까? 그래서 두 별은 서로 상대를 탓하거나 시샘하는 일 없이 밤하늘에서 묵묵히 자신의 소임을 다하고 있는 건 아닐까?

내가 왜 장황하게 별 이야기를 하냐면 그 별이 왠지 우리와 닮았다는 생각이 들어서야. 더 정확히 말하면 우리의 운명을 상징적으로 말해 준다고나 할까? 시리우스가 쌍둥이별이라는 걸 처음 알았을 때 가장 밝은 A는 유주 네 운명이고, 질량은 더 무겁지만 그림자 같은 B는 내 운명이라는 생각이 들더라.

사실 이 이야기는 너보다 엄마한테 더 하고 싶었어. 너도 알고는 있지? 남녀 쌍둥이가 태어나면 여아가 남아 앞길을 가로막는다는 옛말이 엄마의 의식에 늘 자리하고 있다는 거.

게다가 자라면서 넌 나보다 훨씬 더 기가 센 편이었어. 때문에 엄마는 널 사랑하면서도 불안해했던 것 같아. 엄마가 네 꿈을 그처럼 반대한 데에는 그런 이유도 있을 거야. 물론 가장 큰 이유는 네가 힘든 연예계에서 꿈을 이루지 못해 상처받을까 봐 걱정했기 때문이지만, 그 반대의 경우를 두려워했던 건지도 몰라. 네가 인기 스타가 되어 화려한 삶을 살게 될 경우, 그 화려함에 치여 내 앞날이 잘 안 풀릴지도 모른다는 염려……

당연히 엄마 마음을 내가 다 알지는 못 해. 다만 언젠가 엄마가 다른 경우에 빗대어 그와 비슷한 말을 한 적이 있어서 그때 막연하게나마 짐작했을 뿐이야.

유주의 목소리가 울먹해졌다. 유주는 흘깃 엄마를 보았다. 엄마는 연신 흘러내리는 눈물을 닦아 내고 있었다. 유주의 눈에도 눈물이 고였다.

아까 이 부분을 처음 읽었을 때 유주는 엄마한테 배신감 비슷한 감정을 느꼈다. 원망스런 마음도 들었다. 그래서 폭탄 터뜨리듯 엄마에게 그 말을 퍼부었던 것이다. 하지만 지금 이 부분을 다시 읽고, 울고 있는 엄마를 보니 마음속에서 무언가 녹아내리는 느낌이 들었다. 돌이켜 보면 엄마는 유주 역시 많이 사랑해 주었다. 다만 서준을 조금 더 사랑했을 뿐이다.

유주는 눈물이 펑펑 쏟아지려는 것을 가까스로 억제하고는 그다음을 읽어 나갔다.

유주야, 난 엄마한테 말하고 싶어. 우리가 비록 쌍둥이이긴 하지만 각자 자기 몫대로 사는 것 뿐이라고. 누가 누구의 앞길을 가로막는다거나, 하나가 너무 잘되면 다른 하나가 그 때문에 인생이 꼬이는 일 같은 건 없다고 말이야. 마치 시리우스별이 저마다의 존재 이유로 밤하늘에 떠 있듯이. 그렇게 존재 이유가 있기 때문에 쌍둥이별은 누가 더 빛나든 누가 더 무겁든 마음 쓰지 않고 오로지 자신의 임무에만 충실할 수가 있는 걸 거야.

다시 한 번 말하지만 유주야, 내가 사고를 당한 건 오로지 내 운명일 뿐이야. 네가 괜한 죄책감 가질 필요 없어. 그리고 엄마한테도 말씀드려. 우리 식구가 나 때문에 너무 슬퍼하면 내가 저 세상으로 떠나지 못하고 떠도는 귀신이 될지도 모른다고. 엄만 내가 그렇게 되는 걸 결코 원치 않으실 거야.

앞으로 일주일 뒤에, 정확히 내가 죽은 지 49일째 되는 날 사고를 당한 그 시간에 난 저 세상으로 떠날 거야. 이렇게 아리를 통해서 너한테 하고 싶은 말을 다 하고 보니 그때 잘 떠날 수 있을 것 같다.

아빠 엄마한테 많이 사랑한다고 전해 줘. 나, 아빠 엄마의 아들이어서 무척 행복했어. 네 쌍둥이 오빠였던 것도 아주 좋았고. 부디 내 몫까지 두 분을 사랑해 드려. 이렇게 갑자기 죽고 보니 내가 사랑하는 사람들을 원 없이 사랑하지 못했다는 것이 가장 큰 아쉬움으로 남아. 넌 나중에 이런 아쉬움이 남지 않도록 살아 있는 동안 한껏 사랑하며 살길 바란다.

비록 저 세상으로 간다 해도 아빠 엄마와 네가 날 기억하는 한 난 언제나 사랑하는 가족들 마음속에 살아 있을 거야.

유주야, 잘 있어. 나중에 엄마 아빠께도 내 작별 인사를 대신 전해 줘.

편지는 그것으로 끝이었다. 유주는 편지를 탁자에 올려놓았다. 순간 눈물이 주르륵 뺨을 타고 흘러내렸다. 유주는 눈물도 씻지 않은 채 엄마를 보았다. 엄마는 소리 죽여 흐느끼고 있다. 유주는 엄마 곁으로 가서 앉았다.

"엄마……."

엄마의 흐느낌 소리가 커졌다. 유주도 덩달아 울음을 터뜨렸다.

얼마나 울었을까. 이윽고 엄마도 유주도 울음을 그쳤다. 눈물을 씻고 나서 엄마가 불을 켰다. 어둑하던 거실이 환해졌다.

엄마는 서준의 편지를 처음부터 끝까지 음미하듯 천천히 읽더니 되풀이해서 또 읽었다. 그 사이에 서너 번 손가락으로 눈가에 맺힌 이슬을 털어 냈다. 이어 아리의 편지와 아리 이모의 메일까지 다 읽고는 한숨을 내쉬며 어깨를 가늘게 떨었다.

"엄마. 나, 아리네 집에 가도 되지? 오빠 모습을 보든 못 보든 아리 이모가 가르쳐 준 대로 해 보고 싶어."

엄마가 탁자에 놓인 서준의 편지를 어루만지면서 고개를 끄덕였다.

"그래, 해 봐라. 아무리 애를 써도 노래가 안 나올 수도 있으니 너무 기대는 하지 마. 서준이 모습을 보는 것도 가능한 일은 아닐 거야. 그래도 시도는 해 봐야지. 그러다 보면 어느 날엔가는 너도 다시 노래를 부를 수 있을 테고, 엄마도……."

엄마가 뒷말을 흐리더니 애써 웃었다.

"배가 고프구나. 오랜만에 맛있는 거 해 먹자."

유주는 고개를 끄덕이며 가만히 손을 내밀어 엄마의 손을 잡았다. 엄마는 잠깐 멈칫하더니 이내 다른 손으로 유주의 손을 토닥여 주었다.

아, 오빠!

저녁 9시가 넘어서 들어온 아빠는 유주가 학원 친구 집에
가서 밤새워 공부할 거라고 하자 별다른 말없이 승낙했다.
그만큼 믿는다는 뜻이어서 유주는 새삼 아빠가 고마웠다. 뿐
만 아니라 아리네 아파트까지 태워다 주겠다고 했다. 멀지
않아서 혼자 가도 된다고 했지만 아빠는 굳이 차를 몰았다.

"밤이잖니. 요즘은 세상이 하도 험해서……."

조수석에 앉은 유주는 아빠를 가만히 바라보았다. 더 또렷
해진 이마의 주름살이며 눈 밑의 그늘. 아빠는 피곤에 지친
중년 가장처럼 보였다. 나이보다 젊어 보인다는 말을 자주 들
었는데 한 달이 조금 넘는 시간 동안에 아빠 얼굴은 원래 나
이를 되찾은 것만 같다.

"아빠, 많이 힘들지?"

유주가 조심스럽게 입을 뗐다. 유주나 엄마는 실컷 슬퍼하기라도 했지만 아빠는 사고 뒷수습이며 장례식 등을 도맡아 치르느라 슬퍼할 겨를조차 없었다.

"아빠보다 엄마가 더 많이 힘들겠지. 네 엄마, 아들 사랑이 유난했잖니. 그래서 너도 좀 더 힘들 거고……."

"시간이 지나면 괜찮아질 거야. 엄마도 나도……."

아직 아빠만 서준의 혼이 떠나지 못했다는 걸 모르고 있다. 먼 훗날, 옛이야기 하듯이 아빠한테 서준이 얘기를 할 참이다. 서준이 마지막으로 보낸 편지도 보여 드리고. 엄마한테 그랬듯이.

"그래. 산 사람은 어떻게든 살아가게 돼. 다시는 못 웃을 것 같아도 어느 순간 나도 모르게 껄껄 웃게도 되고……."

유주는 대답 대신 고개를 주억거렸다. 아빠가 독백하듯 계속 말했다.

"서준이 그 녀석, 자라면서 별 속을 안 썩여 기특하다 했더니 그동안 안 했던 불효를 한꺼번에 다 하고 가는구나. 고얀 놈."

담담한 그 말 뒤에 숨은 아빠의 진한 눈물을, 유주는 느낄 수 있었다. 가슴이 저릿했다.

그 뒤 아빠는 아무 말 없이 그린힐 아파트로 차를 몰았다. 이윽고 차는 아파트 단지 안으로 들어가 108동 앞에서 멈추

198

었다. 유주는 지금 막 도착했다고 아리에게 문자를 보냈다. 차에서 내려 뒷좌석에 실어 놓은 과일 바구니를 꺼냈다. 엄마가 아리 엄마한테 보내는 선물이다.

"우리 딸, 공부 열심히 하고 와."

"응, 아빠. 운전 조심조심 하세요."

아빠의 차가 아파트 단지를 빠져나가는 것을 지켜본 뒤 유주는 몸을 돌려 아파트 안으로 들어갔다. 막상 엘리베이터 앞에 서자 선뜻 버튼을 누를 용기가 나지 않았다. 괜한 짓이 아닐까? 아무리 마음이 간절하다 해도 과연 노래를 부를 수 있을까? 애초에 노래를 다시 하고 싶어 서준의 모습을 보게 해 달라고 부탁한 거였는데 이상하게도 선후가 바뀌어 버렸다. 하긴 순서가 어떻든 다시 노래하게 되고 서준까지 본다면…… 아니, 솔직히 말하면 잠깐이라도 서준을 보게 될까봐 두려운 마음도 있다. 아무리 텔레파시가 통하는 쌍둥이라 해도 귀신은 귀신일 뿐이잖은가. 그러다 유주는 퍼뜩 고개를 저어 어지러운 상념들을 털어 버렸다.

'귀신 아니야. 그냥 내 오빠야. 아리도 잘하고 있는데, 쌍둥이인 내가 찌질하게 겁을 먹으면 안 되지.'

유주는 숨을 고르고는 9층으로 올라가는 버튼을 눌렀다.

밤이 깊었다. 유주는 아리 방에서 발을 쭉 뻗고 편안하게,

아리와 나란히 앉아 이런저런 이야기를 나누고 있다. 아리가 타 준 커피를 마셔서 그런지 새벽 1시가 가까워졌는데도 졸리기는커녕 눈이 말똥말똥하기만 하다. 아리는 원래 밤에 잠깐 자다가 서준이가 올 무렵에 깬다고 하는데, 오늘은 유주와 같이 커피를 마시고 내내 깨어 있었다.

좁은 공간에 친하지도 않은 아리와 함께 있으려니 처음에는 어색하고 쑥스러웠다. 하지만 아리가 서준과 나누었던 이야기를 해 주고, 유주 또한 숨길 것도 없이 제 이야기를 털어놓다 보니 금세 편안해졌다. 성격이나 생각하는 바가 많이 다르기는 해도 서준이라는 공통분모가 둘 사이의 이질감을 상쇄시켜 준 듯했다.

유주는 아리에게서 듣는 서준의 이야기가, 제 머릿속에 있는 오빠와는 어딘가 다르다는 생각이 들었다. 유주에게 서준은 착하고 약간은 만만한 쌍둥이 오빠일 뿐인데, 아리는 마치 좋아하는 드라마 주인공 이야기하듯 눈을 빛내며 이야기하고 있다.

혹시 아리가 서준을 좋아하는 건가, 하는 생각이 언뜻 들었다. 설마! 유주는 속으로 도리질을 했다. 서준은 죽은 사람이다. 귀신을 보고 대화할 수 있다 해도 그건 솔직히 부담스러운 능력일 뿐이잖은가. 게다가 서준은 일주일 뒤엔 영원히 떠날 건데……. 어쩌면 책이나 영화 속 인물을 좋아하듯 아리도 그런 환상에 빠진 건지도 모른다.

시간이 흘러 어느덧 1시 20분이 되었다. 아리가 책상 위의 전자시계를 흘긋 보더니 자리에서 일어났다.

"이제 준비를 해야겠다."

"나도 도와줄까?"

"아니. 그냥 거기 침대에 앉아 있어."

아리가 책상으로 다가가 전자시계를 서랍에 넣고는 손목시계를 꺼내 팔목에 찼다. 유주는 침대에 걸터앉으면서 의아한 눈빛으로 아리를 바라보았다.

"서준이랑 대화할 수 있는 시간이 한 시간이거든. 가끔 시간을 확인해야 하는데 전자시계 불빛이 서준이한테 안 좋아서……."

그러고는 책상 옆에 있는 작고 둥근 탁자를 침대와 책상 사이에 끌어다 놓았다. 탁자 양쪽에 의자도 놓았다.

"조금 뒤에 서준이 올 거야. 마음의 준비, 다 됐지? 네가 정말 간절히 바란다면 노래도 부를 수 있고 서준이도 볼 수 있을 거야. 난 그렇게 믿어."

순간 평온하던 가슴이 쿵쾅쿵쾅 소리를 냈다. 유주가 진정하려 애쓰는 동안 아리가 서랍에서 부적이며 향, 다섯 가지 색깔의 초들을 꺼냈다.

"이건 말하자면 서준을 만나기 위한 절차야. 난 영매나 무

201

당이 아니니까 이런 게 필요한 거지."

아리는 탁자에다 부적을 놓고 그 둘레에 초 다섯 개를 놓았다. 부적 바로 위쪽에 향꽂이를 놓고 난 뒤, 향에다 불을 붙였다. 그다음에 파랑, 빨강, 황색, 흰색, 마지막으로 검정 초에 불을 붙였다. 아리는 마치 정성을 다해 제사를 준비하는 고대의 신녀 같았다. 그 모습을 지켜보고 있으려니 유주도 덩달아 경건해지는 듯한 느낌이 들었다. 의식을 치르기 위한 절차라는 것이 어쩌면 마음을 집중하고 정화하는 과정인지도 모를 일이다.

아리가 탁자 앞 의자에 앉으면서 맞은편 의자를 가리켰다.

"이게 서준이 자리야."

아리가 암막을 치고 전등을 껐다. 은은한 향내가 방 안 가득 퍼졌다. 아리가 눈을 감고 나직하게 중얼거렸다.

"탐생망극, 탐생망극, 탐생망극. 천도는 생함을 사랑하여 극함을 잊느니, 산 자와 죽은 자는 그 경계가 엄연하여 감히 서로 통할 수 없어 상극이나 그럼에도 불구하고 간절히 소통을 원할 때 마침내 극함을 잊고 생함을 탐하여 통기가 이루어지나니, 나를 찾아온 혼이여 부디 모습을 드러내시라. 급급여율령 칙등."

깜깜한 방 안, 부적이 놓인 작은 탁자 위에서 일렁거리는 촛불들, 그리고 나직하게 읊조리는 이상한 주문……. 기대와 공포가 동시에 유주를 엄습했다. 등줄기에 오르르 소름이 돋았다. 유주는 주먹을 꼭 쥐고 눈을 부릅뜬 채 아리를 지켜보았다.

아리가 맞은편 의자를 바라보며 속삭이듯 말했다.

"왔구나, 서준아. 유주가 아까부터 와서 널 기다렸어."

유주의 눈에는 빈 의자일 뿐인데, 그걸 바라보면서 친구에게 말하듯 하는 아리의 모습은 기이하게만 느껴졌다. 아리는 얼마 동안 맞은편을 응시하다가 고개를 끄덕이고는 유주를 돌아보았다.

"서준이도 네가 자기를 보았으면 좋겠대. 마음을 다하고 있는 힘을 다하면 노래할 수 있을 거래. 넌 꼭 할 수 있다고 했어."

정말 저기 서준이 있는 걸까? 착잡한 마음으로 빈 의자를 보다가 유주는 눈길을 돌렸다. 지금 중요한 건 서준이 저기 있느냐 없느냐가 아니다. 유주는 노래를 다시 하고 싶어서 그다지 친하지도 않은 아리네 집에까지 와 있다. 그리고 유주가 노래를 해야 서준이도 편안하게 저 세상으로 떠날 수 있다.

"노래해 봐, 유주야."

유주는 마음을 다잡으며 일어섰다.

"무슨 노래 부를 건데?"

"오빠가 작곡한 노래가 있어. 〈작별〉이라는 노래……."

아리가 고개를 끄덕였다.

"나도 알아. 서준이가 얘기해 줬어. 네가 그 노래 부르면 서준이가 정말 좋아하겠다."

아리의 말을 듣고 보니 서준에게 반드시 그 노래를 불러 줘야겠다는 각오 같은 것이 불쑥 솟아났다. 유주는 가사를 떠올리며 하나, 둘 셋, 숨을 고르고는 빈 의자를 바라보며 노래를 시작했다.

언젠가 때가 오겠지.
나 혼자 먼 길 떠날 그날……

가사가 입안에서 뱅글뱅글 맴을 돌 뿐, 도무지 입 밖으로 나오지 않았다. 몇 번이나 기를 쓰고 해 봐도 아무 소용이 없다. 유주는 침대에 털썩 주저앉았다.

"안 돼. 도저히 못 하겠어."

아리가 유주를 보다가 빈 의자 쪽으로 고개를 돌렸다.

"서준이 말로는 네가 너무 긴장한 것 같대. 오디션 보는 것처럼 그렇게 서서 노래하지 말고 그냥 앉은 채로 편안하게 흥얼거려 보래. 아님 말고, 뭐 그런 마음으로."

유주는 마음을 안정시키기 위해 눈을 감고 스스로에게 주문을 걸었다.

'서준이가 저 의자에서 나를 응원하고 있어. 그러니까 오빠

를 위해서라도 꼭 노래해야 돼, 꼭!'

유주는 입을 크게 벌려 소리를 내 보려고 했다. 목구멍이 무언가로 꽉 막혀 버린 듯 역시 부를 수가 없다. 몇 번이나 더 부르려고 애를 쓰다 보니 이마에서 진땀이 다 났다.

"좀 쉬었다 또 해 보자."

아리가 컵에 물을 따라 주면서 말했다. 유주는 물을 다 마시고 나서 이마의 땀을 닦았다. 잠시 쉬고 나서 다시 시도해 보았지만 아무 성과가 없다. 유주는 풀이 죽었다. 도저히 되지 않을, 헛짓을 하고 있다는 자괴감마저 들었다.

"집에서 엄마 아빠 앞에서 노래할 때처럼 해 보래."

예전에 엄마 아빠 앞에서 노래한 적이 많았다. 서준이랑 둘이 하기도 했고 유주 혼자 하기도 했다. 그럴 때 엄마 아빠는 노래를 잘한다고 칭찬해 주었고 서준은 엄지손가락을 치켜세워 보였다. 정말 행복한 때였다. 이제 그 아름다운 시절은 결코 돌아오지 않겠지. 그런 생각이 들자 갑자기 그때가 눈물겹게 그리워졌다. 유주는 아랫입술을 꼭 깨물었다.

"알았어. 또 해 볼래."

몇 번을 시도하고 또 시도한 끝에 어느 순간 짧은 외마디 비명 같은 아, 소리가 나긴 했다. 하지만 그뿐이었다. 그 소리라도 한 번 더 내 보려고 몇 번이나 애를 쓰다가 유주는 입을 다물었다. 피곤하고 막막했다. 마음 같아서는 지금 당장

집으로 돌아가 쉬고 싶었다.

아리가 시계를 보았다.

"몇 시야?"

"2시가 넘었어."

그럼 이제 시간이 얼마 남지 않았다. 남은 30분 동안 노래를 하지 못한다면 엄마 말대로 정신과에 다녀야 할지도 모른다고 생각하니, 유주는 뒤통수를 세게 맞은 듯 정신이 번쩍 들었다.

"응?"

서준이가 뭐라고 말을 하는 건지 아리가 빈 의자 쪽으로 귀를 기울였다. 조금 뒤에 아리가 유주에게로 고개를 돌렸다.

"서준이가 한 말, 너한테 그대로 전해 줄게. '유주야, 굳이 내가 작곡한 노래를 부르려고 애쓸 필요는 없어. 그보다는 좀 더 부르기 편한 노래로 하면 어떨까? 아, 그래. 내가 어렸을 때 잘 불렀던 〈계백 장군〉 동요를 불러 봐. 넌 내가 그 노래 부르면 날 놀리곤 했잖아. 유치원생도 안 부르는 노래를 초딩이 부른다고, 정신 연령이 완전히 갓난아기라고. 그러면서 네 멋대로 곡조를 바꿔서 유행가처럼 부르면서 날 약 올렸지. 그럼 난 악착같이 원곡대로 노래를 부르곤 했잖아. 그 노래 불러 봐. 어릴 때처럼 편안하게. 날 놀리는 기분으로."

아, 정말 서준이 있구나! 유주는 가슴이 메어졌다. 아리가 환각으로 서준을 볼 수는 있어도 이런 말을 꾸며 낼 수는 없다. 이건 서준과 유주 둘만이 알고 있는 추억이 아닌가. 지나간 무수한 추억들이, 서준에 대한 그리움이 뭉클뭉클 솟아올랐다.

"알았어. 다시 해 볼게."

유주는 동요의 가사를 생각하며 노래를 시도했다. 이번에도 역시 소리는 나오지 않았지만 목에서 어떤 느낌이 왔다. 노래가 목구멍에서 빠져나오려고 용을 쓰고 있는 것 같았다. 있는 힘을 다해 몸부림치다 보면, 어느 순간 노래가 툭 튀어나올지도 모른다.

유주는 빈 의자를 바라보며 서준을 생각했다. 쌍둥이여서 한층 재미있었고 때론 더 티격태격하기도 했던 지난날의 추억들이, 그리움이 폭풍처럼 휘몰아쳐 왔다. 유주는 다시 노래를 시작했다. 몇 번인가 소리를 내뱉으려 안간힘을 쓰다가 어느 순간 목이 확 트이는 듯한 기분이 들면서 노래가 마침내 감옥 같은 목을 빠져나왔다.

바람 앞의 등불 같은 나라를 위해

그것을 시작으로 유주는 그리 길지 않은 동요를 끝까지 다 불렀다. 솔직히 아직은 노래라기보다는 읊조림에 가까웠다.

예전에 아름답다고 칭찬받곤 했던 그 목소리도 아니었다. 하지만 소리를 냈다는 것만으로도 어둡고 긴 터널을 빠져나와 밝은 세상을 다시 본 듯한 기분이 들었다.

"됐어, 유주야. 이제 된 거야. 드디어 소리를 냈어. 서준이가 아주 좋아해."

아리가 자기 일처럼 기뻐하며 말했다.

"이제 목이 트였으니 남은 시간 동안 더 연습해서 오빠가 작곡한 노래를 제대로 불러 보고 싶어. 오빠를 볼 수 없다 해도 오빠가 내 노래를 들으면 마음 편히 떠날 수 있을 테니까. 근데 시간이 얼마나 남았어?"

"13분밖에 안 남았어. 정확히 2시 33분이 시작되면 나도 서준이 모습을 못 봐."

"그럼 5분 동안 연습하고 나머지 8분 동안 노래해 볼래. 네가 5분 뒤에 손을 들어 줘."

유주는 노래 연습을 시작했다. 처음에는 꺽꺽거리며 소리가 거칠게 나왔으나 차츰차츰 고르게 풀리기 시작했다. 아리가 손을 들었다. 벌써 5분이 지난 것이다!

유주는 다시 일어서서 빈 의자를 바라보았다. 일렁이는 촛불 빛을 받아 빈 의자는 몽환적으로 빛나고 있었다. 불현듯 서준의 모습을 꼭 한 번만 보고 싶다는 열망이 흐느낌과 함께 목젖을 타고 올라왔다. 유주는 마음을 추스르며 말문을 열었다.

"서준아. 아니, 오빠. 오빠가 거기 있는 거, 나도 알아. 나랑 엄마 아빠가 걱정돼서 아직 못 떠났다며? 이젠 마음 편히 떠나도 돼. 엄마도 아빠도 잘하고 계셔. 보다시피 나도 지금은 괜찮아졌고. 오빠한테 마지막으로 노래 불러 줄게. 오빠가 작곡한 노래 〈작별〉. 솔직히 나, 이 노래 무지 좋았어. 그래서 그 어떤 노래보다 잘 부르고 싶어. 아직 목소리가 완전히 회복된 게 아니어서 예전보단 못하겠지만, 내 마음의 노래니까 오빠가 예쁘게 잘 들어 줘."

어느새 목소리가 울먹해져 있다. 유주는 얼른 감정을 수습하고 노래를 시작했다.

언젠가 때가 오겠지.
나 혼자 먼 길 떠날 그날……

유주는 말하듯이 작은 소리로 노래를 불렀다. 처음에는 음정이 불안하고 목소리도 떨렸는데 점점 노래가 제 빛깔을 내기 시작했다.

그날을 위해 난 꿈꿔.
오직 네 미소와 함께 갈 수 있기를.

노래가 물 흐르듯 다음 소절로 이어졌다. 노래는 추억이고 그리움이다. 유주는 빈 의자를 뚫어져라 바라보면서 혼신의 힘을 쏟아 노래했다.

사람들은 말하곤 하지.
인생은 꿈속의 꿈일 뿐이라고.
그래도 네가 있어 아름다웠어.
슬픔까지도 사랑스러워.

계속 노래가 이어지면서 유주의 목소리도 점점 트이고 맑아졌다. 노래에 담긴 울림과 호소력도 풍성해졌다. 다섯 개의 촛불도 숨죽여 노래를 듣는 듯 미세한 일렁임조차 없다.

이윽고 노래는 끝 소절에 이르렀다. 아마 아리가 서준을 볼 수 있는 시간도 다 되어 갈 것이다.

기쁨만 가득 안고 나 떠나네.
오직 네 미소만 가슴에 안고.

노래가 끝났다. 마치 박수라도 치는 것처럼 다섯 개의 촛불이 심하게 몸을 흔들었다. 유주는 무심코 촛불에 눈길을 주었다가 도로 빈 의자를 바라보았다.

'!!!'

빈 의자가 아니다. 거기 서준이 환하게 웃으며 유주를 바라보고 있다. 심장이 터질 듯 쿵쾅거렸다. 서준이 손을 들어 주먹을 쥐어 보이더니 이어 검지와 중지로 브이 자를 그리고는 마지막으로 손바닥을 좌악 펴 보였다. 그건 어려서부터 둘이서 해 오던 수신호, '가위바위보' 놀이였다. 주먹은 힘내라는 뜻이고 브이는 넌 할 수 있어, 다 펼친 손은 활짝 웃어, 모든 게 잘 될 거야, 라는 뜻이다.

"오빠, 미안해. 그리고 고마워, 정말 고마워."

유주의 눈에서 눈물이 쏟아졌다. 눈앞이 뿌옇게 흐려졌다. 재빨리 눈물을 훔치고 빈 의자를 보았을 때 그곳엔 더 이상 서준이 없었다!

또다시 유주의 눈에 눈물이 고였다. 그리 길지 않은 침묵 뒤에 아리가 전등을 켰다.

"서준이 갔어."

아리가 조심스레 촛불을 껐다. 그리고는 책상 위에 있는 티슈 통을 집어 유주에게 건넸다. 유주는 티슈로 눈물을 닦아 내면서 계속 흐느꼈다.

고백

유주가 마침내 노래를 불렀다. 한 시간 내내 죽을힘을 다한 데다 아리가 곁에서 내 말을 전해 주며 격려해 준 덕분이다. 새삼 아리가 고마웠다. 설혹 이 일이 성공하지 못한다 해도 동요하지 않기로 이미 마음을 다잡아 놓긴 했으나 그래도 유주가 노래하는 모습을 보니 마음이 한결 편안해졌다.

유주는 내가 작사 작곡한 〈작별〉을 불러 주었다. 그 모습을 지켜보면서 그 애가 잠깐이라도 내 모습을 봤으면 좋겠다고 간절히 바랐다. 아리를 통해서가 아니라 직접 동생을 격려해 주고 싶었다. 유주의 마음 또한 나와 마찬가지라는 것을 알기에 더욱 그랬다.

쌍둥이가 가지는 강력한 텔레파시가 산 자와 죽은 자의 경계를 한순간 흐려지게 한 것 같다. 노래가 막 끝났을 때 기적이 일어났다. 유주가 나를 본 것이다. 나는 환하게 웃으며 동생에게 수신호를 보냈다. 서로를 격려할 때 자주 쓰곤 했던 우리 둘만의 수신호. 유주가 눈물을 글썽이며 내 수신호에 답했다.

"오빠, 미안해. 그리고 고마워, 정말 고마워."

유주의 마지막 말에 울컥 눈물이 솟구쳤다. 바로 그 순간 기적이 사라지고 부적의 효험도 다했다. 덕분에 둘에게 내 눈물을 보이지 않아도 돼서 좋았다. 이제 유주는 물론이고 아리에게도 내가 보이지 않으니까. 비록 아리가 들을 수는 없지만 나는 소리 내어 "내일 보자."라고 말하고는 아리 방을 나왔다.

죽은 혼이 할 수 있는 일이라고는 추억을 되새김질하거나 생각에 골몰하는 것 뿐인지라 나는 여느 날처럼 아리와의 만남을 반추하며 집을 향해 휘적휘적 걸었다.

기억 속의 시간을 거슬러 아리의 방에 들어서는 순간으로 되돌아간다. 지난 몇 주 동안 그 방에는 늘 아리 혼자였는데 오늘은 유주가 함께 있다. 이미 알고 있는 일인데도 한 공간 안에 있는 둘을 보는 순간 묘한 느낌, 아니, 단순히 묘하다기보다는 훨씬 강한 어떤 감정이 나를 사로잡는다. 하지만 그걸 분석해 볼 마음의 여유가 없다. 노래를 부르려 안간힘을 쓰는 유주를 지켜보며 응원하느라 다른 생각이 끼어들 여지가 없기 때문이다.

기억은 그 이후 부적의 효험이 끝날 때까지의 일을 순서대로 반복한 다음 다시 첫 장면으로 돌아가 그 자리에서 맴돈다.

'뭘까, 그건? 정말 뭐지?'

생각에 몰두하다 보니 어느새 우리 집, 내 방이다. 여전히 뭘까, 궁리하며 침대에 걸터앉는데 아리와 유주의 모습이 동시에 선명하게 떠올랐다. 갑자기 머릿속에서 불이 확 켜졌다. 수증기로 뿌옇게 흐려진 욕실 거울을 말끔하게 닦고 거기 비친 내 민낯을 본 느낌이라고나 할까. 아니, 더 정확하게 말하면 내 무의식이 꽁꽁 감추고 있던 진실 하나가 불쑥 연못 위로 뛰어오른 물고기처럼 또렷하게 그 모습을 드러낸 것이다.

나는 침대에 우두커니 걸터앉은 채 사유의 바다를 헤엄쳤다. 이윽고 새벽이 밝아올 무렵(물론 내 방은 여전히 어두컴컴하지만.), 내 머릿속에서 번개가 번쩍였다. 아울러 내 마음속에도 빛이 비쳐 들었다. 비로소 깨달았다. 내가 왜 죽는 순간 빛의 길에 오르지 못했는지. 대체 무엇 때문에 내 영혼이 그렇게 무거웠던 것인지.

이제 고백을 해야겠다. 내 사춘기, 강한 바람과 성난 파도가 몰아쳤던 이른바 질풍노도의 시기에 대해서. 한바탕 난리를 치든 아니면 운 좋게 조용히 넘어가든 청소년은 누구나 한

번씩 사춘기를 치른다. 나는 좀 유별난 방법으로 그 시기를 치러 냈다. 하지만 엄친아답게 겉으로는 이렇다 할 표시가 나지 않았다. 눈치 빠른 우리 엄마만 유주까지 한 묶음으로 '쟤들이 사춘기가 왔나?' 하고 고개를 갸웃거릴 정도, 딱 그만큼이었다.

그러나 내 마음속에서는 그야말로 미친바람이 휘몰아치고 있었다. 셰익스피어 비극의 주인공 리어 왕이 못된 두 딸에게 버림받고 정신이 온전치 못한 상태에서 광야를 헤맬 때 불었던 바로 그 폭풍우가 내 마음속에서 휘몰아치고 있었던 것이다.

지금 생각해 보면 그건 공부 말고는 아무 대안 없이, 오로지 공부와 성적에만 빛나는 청춘을 몽땅 바쳐야 했던 숨 막히는 시절에 대한 내 나름의 반항이었던 것도 같다. 청춘의 아련한 판타지를 꿈꾸고 있던 나는 의도적으로 금지된 그 무엇에 대한 열망을 품었던 건 아닐까? 금기에 따르는 무시무시한 고뇌는 그야말로 질풍노도로 나를 몰아쳤고, 공부하고 또 공부하는 판에 박힌 나날에서 나는 그 광풍에 맞서 싸우는 고뇌로 인해 오히려 삶의 생기 어린 숨결을 느꼈던 것 같다.

공부 좀 했다는 티를 내느라 그렇게 빙빙 돌려 말을 장황하게 하느냐고 누군가 타박을 줄지도 모르겠다. 그래, 정직하게 말하겠다. 나는 내 쌍둥이 여동생 유주를 사랑했다. 물론 지금은 아니고 꼭 여섯 달 동안, 무거운 지구를 혼자 떠받치고 있는 거인 아틀라스처럼 혼자 속을 끓이면서 온 세상 고뇌가 다 내 것인 양 그렇게 살았다. 유주에게 까칠하게 대하고 멀리했던 것도 바로 그 때문이었다.

그 일은 어느 날 전혀 예기치 않게 일어났다. 갑자기 그 애의 어깨에서 찰랑거리는 머리칼에 가슴이 철렁 내려앉더니 쿵쾅쿵쾅 심장이 뛰었다. 그때부터 소리 없는 내면의 전쟁이 시작되었다. 내 마음대로 되지 않는 내 마음을 달래고 으르고 때론 조목조목 이성적으로 따져 가면서 나날을 보냈다. 겉으로는 우아하게 헤엄치지만 물속에서는 죽을힘을 다해 발을 종종 놀리고 있는 백조와 같은 형국이었다.

다행히 6개월 만에 내면의 전쟁은 끝이 났다. 내 열망이 출구 없는 청춘에 대한 환상이며 반항일 뿐이었다는 사실을 깨닫고 모범생답게 감정을 정리하고 원래의 나로, 오직 유주의 쌍둥이 오빠로 돌아온 것이다. 솔직히 마음 한편에서는 여전히 '정말 그게 다였을까?' 하는 죄의식이 남아 있었는데 나는 '그래, 그게 다지, 뭐. 어쨌다고!' 하면서 내 무의식 깊은 곳에 그 죄의식을 꽁꽁 감추어 버렸던 것이다.

그렇다. 내가 빛의 길에 오르지 못했던 것은, 내 영혼이 너무 무거웠던 것은 바로 그 죄의식 때문이었다. 나는 그걸 지금까지도 알아차리지 못했는데 오늘 아리와 함께 있는 유주를 보면서 비로소 깨닫게 된 것이다.

다행스럽게도 내 죄의식이 쓸데없는 기우였다는 사실 또한 분명해졌다. 아리와 유주가 함께 있는 것을 보는 순간, 진짜 사랑이 어떤 건지 내가 진심으로 사랑하는 사람이 누구인지 확실하게 깨달은 것이다. 그것으로 내 무의식에 웅크리고 숨어 있던 죄의식도 가벼운 깃털이 되어 하늘 저편으로 날아갔다. 내 판단대로 그건 역시 청춘의 질풍노도가 빚어 낸 한때의 아련한 환상일 뿐이었다.

다시금 아리가 고마웠다. 아리가 아니었다면 나는 아직도 내 문제점을 찾지 못했을 거다. 그럼 일주일 후에 난 어떻게 되었을까? 생각만 해도 아찔하다.

나는 크게 숨을 내쉬며 활짝 웃었다. 그동안 내색은 안 했지만, 애써 외면하고 있었지만, 사실 마음속에는 늘 불안이 꿈틀대고 있었다. 모양 빠지게 떠도는 귀신이 될까 봐, 끝내 빛의 길에 오르지 못하고 사람들이 두려워하는 한 맺힌 귀신이 될까 봐 얼마나 가슴 졸였는지 그건 아무도 모를 거다.

이제 남은 시간 아리를 맘껏 사랑하기만 하면 된다. 딱 여섯 시간뿐이다. 그 애와 만나 대화할 수 있는 것은. 그 여섯 시간을 가능한 한 유쾌하게, 행복하게 보내고 싶다. 지금까지 그래 왔던 것처럼 내가 아리에게 아름다운 추억이 되기를 소망하면서. 아마도 내가 떠나고 나면 아리는 나를 만났던 일을 꿈이었다고 생각할지도 모른다. 나와의 만남이 현실이긴 하되 완전한 현실은 아니니까. 그래도 상관없다. 꿈이든 환영이든 아리가 나를 추억할 때 기쁘고 행복하기만 하다면야 더 이상 바랄 게 없다.

어차피 인생은 한바탕 꿈이라고들 하지 않는가. 열일곱 살에 이렇게 어처구니없이 죽고 보니 그 말뜻을 확실히 알겠다. 그래도 빛나거나 행복한 순간이 있고, 가족이며 친구들을 사랑했던 많은 순간들이 있기에 비록 꿈이라 해도 허무한 것만은 아닌 것 같다. 더구나 내게는 아리가 있으니까.

'아리야, 네가 있어 열일곱 내 인생은 아름다운 것이 되었다.'

마음 같아서는 이런 멘트를 날려 보고 싶다. 진솔한 내 마음 그대로니까. 하지만 낯간지럽기도 하고 요즘 애들 말로 많이 오글거린다. 그러니 하지 않겠다. 굳이 안 해도 아리가 내 눈빛만 보고도 내 마음을 알아줄 거라고 믿는다.

아리가 간절히 보고 싶다. 아리를 만날 시간이 빨리 왔으면 좋겠다. 다른 날보다 설레는 마음으로 애타게 기다린다, 아리를 만나러 갈 한밤중의 내 시간을.

나는 아리와 마주 앉아 있다. 방 안에는 향내가 은은하고 다섯 개의 촛불이 일렁거린다. 탁자 위 부적에서 묘한 기운이 흘러나와 산 자와 죽은 자의 경계를 허물고 있다.

"어제 유주랑 정말 얘기 많이 했어. 너 오기 전에도 하고, 가고 나서도 한참 얘기했거든. 유주 곧 괜찮아질 거야. 목소리가 완전히 돌아온 건 아니지만 차츰 좋아질 거고. 네 엄마한테도 네 얘기 다 했대. 네 편지도 보여 드렸고. 그래서 우리 집에 올 수 있었던 거지. 네 엄마하고 유주가 앞으로 더욱 친해질 것 같다는 생각이 들더라. 이제 너네 부모님한테는 유주뿐이니까 당연히 전보다 더 사랑하시겠지."

나는 웃으며 고개를 끄덕였다.

"유주, 자기 일은 스스로 알아서 하는 애거든. 그러니까 이제 유주 걱정은 안 해. 엄마 아빠도 잘 해 나가실 거고……."

"그래. 식구들 일이랑 이 세상일은 그만 잊어. 그래야 네 마음도 가벼워질 거고……."

"나, 벌써 가벼워졌어. 이젠 너끈하게 빛의 길에 오를 수 있을 것 같다."

"정말이니? 이제 마음 정리가 다 된 거야?"

"다 네 덕분이야. 네가 나한테 큰 선물을 줬어."

"내가 뭐……."

아리가 더듬거리며 얼굴을 붉혔다. 그 모습을 가만히 보고 있는데 뭔가가 후다닥 마음을 스쳐 갔다. 나는 심각한 표정으로 아리에게 말을 건넸다.

"아리야, 지금 갑자기 든 생각인데, 난 다른 누구보다 네가 걱정이 돼."

"내가 왜?"

"사실은 네가 아니라 네 능력이 걱정이 돼. 내가 떠나고 난
뒤 다른 혼이 또 널 찾아오면 어쩌지? 게다가 그 혼이 원한
맺힌 무서운 귀신이라면……."

"너보다 더 잘생기고 멋진 혼이 찾아올 수도 있잖아. 쓸데
없는 걱정은 마셔."

아리가 놀리듯 생글생글 웃으며 나를 빤히 바라보았다. 진
심으로 걱정이 돼서 말한 건데 그렇게 놓치듯 받자 은근히 약
이 올랐다.

"나처럼 잘생기고 젠틀한 혼을 만나기가 어디 쉬운 일인
줄 아니? 그건 천년에 한 번 올까 말까 한 행운이라고! 천재
일우, 알아?"

갑자기 아리가 푸하하, 웃음을 터뜨렸다.

"윤서준, 너 너무 자뻑이 심한 거 아냐?"

아리의 반응에 민망해져 머리를 긁적거렸다.

"어쨌든 내 말의 핵심은 이거야. 네가 귀신들한테 시달릴
까 봐 내가 무지 걱정한다는 거. 곁에서 지켜 줄 수도 없기 때
문에 더더욱 그렇다는 거."

내가 진지하게 말하자 아리도 정색을 하며 나를 보았다.

"네 맘 알아. 하지만 이 세상 걱정은 더 이상 안 하기로 했

잖아. 난 네가 저 세상으로 잘 가기를 바라거든. 너랑 헤어지는 건 당근 서운하지만. 그래서 우리 약속했잖아. 카르페 디엠, 현재에 충실하자고."

나는 고개를 끄덕였다. 순간, 어떤 생각 하나가 나비처럼 살포시 내 맘에 내려앉았다. 떠나기 전에 아리에게 선물 하나를 남기고 가고 싶다는 생각. 물론 마음의 선물일 뿐이지만 어쩌면 그것이 아리의 인생에 좋은 영향을 끼칠지도 모른다. 아니, 그렇게 되기를 희망한다. 나는 속으로 혼자 빙그레 웃고는 우리가 마지막으로 만나는 날 그 선물 꾸러미를 풀어야겠다고 결심했다.

잠시 우리는 저마다의 생각에 사로잡혀 침묵한다. 촛불이 일렁일렁 춤추는 소리가 들리는 것만 같다. 문득 이 아름다운 밤을 노래하고 싶다는 생각이 머리를 스쳐 간다.

"서준아, 노래 불러 줘. 네 노래 듣고 싶어."

"방금 나도 그 생각 했는데 역시 우린 잘 통하는 것 같다."

나는 나직하게 노래를 부르기 시작한다. 아리가 다소곳이 귀 기울여 듣는다. 노래는 방 안을 가득 채우고 아리와 내 마음을 밤의 빛깔로 흠뻑 물들인다. 지금 이 순간이 지나가면 두 번 다시는 돌아오지 않겠지. 하지만 기억은 남아 있을 거다. 따뜻한 밤, 부드러운 밤의 광채 속에서 노래로 마음과 마음을 나누던 이 밤의 추억은 아리에게 그리고 나에게 또렷하게 각인되어 있을 것이다, 영원히.

나는 지금 자신 있게 말할 수 있다. 열일곱 내 삶은 아름다 웠다고. 죽어 혼이 된 지금 이 순간 더더욱 그렇다고.

11월 셋째 주 토요일 새벽 1시 33분에 아리와 다시 만났다. 그 애와 함께하는 마지막 시간이지만 이미 마음의 준비를 단 단히 한 터라 우리는 여느 때처럼 소곤소곤 이야기를 나누고 때론 쿡쿡 웃기도 한다. 내가 노래를 불러 주면 아리는 편안 한 표정으로 듣는다. 마치 우리에게 내일이 있는 것처럼. 언 제까지나 이런 만남이 계속될 것처럼…….

다른 때보다 시간이 한층 빠르게 흐르는 것 같다. 아리가 슬쩍 손목시계를 본다. 이제 아리에게 줄 선물을 풀어놓아야 할 때가 된 것 같다.

"아리야, 난 네가 꿈을 포기하지 않으면 좋겠어. 유전학 을 그렇게 좋아하면서 단지 부모님 반대 때문에 의사가 된다 는 건 말이 안 돼. 내가 보기에 너네 부모님은 우리 엄마만큼 완강한 건 아니신 것 같던데? 우리 엄만 유주가 가수가 되는 걸 그야말로 '이마에 띠 두르고 결사반대'였거든. 그런데도 유주는 꿈을 포기하지 않고 끊임없이 노력하고 있잖아."

나는 아리를 응시하며 또박또박 힘주어 말했다. 아리가 고 개를 끄덕였다.

222

"네 말이 맞아. 내가 하늘이 두 쪽 나도 유전학자가 되고 싶다고 하면 엄마 아빠도 결국엔 승낙하실 거야. 문제는 나한 테 확신이 없다는 거야. 엄마 말처럼 의사는 미래가 밝지만 유전학자는 너무 불투명하잖아. 나, 유전학자가 되고 싶긴 하지만 공부하느라 힘들고 가난하게 살면서 엄마 아빠한테 짐이 되는 건 싫거든. 잘나가는 의사가 된 언니와 비교 당하는 건 더더욱 싫고."

아리 말도 일리는 있다. 우린 꿈만 먹고 살기에는 현실에 대한 정보가 너무 많은 세대다. 우리 부모 세대처럼 무작정 꿈을 향해 달려갈 수만은 없다. 아니, 우리 아빠도 그러지는 못했다. 결국 외교관의 꿈을 접고 평범한 회사원이 됐으니까.

하지만 나는 다시 한 번 더 격려해 보기로 마음먹는다. 내 마음의 선물이 이대로 흐지부지되어 버리는 건 싫다.

"그래도 꿈을 포기하기엔 너무 이르잖아. 우린 청소년인데. 유주를 봐. 얼마나 악착같은데."

"나도 확신만 서면 그럴 수 있어. 문제는 아직 그 확신이 없다는 거야."

"과학은 과학자 자신의 호기심을 충족시키기 위해서 밤낮 없이 연구에 매달리는 학문이라고 네가 그랬던 것 같은데? 넌 유전학이 재미있다고 했잖아. 그러면 충분한 거 아냐?"

"재미는 필요조건이지 충분조건은 아니야. 이것만은 내가 꼭 연구해 보고 싶다, 내 모든 걸 걸고 공부하고 싶다, 그런 결정적 한 방이 아직 없어, 나한테는. 솔직히 불투명한 미래 때문이 아니라, 설사 큰 성과를 내지 못할지라도 기어이 연구해 보고 싶은 그 무언가가 없기 때문에 여태 결정을 못 한 거야."

그제야 아리의 망설임이 이해가 되었다. 아리 인생에 좋은 영향을 끼치고 싶다는 내 소망이 어쩌면 오만일지도 모른다는 자각이 왔다.

"그래, 뭐가 되든 네가 행복하게 살았으면 좋겠어."

"고마워, 서준아. 꿈을 포기하지 말라고 말해 줘서. 그것만으로도 나한테 큰 힘이 됐어."

우리는 말없이 서로를 바라보기만 했다. 오직 눈빛으로 많은 말을 하면서……. 부적에서 나오는 기운이 차츰차츰 흐려지고 있다. 아리가 문득 손목에 찬 시계를 보았다.

"시간 다 된 거지?"

아리가 시무룩이 눈길을 떨어뜨리며 고개를 끄덕였다. 이제 작별, 영원한 작별을 고할 차례다. 하고 싶은 말은 많지만 짧게, 쿨하게 말하기로 한다.

"잘 있어, 아리야."

아무리 쿨한 이별이라도, 아리와 마지막으로 악수는 한 번 하고 싶다. 포옹까지는 못 하더라도. 육신이 없다는 게 참 슬프다는 걸 새삼 뼈저리게 느낀다.

"잘 가, 서준아."

아리가 나를 빤히 바라보면서 짤막하게 말했다. 갑자기 그
눈에 눈물이 그렁그렁하게 고였다. 내 마음속에서 무언가 울
컥 솟구쳤다. 끝까지 쿨하기로 결심했지만 감정의 파도가 이
성의 둑을 무너뜨렸다.

"아리야……."

부적에서 흘러나오던 기운이 툭 끊어졌다. 이제 아리에게
는 내 모습이 안 보이고 내 목소리 또한 들리지 않을 것이다.
나는 마지막으로 하려 했던 그 말을 속으로 삼켜 버렸다.

'아리야, 사랑해. 기억이 남아 있는 한 언제까지나.'

아리는 슬픈 눈빛으로 일렁이는 촛불만 보고 있다. 그 눈
에서 금방이라도 눈물이 쏟아질 것 같다. 나 역시 울고 싶지
만 꾹 참는다. 이미 예정된 이별, 준비해 온 이별이니 의연하
게 받아들이고 싶다.

'아리야, 안녕. 나, 이제 진짜 간다. 영원히!'

나는 아리를 잠시 바라보다가 몸을 돌려 조용히 방을 나왔다.

11월의 깊은 밤은 고적하고 스산하다. 가슴속에서 찰랑거
리는 슬픔의 물방울들을 털어 내려 애쓰면서 나는 생각한다.
아리가 너무 슬퍼하지 말고 이내 곤히 잠들었으면 좋겠다고.
나 또한 조용히 내가 가야 할 곳으로 가겠다고.

나는 그렇게 휘적휘적 집으로 돌아왔다. 앞으로 남은 열 몇 시간 동안 마지막으로 나를 쉬게 해 줄 우리 집, 내 방으로…….

이 세상 저 너머

11월 셋째 주 토요일이다. 시간은 오후 5시 38분. 나는 7주 전 사고를 당했던 바로 그 자리에 서 있다. 나에겐 집처럼 익숙한 이 골목길을 보는 것도 오늘로써 마지막이다. 몇 분 뒤엔 내 눈앞에 죽은 이들을 위한 빛의 길이 나타날 것이고, 나는 이 세상을 떠난다.

일찍 어스름이 내리는 늦가을 오후여서 그런지 주택가 골목길을 한가로이 걸어가는 사람들 모습이 웬만큼 보인다. 이게 내가 보는 이 세상 마지막 풍경이겠구나, 생각하니 만감이 교차한다. 사랑하는 가족들이며 내 첫사랑 아리가 또다시 눈앞에 어른거린다. 미련을 다 버렸다고 생각했는데 마음을 닦는 일이 이다지도 힘들 줄이야!

'내가 떠도는 귀신이 되면 완전 민폐 캐릭터가 되는 거잖아. 나, 윤서준, 끝까지 엄친아로 남고 싶다. 꼭 그렇게 할 거다!'

역사 속 인물 계백 장군이 생각난다. 어렸을 때 내가 즐겨 불렀던 동요의 주인공. 사랑하는 처자식을 자신의 칼로 베고 싸움터로 달려갔던 장군. 비로소 장군의 마음이 이해가 된다. 사나이는 자신의 길을 가기 위해 사랑까지도 베어 내야 한다. 그게 사나이다. 나, 윤서준 또한 사나이다. 진짜 사나이.

나는 편안해진 마음으로 빛의 길이 나타나기를 기다린다. 어느새 5시 45분이다. 그리고…… 마침내 5시 46분!

나타났다. 환하면서도 안온함이 느껴지는 널찍한 그 길이! 아리의 맑은 눈을 볼 때처럼 심장이 몹시 두근거린다. 두 번째여서 그런지 지난번 같은 안내 방송은 나오지 않는다. 나는 주먹을 불끈 쥐고 몸을 위로 솟구쳐 훌쩍 빛의 길로 뛰어오른다.

그런데 이상하다. 분명 뛰어오른 것 같은데 여전히 그 자리다. 허둥대며 다시 시도하려고 안간힘을 쓰지만 발에 쇳덩이라도 달린 듯 꼼짝을 할 수가 없다. 몇 번을 더 풀쩍풀쩍 뛰어 보려 몸부림치는 사이에, 맙소사! 빛의 길이 어느 순간 자취도 없이 사라지고 만다.

온몸에 힘이 다 빠져 그 자리에 털썩 주저앉았다. 이건 미련 때문이다! 아무리 부정해도 이 세상과 아리, 특히 아리에 대한 미련이 내 몸을 천근만근 무겁게 한 게 분명하다. 이제 어쩌나. 다시 아리에게 돌아가 그 애 곁에서 하염없이 맴돌아야 하나? 절대 그럴 순 없다. 뼈에 사무치게 외롭고 힘들더라도 이제는 혼자서 견디며 다시 길을 찾아야 한다.

나는 일어설 기운조차 없어 웅크린 채 우두커니 앉아만 있다.

"뭘 그렇게 넋을 놓고 앉아 있어? 있는 건 넋뿐인 녀석이……."

갑작스럽게 귓전을 때리는 소리에 놀라 고개를 들었다. 내 또래로 보이는 청소년이 내 앞에 떡 버티고 서 있다. 그런데 차림새가 이상야릇하다. 70년대 유행했던 초록색 나팔바지에다 단추를 절반이나 풀어헤친 진홍색 셔츠, 목에서 번쩍거리는 가짜 금목걸이. 거기다 짧게 깎은 머리를 보니, 딱 70년대 날라리 고등학생이다.

이건 뭐지? 혹시 70년대에 죽은 내 또래 귀신? 그렇다면 지금까지 40년을 넘게 떠돌았다는 거야? 내 미래가 이런 꼴이면 어쩌지?

생각만으로도 눈앞이 캄캄하고 온몸에 소름이 끼쳤다. 나는 벌떡 일어서서 녀석을 노려보며 악을 쓰듯 물었다.

"너, 누구야? 정말 귀신인 거야?"

"허어, 귀신이라니! 저승사자하고 귀신하고 급이 다른데, 이 사자님을 감히 어디다 취직시키는 거야?"

"저승사자? 네가 저승사자라고?"

"말이 너무 짧다. 나, 이래 뵈도 적어도 너보다 마흔 살 이상 더 먹었거든."

아무래도 헛소리 같지만, 저승사자건 귀신이건 일단 기 싸움에서 이겨야겠다는 생각이 들어 퉁명스럽게 내뱉었다.

"얼굴은 그냥 애잖아. 나랑 똑같이."

"하여튼 이승 인간들은 이래서 안 된다니까. 그저 눈에 보이는 게 다인 줄 알거든."

"그럼 혹시 70년대에 죽었어? 나처럼 고등학생 때?"

"그래. 정확히 71년, 고 1 때 죽었다. 아마 그때 네 아빠는 코흘리개 유치원생이었을걸?"

약간 뜨끔했다. 정말 우리 아빠보다 나이가 훨씬 많은 아저씨잖아! 하지만 귀신의 나이는 죽었을 때 나이가 제 나이 아닌가? 어차피 말을 튼 거, 그대로 밀고 나가기로 했다.

"귀신 맞구만, 뭐. 40년 넘게 떠돌아다닌 정신 나간 귀신……."

"너, 살았을 때 속고만 살았냐?"

나를 빤히 보는 녀석의 눈빛에는 거짓이 없어 보였다.

"그럼 정말 저승사자야?"

녀석이 고개를 끄덕였다.

"저승사자 꼴이 이게 뭐야?"

"저승도 인간 세상처럼 많이 자유로워졌어. 굳이 옛날 제

복을 안 입어도 되고 머리 스타일도 각자 원하는 걸로. 난 이 승에서의 내 마지막 시절을 기억하고 싶어서 이 스타일을 고수하는 거지."

비로소 녀석의 야릇한 차림새가 이해가 되었다. 나는 고개를 끄덕이고는 다시 물었다.

"근데 왜 네가 온 거야? 나, 아직도 안내 방송 기억하고 있는데……."

"저승사자가 직접 거두는 혼은 상위 4퍼센트의 지극히 선량한 혼과 하위 8퍼센트의 극악무도한 혼. 넌 어느 쪽일 것 같냐?"

내 뒷말을 가로채면서 녀석이 물었다. 생각할 것도 없이 대답이 튀어나왔다.

"둘 중 한쪽이라면 당근 지극히 선량한 혼이지. 근데 왜 내가 갑자기 상위 4퍼센트에 들게 된 거지? 지난번에는 88퍼센트에 속하는 일반 혼이었는데……."

"우주의 기(氣)라는 게 두 시간마다 바뀌거든. 그러니까 상위 4퍼센트라는 게 두 시간 사이에 죽는 사람들 중에서 그렇다는 얘기지. 말하자면 상대평가야. 지난번에는 너보다 착한 사람들이 훨씬 많이 죽는 바람에 넌 그 안에 끼지 못한 거고, 오늘 오후 5시 33분부터 7시 32분 사이에 거두는 혼들 중에는 선량한 인간들이 많지 않은 까닭에 네가 맨 꼴찌로 영광의

4퍼센트에 턱걸이한 거지. 요점 정리를 하면 완전 운빨!"

그 말이 진실이라는 것을 나는 녀석의 표정에서 확실하게 느낄 수 있었다. 비로소 마음이 놓였다. 최악의 상황, 떠도는 귀신만큼은 면한 것이다! 마음 깊은 곳에서 기쁨이 비눗방울처럼 퐁퐁 솟아올랐다.

"기왕이면 좋게 좀 말해 주면 어디 덧나냐? 내가 저 세상으로 가려고 지난 49일 동안 얼마나 눈물겹게 노력했는데!"

"뭐, 나도 선심 쓰고는 싶은데 빈말은 안 하는 게 내 소신이거든. 너처럼 버릇없고 자뻑인 녀석이 뭐가 예쁘다고 대쪽 같은 내 소신을 굽히겠어!"

마음에 여유가 생겨서일까? 녀석이 깐죽거리는 것이 귀엽게 보였다.

"근데 넌 어쩌다 저승사자가 됐어?"

"어쩌다라니? 저승사자가 되기가 얼마나 어려운데? 일차, 이차, 그리고 삼차 시험까지 치러야 된다니까. 게다가 경쟁은 또 얼마나 치열하다고. 내가 시험 볼 때는 경쟁률이 이백 대 일이었어. 이백 대 일!"

"저승사자가 왜 그렇게 되고 싶었는데?"

"첫째로 이 일이 재미있고, 다시 태어나는 게 싫었거든. 보통 혼들은 일정 기간 저승에 머물다가 다시 태어나는데 저승사자가 되면 그게 면제가 돼. 너도 저승사자 시험 한번 응시

해 봐. 살았을 때 공부 잘한 것 같으니까 합격할 수 있을 거야."

"싫어. 난 다시 태어날 거야."

"개똥밭에 굴러도 이승이 좋다지만 그건 저승을 몰라서 하는 소리야. 너도 가 보면 마음이 달라질걸. 아마 저승에 홀딱 반해서 머리 싸매고 저승사자 시험 공부할 거 같은데?"

"난 이렇게 일찍 죽었기 때문에 다시 태어나서 해 보고 싶은 게 많아."

"쯧쯧, 어리석은 중생이로다. 나도 너랑 똑같이 열일곱 살까지밖에 못 살았지만 그것만 살고도 도를 확 텄거든. 인생 백날 살고 또 살아 봐야 별거 없다는 거."

"난 무엇보다 첫사랑을 제대로 해 보고 싶어. 그냥 바라만 보는 게 아니라 햇빛 찬란한 야외로 나가 데이트를 하고 싶어. 싱그러운 바람을 맞으며 둘이 자전거도 타고 싶고."

"얼씨구!"

"사랑하는 사람이랑 손을 꼭 잡고 한강 둔치도 걸어 보고 싶어. 그 애의 귀여운 얼굴도 쓰다듬어 보고 싶고, 꽃이 활짝 핀 꽃나무 아래서 영화처럼 첫 키스도……."

"거기까지. 넌 열일곱이잖아. 더 이상은 19금이야!"

녀석이 다급하게 내 뒷말을 자르면서 소리쳤다. 나는 항의했다.

"저승은 자유롭다며? 저승에도 19금이 있어?"

"아직 이승이잖아. 이승에서는 이승의 법을 따라야지. 그게 싫으면 얼른 여길 떠나든가."

녀석이, 아니 저승사자가 웃으며 한쪽 손을 내밀었다. 나도 손을 내밀어 그 손을 꽉 잡았다.

"자, 간다!"

저승사자가 소리치며 훌쩍 허공중으로 솟구쳐 올랐다. 나도 함께 가볍게 뛰어올랐다. 거기 넓고 안온하고 환한 빛의 길이 있다. 이 세상 너머 저 세상으로 가는 빛의 길이······.

선물

2:38

어제와 똑같은 시간에 또 잠이 깼다. 벌써 닷새째다. 따뜻한 방 안에 있는데도 뒷머리에 싸늘한 냉기가 흐른다. 이번엔 대체 어떤 귀신이 무슨 사연으로 찾아온 걸까? 아무래도 이번에는 엄청나게 무서운 귀신일 것 같아 이불을 푹 뒤집어쓰면서 달달달달 떤다.

아리는 알고 있다. 서준을 만난 것은 일생에 단 한 번뿐인 행운이었다는 걸. 자신에게 주어진 그 행운을 이미 석 달 전에 다 써 버렸기 때문에 더 이상 기대하면 안 된다는 것을. 그게 삶의 법칙이라는 것을.

때문에 이번엔 지난번보다 더 무섭다. 지금 방 어딘가에 있는 귀신은 공포 영화에 단골로 나오는 귀신이 분명할 거라는 예감을 떨쳐 버릴 수가 없다. 그리고 불행히도 나쁜 예감은 늘 들어맞는다.

물론 아무리 무서운 귀신이라도 아리를 해칠 수는 없고, 아리에게 빙의할 수도 없다. 이모는 아리가 '치귀지사' 사주라고 했고 아리도 이제는 그 뜻을 분명히 알고 있다. 게다가 부적이며 향, 초들을 잘 간직하고 있으니 지난번처럼 한밤중에 귀신과 대화를 할 수도 있다.

하지만 아리는 이제 그런 일은 안 하고 싶다. 서준의 경우는 예외였지만 귀신과 대화하는 능력은 그다지 바람직한 건 아니다. 만약 이번에 귀신과 대화했다가 혹시라도 귀신들 사이에 소문이 나서 너도나도 아리를 찾아온다면……! 그건 생각만 해도 끔찍한 일이다. 찾아오는 귀신 때문에 공포에 떠는 것도 싫고, 귀신과 대화하느라 밤잠을 설치는 건 더더욱 싫다. 아리는 곧 고 2가 되는데, 예비 수험생이 한밤에 귀신과 대화하느라 황금보다 귀한 시간을 낭비할 수는 없다. 그건 몸도 마음도 아주 피곤한 일이다.

아리에게 이번 봄방학은 아주 중요한 시기다. 의사인지, 유전학자인지 이번엔 기필코 확정하고 나서 고 2가 되어야 한다. 또한 그동안 공부한 것을 점검해 보고 자신에게 맞는 공부법도 찾아야 한다. 이래저래 시간이 모자라는 판에 귀신과 엮일 수는 없는 일이다.

아리는 이번 귀신은 스스로 알아서 물러가 주기를 바란다. 아무리 찾아와도 아리가 두려워하지도 않고 관심조차 갖지 않는다면 귀신도 마침내는 포기하고 물러갈지도 모른다. 그래서 지난 닷새 동안 음산한 기운을 느끼고 잠에서 깨어나도 화다닥 일어나 불을 켜지 않았다. 여전히 자고 있는 것처럼 자연스럽게 몸을 뒤척이며 침대에 누워 있었다. 머리맡에 도로 걸어 놓은 '몽(夢)' 자 족자를 생각하며 공포를 이겨 내려 애썼다. 그러다 보면 어느 순간 도로 잠이 들곤 했는데 문제는 다음 날 깨어나면 몸이 찌뿌듯하고 머릿속도 개운치가 않다는 것이다.

'이번엔 아주 끈질긴 귀신인가 봐. 개학한 뒤에도 계속 이러면 어쩌지?'

이상하게도 오늘 밤은 더 무서웠다. 떨쳐 버리려 해도 자꾸 공포감이 밀려오면서 심장이 펄떡펄떡 뛰었다. 아무래도 이대로는 안 되겠다 싶어서 아리는 어금니를 사리물고는 이불을 젖혔다. 눈을 크게 뜨고 어두운 허공을 노려보면서 숨을 크게 내쉬었다. 문득 언젠가 이모가 했던 말이 귓전에 되살아났다.

'공포를 이기려면 차분하게 생각을 해야 돼. 사람의 감정을 음양오행으로 나누면, 공포는 수(水), 생각은 토(土)거든. 토극수(土克水), 흙은 물을 이겨. 흙으로 둑을 쌓으면 물을 가둘 수 있잖아. 쉽게 말하면 무서울 땐 논리적으로 생각을 하면 공포감에서 벗어날 수 있다는 얘기야.'

그 말이 마침맞게 떠올라 주어서 정말 다행이었다. 아리는 논술을 쓸 때처럼 집중한 뒤에 마음속으로 생각을 써 나가기 시작했다.

'내가 지금 이렇게 공포에 떨고 있는 건 내 방 어딘가에 있는 귀신 때문이다. 그리고 귀신이 날 찾아온 것은 내게만 있는 특별한 능력 때문이다. 무당처럼 직접 소통하지는 못하지만 내 나름의 방법으로 귀신의 말을 한 시간 정도 들어줄 수 있는 능력, 바로 그 능력 때문에 세상과 소통하고 싶은 귀신들이 나를 찾아오는 것이다.

그렇다면 나의 이런 남다른 능력의 근원은 어디인가? 그건 바로 우리 외갓집이다. 내 외가의 조상들 중에는 사주나 관상, 풍수 등에 통달하셨던 도인들이 많았고, 결정적인 것은 신통력이 엄청났던 큰무당 할머니가 계셨다는 거다. 바로 그 큰무당 할머니의 유전자가 십 몇 대를 건너뛰어 내게 발현한 것이다.

'그럼 왜 하필 그 유전자가 현대를 사는 내게 발현한 것일까?'

문득 그 유전자가 아니었다면 서준을 못 만났을 거라는 생각이 스쳤다. 그러자 생각의 물길이 서준과의 추억 쪽으로 방향을 확 틀었다. 서준과 한밤에 한 시간씩 나누었던 대화들이 두서없이 떠오르면서 그리움이 마음을 촉촉하게 적셨다.

서준이 가고 나서 한동안 마음을 잡지 못했던 지난날도 생각났다. 겉으로는 여느 때와 다름없이 행동했지만 마음은 늘 환영 같았던 추억의 시간 속을 서성였다. 어떤 때는 서준을 만났던 시간에 홀연 잠이 깨어 걷잡을 수 없는 상실감에 소리죽여 훌쩍이기도 했다. 가슴속에서는 자주 겨울바람보다 더 맵짠 상실의 바람이 휘몰아쳐 댔다.

그럴 때마다 서준과의 즐거웠던 기억이며 서준이 들려주었던 '카르페 디엠'이라는 말을 떠올리며 마음을 다잡으려 노력했다. 아무에게도 속을 터놓지 못하고 혼자 삭이느라 더 힘들었지만 그 쓰라림 뒤에는 아련한 달콤함도 있었다. 이모는 가끔 전화해서 괜찮은지 물어보곤 했는데, 아리는 씩씩하게 잘지낸다고 대답하곤 했다. 이모를 걱정시키고 싶지 않았고, 이모에게만큼은 자신이 황 씨 집안의 괜찮은 외손임을 보여 주고 싶었다.

이런 각별한 노력과 시간이 주는 치유력 덕분에 아리는 석달 만에 완전히 제자리로 돌아왔다. 이제는 마음 시려 하는 일 없이 애틋한 추억으로 서준을 그리워하면서 일상을 잘 살아가고 있다.

'그래, 서준을 만난 게 내게는 정말 행운이었어. 그리고 그 행운은 먼 조상 할머니가 물려주신 유전자 덕분이고.'

아리뿐만이 아니다. 서준도 아리를 만난 덕분에 저 세상으로 돌아갔으니 결국은 아리의 유전자가 도와준 셈이다. 유주도 마찬가지다. 유주는 이제 논술은 안 듣지만 가끔 아리에게 전화를 하거나 문자를 보낸다. 요즘 엄마하고 대화를 많이 하고 있으며, 고 2가 되면 어쩌면 서준의 권유대로 빛예고 편입을 할지도 모른다고 했다. 며칠 전 전화로 그 얘기를 들었을 때 아리는 유주가 약간 부럽기도 했다. 유주는 일찌감치 자신의 진로를 정했고, 우여곡절 끝에 꿈을 향해 한 걸음씩 다가가고 있는데 아리는 아직까지도 결정적 한 방만을 찾아 헤매고 있기 때문이다.

어쨌거나 자신의 남다른 능력이 다른 사람들에게 꽤 도움이 되었다고 생각하니 뿌듯했다. 여러 세대를 잠복한 채 이어져 내려오다가 마침내 아리에게 발현이 된 무당 할머니의 유전자가 고마웠다. 아리는 정신을 집중하고 마음속으로 다시 생각을 써 나가기 시작했다.

'아직 초보 단계이긴 하지만 그동안 내가 공부한 지식에 따르면 우리 조상 할머니의 유전자는 인간 세상에 필요하기 때문에 내게 다시 발현한 것이다. 말하자면 내 능력이 죽은 사람들에게 다소 도움이 되고, 결과적으로는 산 사람에게도 도움이 되기 때문이다. 따라서 특별한 유전자를 물려받은 사람은 남들을 위해 그 능력을 써야 한다. 그것이 바로 진화다!'

이렇게 결론을 맺고 나자 퍼뜩 깨달아지는 것이 있었다. 지금까지 생각에 골몰했던 것은 이모가 충고해 준 대로 공포를 이겨 내기 위함이었는데 과연 효과가 있다. 정신을 집중해서 유전자에 대해 나름 논리를 전개하는 사이에 귀신의 존재에 대해서는 까맣게 잊고 있었다. 뿐만 아니라 도로 귀신에 생각이 미쳤는데도 이젠 전혀 두렵지 않았다. 오히려 귀신이 가엾게 느껴졌다.

'특별한 유전자를 물려받은 사람은 남들을 위해 그 능력을 써야 한다. 그것이 바로 진화다!'

아리는 자신이 내린 결론을 되씹어 보았다. 아무래도 도움을 청하러 온 귀신을 외면하는 것은 너무 이기적인 것 같다. 아리는 조금 더 생각한 뒤에 침대에서 일어나 앉았다. 그러고는 어둠 저편을 향해 입을 열었다. 귀신에 대해 전혀 모르기 때문에 일단 존댓말로 하는 편이 무난할 듯했다.

"거기 있는 거 알아요. 나한테 할 말이 있어서 왔다는 것도요. 하지만 보다시피 난 곧 예비 수험생이 되거든요. 공부에 집중해야 하기 때문에 그쪽한테 시간을 많이 내어 줄 수가 없어요. 그쪽이 밤마다 자꾸 찾아와서 날 깨우면 더더욱 도와줄

수가 없고요. 그러니까 내가 여유 시간이 있을 때, 사흘 뒤
일요일 새벽 1시 반에 다시 오세요. 그쪽하고 대화하는 방법
을 아니까 그날 한 시간 동안 그쪽이 하는 말 다 들어줄게요.
그리고 그 말을 그쪽 가족이나 친구들에게 전하는 것까지는
해 줄 수 있어요. 딱 거기까지는 도와줄 수 있으니까 사흘 뒤
에 와요. 꼭 한 시간뿐이니까 무슨 말을 할지 미리 잘 생각하
고 오면 좋을 것 같네요."

아리는 말을 마치고 침대에 꼼짝 않고 앉아 있었다. 얼마
쯤 지난 뒤에 아리는 분명하게 느꼈다. 귀신이 제 말을 알아
듣고 돌아갔다는 것을.

아리는 침대에 누웠다. 잠을 청하려고 뒤척거리다 불현듯
아까 머릿속으로 쓴 유전자에 대한 내용이 제법 그럴 듯하다
는 생각이 들었다. 잊기 전에 기록해 두고 싶다.

벌떡 일어나 불을 켜고 책상 앞에 앉았다. 컴퓨터를 켜고
한글 파일을 불러와 논술문을 쓰듯이 아까 머릿속으로 정리
한 생각들을 써 나가기 시작했다.

이윽고 '그것이 바로 진화다!'라고 마지막 문장을 쓰는데
컴퓨터 화면에 서준의 웃는 모습이 어른거렸다. 아리는 저도
모르게 한숨을 푹 내쉬었다.

'서준이는 정말 좋은 유전자를 타고났는데, 왜 그렇게 빨리
세상을 떠나야 했던 것일까? 그 좋은 유전자를 다음 세대에

전하지도 못하고……'

　그러고 보니 역사상 천재나 위대한 인물 중에서 그 좋은 유전자를 후세에 전하지 못하고 독신이거나 자식 없이 죽은 사람이 유독 많은 것 같다. 이모가 좋아하는 슈베르트만 해도 그렇지 않은가.

　'좋은 유전자가 다음 세대로 전해지는 것이 진화라면, 아주 특별하거나 좋은 유전자가 그 세대에서 단절되는 것은 도대체 우주의 어떤 법칙이 작용한 것일까? 유전학에 대해 깊이 파고들어 공부하다 보면 혹시 그 문제에 대한 답을 찾을 수 있을까?'

　아리의 두 눈이 반짝 빛났다. 방금 떠올린 생각이 맞는 것인지, 학문적으로 가능한 것인지는 알 수 없지만 그것이 정말 궁금했다.

　'유전자의 진화와 우주의 법칙, 다시 말해 인간 운명의 법칙 사이에 어떤 연결고리가 있는 걸까? 유전학을 공부하는 사람들이 들으면 황당한 생각이라고 할지도 모르지만, 뭐 어때? 내가 왜 꼭 유전학을 공부해야 하는지 드디어 그 이유를 찾았으니, 그걸로 된 거잖아. 장하다, 황아리. 마침내 진로를 결정했어!'

　오래된 체증이 내려간 듯 속이 후련했다. 가벼운 흥분마저도 느껴졌다. 아리는 파일을 저장하면서 제목은 일단 '유전자'로 해 놓았다. 컴퓨터를 끄고 침대에 누웠다. 가슴은 여전히 흥분으로 두근거리는데 느닷없이 엄마의 목소리가 들리는 듯했다.

─유전학자가 되겠다고? 아리야, 다시 생각해 봐. 그게 얼마나 어렵고 힘든데…….

─엄마, 나 꼭 연구해 보고 싶은 게 있어서 그래. 아무리 어렵고 힘들어도 괜찮아. 그 문제를 풀어낼 생각을 하면 즐겁고 행복하기만 해.

─안전하게 의사가 될걸, 왜 성공하지도 못할 학자의 길을 택했을까, 나중에 너 분명 후회할 거다.

─엄마 말 듣고 의사가 된다면 그걸 후회하겠지. 나, 의사가 되면 절대 행복하지는 못할 것 같아. 사람은 자기가 하고 싶은 일을 하면서 살아야 행복한 거잖아. 엄만 내가 행복하게 사는 걸 바라지 않아?

─너, 누구 닮아서 그렇게 고집이 세니? 어디 네 맘대로 한번 해 봐라. 대신 나중에 엄마 아빠 원망하면 안 된다. 그때 왜 좀 더 안 말려 주었느냐고 엉뚱한 소리 했다가는 국물도 없을 줄 알아!

단지 머릿속으로 상상만 했을 뿐인데도 엄마를 정말 설득하기라도 한 것처럼 기분이 좋았다. 내일 당장이라도 엄마 아빠의 허락을 받아 낼 수 있을 것만 같은 자신감도 생겼다.

'서준아, 고마워. 이 모든 게 다 네 덕분이야.'

아리는 뒤척이면서 서준을 생각했다. 서준은 지금 저 세상에서 무얼 하고 있을까. 간절하게 보고 싶다는 생각이 들면서 목젖이 따끔 아파 왔다. 아리는 고개를 저어 슬픈 마음을 털어 냈다. 카르페 디엠. 행복할 때는 오로지 그 행복한 순간을 즐겨야 한다. 그 순간은 다시는 돌아오지 않으니까.

아리는 서준이 들려주었던 노래들을 돌이켜 생각해 보았다. 지금 이 행복한 기분에 어울리는 노래가 있었던 것 같은데……. 그러자 어느 순간 불쑥 서준이 들려주었던 노래 한 소절이 귓가에 찰랑찰랑 되살아났다.

넌 삶이 내게 준 선물.
아주 아름답고 놀라운 선물.

'그래. 서준이는 인생이 나한테 보내 준 큰 선물이었어.'

아리는 저 혼자 슬며시 웃으며 서준의 여러 모습과 서로 주고받았던 말들을 꼼꼼하게 반추해 보았다. 그러는 사이에 마음은 아늑해지고 몸은 나른해졌다.

'윤서준, 널 처음 본 날 있잖아. 뜬금없이 이렇게 말하고 싶었어. 나에게 속삭여 봐, 라고. 그리고 바로 그 순간 시작된 거지. 내 첫사랑이…….'

아리는 하품을 하면서 옆으로 돌아누웠다. 잠을 청하려고 눈을 감자 서준이 환하게 웃는 모습이 환영처럼 떠올랐다. 이어 달콤한 잠이 소르르 밀려왔다.

'보이지 않는 세계'로 들어가다

나는 비교적 이른 나이인 이십 대 후반에 작가로 등단했고, 사십 대 후반부터 본격적으로 작품을 쓰기 시작해 거의 해마다 한 권 이상씩 책을 펴냈다. 내가 좋아하고 즐겨 쓰는 장르는 역사소설과 판타지인데, 역사를 워낙 좋아하다 보니 판타지보다는 역사소설을 훨씬 많이 쓰게 되었다. 하지만 마음속으로는 늘 때가 되면 다시 판타지도 써야지, 다짐하고 있었다.

그러다 지난해 봄, 청소년 역사소설 『나는 김시습이다』(여름산, 2013)를 탈고하고 나서 다음 작품은 역사에서 잠시 벗어나 현대로 돌아와야겠다는 생각이 들었다. 작품을 쓰다 보면 예전과는 다른 방식으로 쓰고 싶어지는 순간이 오는 법인데, 내게는 지난해가 바로 그런 시기였다. 나는 다양한 장르의 음악을 두루 좋아하기 때문에 언젠가는 가수를 꿈꾸는 청소년 이야기를 쓸 작정이었는데 바로 지금이 그 작품을 쓸 때라는 자각이 온 것이다.

그래서 작년 10월, 가수 지망생의 오디션 이야기를 쓰기로 결정하고 연희문학창작촌에 입주했다. 하지만 막상 구상한 대로 쓰려고 하니, 선뜻 손이 가지 않고 아쉬운 마음이 들었다. 그러다 문득 요즘 청소년들이 겪는 여러 문제를 사실적으로 그린 청소년소설은 이미 많이 나와 있고 앞으로도 계속 출판될 테니, 내가 좋아하고 관심 있는 '판타지'로 접근해야겠다는 생각이 들었다. 좀 더 '나만의 빛깔'이 묻어난 작품을 쓰고 싶었던 것이다. 그러자 꼬리를 물고 전부터 관심이 많았던 '귀신 이야기'가 자연스럽게 떠올랐는데, 운명처럼 이야기가 나를 찾아온 것처럼 느껴졌다.

사람들은 각자의 세계관에 따라 귀신의 존재를 믿기도 하고 안 믿기도 하겠지만, 나는 우리 눈에 보이지 않는 세계가 분명히 존재하고 귀신 또한 있다고 믿는 편이다. 사실 까마득한 고대부터 사람들은 귀신에 대해 지대한 관심을 가져왔고,

그 관심은 신화나 전설에 고스란히 투영되어 오늘날까지 우리에게 전해지고 있다.

문학 작품 또한 예외는 아니어서 셰익스피어의 연극에 유령이 얼마나 빈번하게 등장하는지, 우리의 고대 소설 속에 얼마나 많은 귀신 이야기가 나오는지 굳이 일일이 예를 들 필요조차 없을 것이다. 이처럼 사람들이 귀신에 대해 관심이 많은 것은 실제로 사후 세계가 궁금하기도 하려니와, 한편으로 죽음이라는 거울을 통해서 삶을 좀 더 충실하게 살고 싶은 마음 때문이기도 할 것이다. 그래서 사실 귀신 이야기는 죽음이나 죽은 뒤의 세상을 말하고 있기보다는, 살아 있는 지금의 삶과 세상을 다시금 들여다볼 수 있는 계기를 마련해 주고 있는지도 모른다.

나는 어렸을 때부터 악몽을 자주 꾸고 가위 눌림도 심했기 때문에 보이지 않는 세계를 자연스레 믿게 되었고, 몇 년 전에는 아주 짧은 순간이지만 귀신에 대한 기이한 체험을 했기 때문에 그 존재 또한 확실히 믿게 되었다. 덕분에 귀신에 대해 쓰기로 결정한 순간, 그 이야기들이 머릿속에서 빙글빙글

회오리바람을 일으키면서 애초에 구상했던 오디션 얘기와는 전혀 다른 내용을 순식간에 그려 냈고, 마침내 청소년 판타지 소설 『나에게 속삭여 봐』가 태어났다.

이 작품은 열일곱 살에 죽어 귀신(엄밀히 말하면 아직은 귀신이 아니지만)이 된 서준과 혼령의 기를 느끼는 소녀 아리, 그리고 서준의 쌍둥이 여동생 유주, 이 세 명의 중심인물이 각자의 방법으로 성장해 나가는 이야기이다. 죽음을 통해 삶의 소중함을 말하고 싶었고, 인간은 죽은 후에라도 더 나아지기 위해 노력해야 하는 존재라는 사실도 얘기하고 싶었다. 또한 죽은 뒤 비로소 깨닫게 되는 '지금'의 소중함을 역설적으로 보여 주고 싶었다. 그래서 죽은 소년 서준의 입을 통해 나오는 '카르페 디엠'이란 구절은 절실한 내 목소리이기도 하다. 이렇게 '보이지 않는 세계'의 문을 열어 독자들을 초청했으니, 이제 삶과 죽음의 경계에서 자신의 자리를 돌아보고 삶을 반추해 보는 것은 독자의 몫이 되었다.

나는 이 작품을 일인칭과 삼인칭을 섞어서 썼는데, 처음엔 청소년들이 읽기에 시점이 혼란스럽지 않을까 걱정도 했다.

하지만 일인칭과 삼인칭의 혼용은 이미 다른 작가들도 써 왔던 것이고, 세 주인공인 서준과 아리, 유주의 입장을 효과적으로 전달하기에 적합한 듯하여 고민 끝에 사용하게 되었음을 밝힌다.

마지막으로 이 자리를 빌려 부모님께 감사하는 마음을 바친다. 나를 세상에 태어나게 해 주신 데다 기쁘게도 작가의 유전자까지 물려주셨는데, 그동안 꽤 많은 책을 내면서도 한 번도 부모님께 감사의 마음을 표현하지 못했다. 이제 뒤늦게나마 부모님께 깊은 감사와 사랑을 바치며, 아늑하고 집중이 잘 되는 방을 석 달 동안 제공해 준 연희문학창작촌과 한국문학예술위원회에도 감사의 마음을 전한다.

2014년을 맞이하며
강 숙 인

푸른책들에서 펴낸 〈강숙인 작가〉의 청소년소설, 함께 읽어 보세요!

강숙인

1953년 대구에서 태어나 서울예술대학 문예창작학과를 졸업했다. 1978년 '동아연극상'에 장막 희곡이 입선되어 작가로 활동하기 시작했으며, 1979년 '소년중앙문학상'과 1983년 '계몽사아동문학상'에 동화가 당선되었다. 우리 역사와 고전에 대한 특별한 애정을 갖고 역사적 사건이나 인물을 새로운 시각으로 그려 내거나 고전을 재해석하는 작업을 꾸준히 해 오고 있으며, 제6회 '가톨릭문학상'과 제1회 '윤석중문학상'을 수상했다. 대표적인 작품으로 『마지막 왕자』, 『아, 호동 왕자』, 『뢰제의 나라』, 『화랑 바도루』, 『하늘의 아들 단군』, 『초원의 별』, 『지귀, 선덕 여왕을 꿈꾸다』, 『불가사리』, 『눈사람이 흘린 눈물』, 『나는 김시습이다』 등이 있다.

■ 푸 른 도 서 관 ■

1. 뢰제의 나라 강숙인 지음
교통사고로 가사 상태에 빠진 열두 살 소년이 저승사자의 손에 이끌려 저승인 '뢰제의 나라'
를 여행하면서 벌어지는 모험담을 담은 판타지소설.
★윤석중문학상 수상작 ★동화읽는가족 추천도서

2. 아버지가 없는 나라로 가고 싶다 이규희 지음
아픈 결핍의 가족사를 벗어던지고 마침내 더 너른 세상을 향해 나아가는 소녀를 통해 성장의
의미를 곰곰이 곱씹게 해 주는 가슴 뭉클한 성장소설.
★세종아동문학상 수상작가

3. 까망머리 주디 손연자 지음
좋아하는 남학생에게 외모에 대한 조롱 섞인 말을 듣고, 입양아인 자신이 미국 사회의 이방
인이라는 사실을 깨닫는 사춘기 소녀 주디가 정체성을 찾아가는 이야기.
★책따세 추천도서 ★학교도서관사서협의회 추천도서 ★부산광역시교육청 독서인증제 권장도서

4. 이삐 언니 강정님 지음
일제 강점기 말과 해방 공간을 시간적 배경으로 밤나무정 마을에 사는 '복이'라는 여자아이
의 삶의 비밀을 하나하나 알아가는 과정을 그린 아름다운 연작소설집.
★서울시교육청 교과별 권장도서 ★한우리독서토론논술 필독도서 ★한국아동문예상 수상작

5. 너도 하늘말나리야 이금이 지음
미르와 소희, 바우는 각자의 상처를 속으로 감추고 괴로워하다 서로를 알아본다. 서로의 상
처를 보듬어 주는 순간, 상처에는 새살이 돋고 아이들은 비로소 성장하게 된다.
★중학교 〈국어〉 교과서 수록 ★책따세 추천도서 ★〈중앙일보〉 좋은책 100선 선정도서

6. 내 이름엔 별이 있다 박윤규 지음
1970년대라는 한국 사회의 정치적·사회적 격동기를 배경으로 성장해 나가는 사춘기 소년의
삶을 통해 2000년대의 우리가 잊고 지냈던 '꿈'과 '희망'을 다시 한 번 환기시켜 준다.
★서울시립어린이도서관 추천도서

7. 토끼의 눈 강정규 지음
한국 전쟁을 배경으로 한 세 편의 이야기를 엮은 소설집. 작품 속에 총소리나 죽음은 등장하
지 않지만, 천진한 아이들의 눈으로 바라본 전쟁이 숨이 막힐 듯 가깝게 다가온다.
★세종아동문학상 수상작 ★아침독서 청소년 추천도서

8. 화랑 바도루 강숙인 지음
부모님을 일찍 여읜 바도루가 김충현 장군 밑에서 생활하며 그의 자제인 경천과 함께 피나는
노력과 뜨거운 우정을 나누며 꿈에 그리던 화랑이 되는 이야기를 그린 본격 역사소설.
★동화읽는가족 추천도서

9. 유진과 유진 이금이 지음
어린 시절 함께 성추행을 당한 동명이인 '유진과 유진'의 각각 다른 성장 과정을 통해 청소년
의 심리를 아주 세밀하게 보여 주는 이금이 작가의 청소년소설.
★책따세 추천도서 ★어린이도서연구회 청소년 권장도서 ★학교도서관저널 선정 성장소설 50선

10. 마사코의 질문 손연자 지음

일본인 소녀의 입으로 일본인의 죄를 묻는 이야기. 일제 강점기에 우리 민족이 겪은 온갖 수난을 생생하고 절실하게 그려 낸 9편의 작품이 실려 있다.

★ 세종아동문학상 수상작 　★ SBS 어린이미디어대상 수상작 　★ 한우리독서토론논술 필독도서

11. 아, 호동 왕자 강숙인 지음

비극적 사랑의 대명사 호동 왕자와 낙랑 공주, 그들이 정말 사랑하는 사이였는가에 대한 의문으로 시작된 역사소설. 우리가 알고 있던 이야기를 뒤집어 전혀 새로운 시각을 제시한다.

★ 한우리독서토론논술 필독도서 　★ 서울독서교육연구회 추천도서 　★ 책읽는교육사회실천협의회 추천도서

12. 길 위의 책 강미 지음

'책'을 통해 자연스럽게 자신의 고민과 방황을 해결하고 상처를 치유해 나가는 여고생들의 이야기를 잔잔하게 그렸다. 청소년들을 위한 성장소설들이 '책 속의 책'으로 가득 담겨 있다.

★ 제3회 푸른문학상 수상작 　★ 책따세 추천도서 　★ 문화체육관광부 우수교양도서

13. 느티는 아프다 이용포 지음

'지금 여기'의 '가장 낮은 곳'을 이야기하는 성장소설. 독자들에게 이웃을 바라보는 시선을 바꾸고 존재의 소중함을 돌아볼 수 있는 시간을 마련해 준다.

★ 한국문화예술위원회 우수문학도서 　★ 평화박물관 선정 청소년 평화책

14. 발끝으로 서다 임정진 지음

베스트셀러 『행복은 성적순이 아니잖아요』의 임정진 작가가 펴낸 청소년소설. 낯선 땅으로 홀로 유학을 떠난 주인공을 통해 조기 유학생활의 어려움과 외로움을 절절하게 그렸다.

★ 책따세 추천도서

15. 마지막 왕자 강숙인 지음

역사의 그늘에 가려져 있던 인물이자 신라의 마지막 왕인 경순왕의 아들 마의태자를 주인공으로 한 역사소설로, 그의 새로운 영웅적 면모를 보여 준다.

★ 〈중앙일보〉 좋은책 100선 선정도서 　★ 어린이도서연구회 청소년 권장도서

16. 초원의 별 강숙인 지음

마의태자를 주인공으로 한 『마지막 왕자』의 후속작. 사라져 버린 나라를 그리워하던 주인공 새부가 광활한 만주 대륙에서 아버지의 꿈을 이루는 과정을 흥미진진하게 그리고 있다.

★ 동화읽는가족 추천도서

17. 주머니 속의 고래 이금이 지음

가슴속에 품고 있는 꿈을 찾기 위해 노력하는 열다섯 살 아이들에 대한 이야기이다. 저마다 꿈을 좇는 과정에서 실패와 좌절을 겪지만 다시 씩씩하게 일어나는 모습을 보여 준다.

★ 중학교 〈국어〉 교과서 수록 　★ 아침독서 청소년 추천도서 　★ 대한출판문화협회 올해의 청소년도서

18. 쥐를 잡자 임태희 지음

원치 않는 임신을 한 여고생의 이야기로 성에 대해 여전히 취약한 우리 청소년의 현실을 돌아보고 위험성을 인식하게 만든다. 동시에 대책 마련이 시급하다는 사실을 새삼 일깨운다.

★ 제4회 푸른문학상 수상작 　★ 아침독서 청소년 추천도서 　★ 어린이도서연구회 청소년 권장도서

19. 바람의 아이 한석청 지음

우리나라 아동청소년문학 최초로 발해를 소재로 한 장편역사소설. 고구려 멸망 뒤 옛 고구려 지역에 살던 이들의 비참한 삶과 나라를 되찾고자 하는 투쟁을 생생하게 그려 냈다.

★한우리독서토론논술 필독도서 ★책읽는교육사회실천협의회 추천도서

20. 베스트 프렌드 이경혜 외 지음

사춘기를 지나 성숙한 남녀로 성장하는 과정에 놓인 청소년들의 심리 변화를 섬세하게 그린 표제작을 비롯해 현실적인 청소년들의 한계와 모순을 그린 5편의 단편소설을 엮었다.

★어린이도서연구회 청소년 권장도서

21. 리남행 비행기 김현화 지음

봉수네 가족이 북한을 탈출해 리남행 비행기에 오르기까지의 여정이 긴장감 있게 그려져 있다. 온갖 역경 속에서도 인간애와 가족애를 잃지 않는 모습이 진한 감동을 선사한다.

★제5회 푸른문학상 수상작 ★책따세 추천도서 ★한국문화예술위원회 우수문학도서

22. 겨울, 블로그 강 미 지음

자신만의 길을 찾아가는 청소년들이 종횡무진 활동하는 네 편의 작품을 담았다. 청소년들의 일상을 정확하고 섬세하게 묘사하여 그들이 나아갈 수 있는 길을 오롯이 보여 준다.

★문화체육관광부 우수교양도서 ★아침독서 청소년 추천도서 ★한국출판인회의 선정 이달의 책

23. 네가 하늘이다 이윤희 지음

1894년 동학 농민 운동을 배경으로 새로운 세상을 꿈꾸었지만 결국 이름조차 남기지 못하고 스러져 간 농민군의 이야기를 감동적으로 그려 낸 대하역사소설.

★아침독서 청소년 추천도서 ★한국어린이문화대상 수상작

24. 벼랑 이금이 지음

원조 교제, 첫 키스, 협박, 폭력……. 거친 현실의 이면에 감춰진 청소년들의 내면을 섬세하게 다루고 있는 이금이 작가의 연작청소년소설.

★한국문화예술위원회 우수문학도서 ★아침독서 청소년 추천도서 ★네이버 북리펀드 선정도서

25. 뚜깐뎐 이용포 지음

서기 2044년. 한국에서 영어 공용화 법안이 통과된 뒤 영어가 일상어로 자리를 잡은 때와 한글이 박해를 받던 연산군 시절을 오가며 현대인들에게 진지한 성찰의 기회를 제공한다.

★아침독서 청소년 추천도서 ★대한출판문화협회 올해의 청소년도서 ★〈중앙일보〉 선정 이달의 책

26. 천년별곡 박윤규 지음

천 년의 시간을 애증과 그리움으로 버틴 주목나무의 이야기를 절제된 감성으로 그린 작품. 시 형식을 차용한 소설인 '시소설'이란 신선한 장르에 애절한 정서를 잘 녹여 냈다.

★한우리가 선정한 좋은 책

27. 지귀, 선덕 여왕을 꿈꾸다 강숙인 지음

지귀 설화 속에 숨어 있는 선덕 여왕 이야기를 담은 역사소설. 지귀와 선덕 여왕, 김춘추와 김유신 등 시대의 격랑에 휘말린 이들의 삶과 사랑이 독자들의 가슴속에 파고든다.

★책따세 추천도서 ★네이버 북리펀드 선정도서 ★아침독서 청소년 추천도서

28. 청아 청아 예쁜 청아 강숙인 지음

〈심청전〉을 현대적으로 재해석한 소설. 새로운 시각의 심청과 서해 용왕 그리고 그의 아들을 등장시켜 '보이지 않는 사랑 이야기'를 통해 참다운 사랑의 의미를 되새기게 한다.

★ 한국출판인회의 선정 이달의 책 ★ 중앙독서교육 선정도서

29. 살리에르, 웃다 문부일 외 지음

'엄친아'와의 비교에 시달리며 자신을 '살리에르'라 믿는 청소년들에게 건네는 '꿈'에 관한 다섯 가지 이야기. 꿈을 향한 청소년들의 힘차고도 아름다운 몸부림이 담겼다.

★ 제6회 푸른문학상 수상작 ★ 아침독서 청소년 추천도서 ★ 학교도서관사서협의회 추천도서

30. 사라지지 않는 노래 배봉기 지음

세계적 미스터리의 하나인 이스터 섬 모아이 석상의 비밀을 소재로 인간의 파괴적 욕망과 그것을 극복했을 때 찾을 수 있는 평화를 보여 준다.

★ 문화체육관광부 우수교양도서 ★ 네이버 북리펀드 선정도서 ★ 국립어린이청소년도서관 추천도서

31. 김홍도, 조선을 그리다 박지숙 지음

김홍도의 그림을 통해 그의 삶을 다룬 연작으로, 작가 특유의 상상력과 깊이 있는 통찰력으로 '인간 김홍도'의 삶을 생생하게 되살려낸 본격 역사소설이다.

★ 문화체육관광부 우수교양도서 ★ 〈소년조선일보〉 추천도서 ★ 아침독서 청소년 추천도서

32. 새가 날아든다 강정규 지음

한국 전쟁을 직접 경험한 세대가 전쟁과 분단과 이산이라는 문제를 다른 시각에서 조명한 작품. 역사의 굴곡을 넘어 당대의 사람들이 더불어 살아가는 이야기를 일곱 편의 소설에 담았다.

★ 아침독서 청소년 추천도서

33. 에네껜 아이들 문영숙 지음

구한말 멕시코의 낯선 농장으로 이주한 조선 사람들이 노예처럼 일하며 온갖 고난과 수모를 당하지만 불굴의 의지로 희망의 새로운 터전을 마련한 내용을 담은 역사소설.

★ 책따세 추천도서 ★ 대한출판문화협회 올해의 청소년도서 ★ 아침독서 청소년 추천도서

34. 밤나무정의 기판이 강정님 지음

1950년대를 배경으로 소년 기판이의 각별하고도 애틋한 성장과 모험과 죽음을 다룬 이야기. 작가 특유의 입담과 사투리에 실린 당시의 일상과 풍속이 눈앞에 생생하게 되살아난다.

★ 한국문화예술위원회 우수문학도서 ★ 대한출판문화협회 올해의 청소년도서 ★ 아침독서 청소년 추천도서

35. 스쿠터 걸 이은 지음

질풍노도의 시기인 청소년기의 한복판에 서 있는 열다섯 살 중학생들을 본격적으로 등장시킴으로써 중학생들의 삶을 밀도 있게 그려 낸 청소년소설집.

★ 한국간행물윤리위원회 우수청소년저작 당선작 ★ 학교도서관저널 추천도서

36. 우리 반 인터넷 소설가 이금이 지음

거짓이 휘두르는 보이지 않는 폭력에 '진실'이 어떻게 왜곡되고 유배되는지를 청소년들의 생생한 세태 묘사와 치밀한 구성을 바탕으로 보여 준다.

★ 네이버 북리펀드 선정도서 ★ 학교도서관저널 추천도서 ★ 국립어린이청소년도서관 추천도서

37. 열네 살, 비밀과 거짓말 김진영 지음

습관적인 도둑질에 빠져들면서 비밀과 거짓말이 늘어나게 된 평범한 열네 살 소녀 하리가 다시 삶의 진실을 찾아가는 성장소설.

★ 한국간행물윤리위원회 청소년 권장도서 ★ 문화체육관광부 우수교양도서

38. 허황옥, 가야를 품다 김정 지음

먼 바다를 건너 가야로 온 인도 아유타국 공주 허황옥의 삶을 조명하면서, 철을 바탕으로 국제 무역의 중심지로 자리했던 가야의 역사를 생생히 전하는 역사소설이다.

★ 학교도서관저널 추천도서 ★ 대한출판문화협회 올해의 청소년도서

39. 외톨이 김인해 외 지음

요즘 청소년들의 왜곡된 삶과 고민을 가감 없이 보여 주며, 그들의 정서적 긴장감과 내면적 따뜻함을 동시에 그리고 있는 세 편의 단편소설이 실려 있다.

★ 제8회 푸른문학상 수상작 ★ 국립어린이청소년도서관 사서 추천도서 ★ 아침독서 청소년 추천도서

40. 그래도 괜찮아 안오일 지음

현실의 부정과 좌절에 길항하는 청소년들의 고민을 진정성 있게 담아낸 청소년시집. 청소년들이 지닌 '생기'를 유감없이 보여 주며 긍정과 희망의 메시지를 전한다.

★ 한국간행물윤리위원회 우수청소년저작 당선작 ★ 한국문화예술위원회 우수문학도서

41. 소희의 방 이금이 지음

이금이 작가의 대표작 『너도 하늘말나리야』의 후속작. 달밭마을을 떠나 재혼한 친엄마와 재회해 새 가족의 일원이 된 열다섯 소희의 욕망과 아픔을 다룬 성장소설이다.

★ 한국문화예술위원회 우수문학도서 ★ 한겨레·예스24 선정 청소년책 30선

42. 조생의 사랑 김현화 지음

조선시대를 배경으로 청년 '조생'이 청나라에 파견되는 연행사로 길을 떠나 사랑과 우정, 정의, 신념 등 삶의 진리를 깨달아가는 과정을 그린 청소년 역사소설.

★ 서울시교육청 남산도서관 사서 추천도서 ★ 〈아침햇살〉 선정 좋은 청소년책

43. 아버지, 나의 아버지 최유정 지음

위탁가정에 맡겨진 열여섯 살 연수가 자신의 친아버지를 찾아 떠나는 여정을 통해 진정한 자아 정체성을 확립해 가는 과정을 밀도 있게 그렸다.

★ 한국문화예술위원회 우수문학도서 ★ 〈아침햇살〉 선정 좋은 청소년책

44. 타임 가디언 백은영 지음

타임 슬립이라는 장치를 통해 개인과 사회에서 일어나는 현실의 문제들을 조명하는 본격 청소년 SF소설. 시공간을 뛰어넘는 구성과 예측할 수 없는 독특한 상상력을 맛볼 수 있다.

★ 〈아침햇살〉 선정 좋은 청소년책

45. 분청, 꿈을 빚다 신현수 지음

고려 최고의 사기장의 아들인 강뫼가 왜구 침입과 왕조의 변혁 등 극한 시대 상황 속에서 분청사기를 만들기까지의 과정을 흡인력 있게 그린 역사소설.

★ 대한출판문화협회 올해의 청소년도서 ★ 아침독서 청소년 추천도서

46. 방울새는 울지 않는다 박규서 지음

5·18이라는 역사적 사건을 배경으로 그려지는 명창 소녀 '방울'과 고수 '민혁'의 안타까운 사랑 이야기. 슬픈 현대사를 정면으로 바라보고 올바르게 판단할 수 있는 용기를 준다.

★학교도서관저널 추천도서 ★한국문화예술위원회 우수문학도서

47. 악어에게 물린 날 이장근 지음

현직 중학교 교사인 시인이 청소년과 함께 호흡하면서 체험한 담백하고 직설적인 언어가 공감을 불러온다. 청소년들 질풍노도가 마음껏 활개 칠 수 있도록 기운을 북돋는 청소년시집.

★책따세 추천도서 ★대한출판문화협회 올해의 청소년도서 ★어린이도서연구회 청소년 권장도서

48. 찢어, Jean 문부일 지음

아르바이트, 집단 따돌림 등 청소년들이 공감할 수 있는 일곱 편의 이야기가 담겼다. 현실에 갇혀 사는 청소년들의 일탈을 유쾌하면서도 진정성 있게 담았다.

★아침독서 청소년 추천도서 ★한국문화예술위원회 우수문학도서

49. 불량한 주스 가게 유하순 외 지음

실수와 시행착오를 반복하다가 돌연 성장의 분기점을 지나는 청소년들의 '오늘'을 포착했다. 좌절과 반성의 언어조차 싱그러운 청소년들을 응원하게 만드는 네 편의 단편소설 모음.

★제9회 푸른문학상 수상작 ★아침독서 청소년 추천도서 ★네이버 북리펀드 선정도서

50. 신기루 이금이 지음

엄마와 엄마 친구들과 함께 몽골 사막 여행을 떠난 열다섯 다인이가 보낸 6일간의 여정을 통해 또 다른 생명의 고리로 순환되는 모녀 관계에 대한 고찰을 여행기 형식으로 그렸다.

★네이버 북리펀드 선정도서 ★서울시립어린이도서관 추천도서 ★아침독서 청소년 추천도서

51. 우리들의 매미 같은 여름 한결 지음

섭식장애를 앓고 있는 모녀, 성추행, 보이콧 등 청소년들이 겪는 지독하게 뜨겁고 아픈 이야기가 담겨 있다. 청소년들이 자신 그리고 세상과 화해하는 여정을 솔직담백하게 그렸다.

★한국문화예술위원회 우수문학도서 ★네이버 북리펀드 선정도서

52. 모래시계가 된 위안부 할머니 이규희 지음

일본군 위안부로 끌려가 꽃다운 처녀 시절을 유린당한 황금주 할머니의 실제 이야기를 김은비라는 소녀의 이야기와 엮어 액자 형식으로 쓴 소설로, 일본어로도 번역 출간되었다.

★국제펜문학상 수상작 ★학교도서관저널 추천도서 ★경기도교육청 추천도서

53. 까레이스키, 끝없는 방랑 문영숙 지음

소련의 강제 이주 정책으로 시베리아 횡단 열차를 탔던 17만여 명의 까레이스키들의 고난과 역경, 도전과 설움을 절절하게 그린 역사소설이다.

★한국문화예술위원회 우수문학도서 ★아침독서 청소년 추천도서 ★한우리가 선정한 좋은 책

54. 나는 랄라랜드로 간다 김영리 지음

기면증을 앓는 소년과 그의 가족이 게스트하우스를 사수하기 위해 펼치는 소동을 재기 발랄하게 그렸다. 절망 속에서도 웃으며 싸울 줄 아는 청춘의 싱그러운 맨얼굴이 돋보인다.

★제10회 푸른문학상 수상작 ★아침독서 청소년 추천도서 ★한국문화예술위원회 우수문학도서

■ 푸른도서관 ■

55. 열다섯, 비밀의 방 장미 외 지음

영혼의 도플갱어를 찾아 헤매는 외로운 청소년의 자화상이 네 편의 단편소설 속에 어우러져
있다. 청소년들의 내면의 목소리들이 조화롭게 어우러져 다양한 빛깔의 공명음을 들려준다.

★제10회 푸른문학상 수상작　★학교도서관사서협의회 추천도서

56. 눈썹 천주하 지음

암에 걸려 1년 4개월 동안 치료를 받던 열일곱 살 소녀가 일상으로 돌아온 뒤의 이야기를 담
고 있다. 가족과 친구, 일상이 얼마나 가치 있는 것인지를 새삼 깨우쳐 준다.

★국립어린이청소년도서관 사서 추천도서　★한국문화예술위원회 우수문학도서　★아침독서 추천도서

57. 나는 지금 꽃이다 이장근 지음

청소년들의 삶을 제대로 들여다보고 마음을 헤아리는 시 창작 과정을 통해 나온 본격적인 청
소년을 위한 시로, 삶이 점점 피폐해지고 있는 청소년들의 마음을 어루만져 준다.

★문화체육관광부 우수교양도서　★어린이도서연구회 청소년 권장도서　★학교도서관저널 추천도서

58. 우리들의 사춘기 김인해 지음

겉으로 잘 드러나지 않는 소녀들의 감성을 날카롭게 포착하여 진솔하고 강렬하게 그려낸 '소
녀들을 위한' 소설집. 표제작을 비롯한 여섯 편의 단편청소년소설을 담고 있다.

★국립어린이청소년도서관 사서 추천도서　★한국문화예술위원회 우수문학도서

59. 여우 소녀 미랑 김자환 지음

조선시대 임진왜란 발발 즈음의 여수 지방을 배경으로, 구미호에게 아버지를 잃은 묘남과 구
미호의 딸 여우 소녀 미랑의 애틋한 사랑 이야기를 담고 있다.

★새벗문학상 수상작가

60. 얼음이 빛나는 순간 이금이 지음

아이와 어른의 경계에서 몸살을 앓던 두 소년이 5년 뒤 전혀 다른 풍경을 띠게 된 각자의 삶
을 응시한다. 우연으로 시작해 선택으로 이루어지는 인생의 내밀한 진실을 담았다.

★윤석중문학상 수상작가　★학교도서관저널 추천도서

61. 택배 왔습니다 심은경 지음

질풍노도를 겪는 청소년과 그의 가족, 친구, 사회의 풍경을 그린 여섯 편의 단편청소년소설.
건강하게 자립하고 따뜻하게 소통할 줄 아는 인물들의 모습에서 희망을 엿볼 수 있다.

★한국문화예술위원회 우수문학도서　★학교도서관저널 추천도서　★아침독서 청소년 추천도서

62. 똥통에 살으리랏다 최영희 외 지음

팍팍한 사회 현실 속 청소년들의 고민을 각기 다른 개성으로 그린 네 편의 단편청소년소설을
묶었다. 부조리한 사회와 욕망을 관찰하고 풍자하는 이야기가 공감을 불러일으킨다.

★제11회 푸른문학상 수상작　★아침독서 청소년 추천도서　★국립어린이청소년도서관 사서 추천도서

63. 나에게 속삭여 봐 강숙인 지음

어느 날 갑자기 죽음을 맞이한 열일곱 살 소년 서준과 혼령의 기를 느끼는 소녀 아리 그리고
서준의 쌍둥이 여동생 유주가 각자의 방법으로 성장해 나가는 청소년 판타지소설.

★윤석중문학상 수상작가　★학교도서관저널 추천도서

64. 아버지의 알통 박형권 지음

촌스러운 아빠와 바닷가 마을에 살게 되면서 정직하게 일하는 사람들을 만나며 한층 성장해 가는 주인공의 이야기가 유쾌한 감동을 선사한다.

★한국안데르센상 수상작가

65. 나는 나다 안오일 지음

청소년들에게 자신의 꿈이 무엇인지 알게 해 주어 스스로 자신의 삶에 당당하게 맞서는 모습을 보고 싶다는 작가의 바람을 담은 청소년시 57편이 실려 있다.

★제8회 푸른문학상 수상작가

66. 순희네 집 유순희 지음

순희네 집에 얽힌 가슴 아프지만 따뜻한 이야기와 성장통을 겪는 순희의 모습을 작가 특유의 섬세한 문장 안에 담아낸 자전적 소설이다.

★제14회 MBC 창작동화대상 수상작   ★제8회 푸른문학상 수상작가   ★한국출판문화산업진흥원 선정 세종도서

67. 첫 키스는 엘프와 최영희 지음

제11회 푸른문학상 수상작가의 첫 청소년소설집으로, 미래에 대한 압박감에 갇혀 십 대 시절을 보내는 오늘의 청소년들에게 부치는 편지 같은 소설 여섯 편을 묶었다.

★제11회 푸른문학상 수상작가   ★아침독서 청소년 추천도서   ★어린이도서연구회 청소년 권장도서

68. 숨은 길 찾기 이금이 지음

이금이 작가의 대표작 「너도 하늘말나리야」의 두 번째 후속작으로 소희의 욕망과 아픔을 다룬 「소희의 방」에 이어 달밭마을에 남은 미르와 바우의 사랑과 꿈을 섬세하게 그려 낸 성장소설이다.

★소천아동문학상 수상작가   ★한국출판문화산업진흥원 선정 세종도서

69. 스키니진 길들이기 김정미 외 지음

아직 미완성인 '나'의 정체성을 찾기 위해 고군분투하는 청소년들의 모습을 그린 네 편의 단편청소년소설이 실려 있다. 청소년이라면 누구나 고민해 봤을 만한 이야기가 공감을 불러일으킨다.

★제12회 푸른문학상 수상작   ★한국출판문화산업진흥원 선정 이달의 책   ★아침독서 청소년 추천도서

70. 나는 블랙컨슈머였어! 윤영선 외 지음

우리 사회를 바라보는 날카로운 시선과 따뜻한 유머가 다채롭게 어우러진 네 편의 청소년소설을 엮었다. 삭막한 현실 속에서도 당당히 자신의 길을 가는 청소년들의 이야기가 매력적이다.

★제12회 푸른문학상 수상작

71. 우리는 가족일까 유니게 지음

5년 만에 엄마의 부고와 함께 미국에서 돌아온 동생으로 인해 방황하는 열일곱 살 소녀의 성장기를 그렸다. 고통스러운 시간을 함께 이겨 내는 가족의 소중함을 다시금 일깨워 준다.

★한국출판문화산업진흥원 선정 세종도서   ★서울시교육청 어린이도서관 청소년 권장도서

72. 사과를 주세요 진희 외 지음

꿈과 현실 사이에서 당차게 자신의 길을 찾아 나선 청소년들의 삶을 이야기하는 네 편의 청소년소설이 실려 있다. 찬란하게 빛나는 청소년들의 굳건한 의지와 신념이 유쾌하고 따뜻한 시선으로 그려진다.

★제13회 푸른문학상 수상작   ★한국출판문화산업진흥원 선정 세종도서

73. 신라 공주 파라랑 김정 지음

고대 페르시아 서사시 「쿠쉬나메」의 시공간을 배경으로 한 역사소설. 낯선 이국 땅 페르시아로 건너가 사랑으로 고난을 극복하는 신라 공주 파라랑의 삶은 희망이라는 인간 본연의 메시지를 전한다.

★제1회 푸른문학상 수상작가   ★학교도서관저널 추천도서

74. 옥상에서 10분만 조규미 지음

제10회 푸른문학상 수상작가의 첫 청소년소설집으로, 관계 속에서 사소한 말이나 장난이 큰 사건이 되어 돌아왔을 때 겪게 되는 고민과 갈등을 섬세하게 다룬 소설 다섯 편을 묶었다.

★제10회 푸른문학상 수상작가   ★아침독서 청소년 추천도서

75. 별에서 별까지 신형건 지음

지난 30여 년간 아이들과 어른들 모두에게 사랑받는 동시를 써 온 시인의 작품 중 특별히 청소년들에게 공감을 살 만한 시들을 골라 엮었다. 자극적이지 않은 언어로 마음을 어루만지는 청소년시집.

★대한민국문학상 수상작가   ★한국출판문화산업진흥원 청소년 권장도서

76. 뱅뱅 김선경 지음

어른들은 몰라서 더 재미있는 진짜 우리 이야기. 지금 청소년들의 속마음을 거침없이 그려 낸 개성 강한 청소년시집. 긴 방황의 끝에서 진정한 자신을 찾기를 바라는 시인의 바람이 담겼다.

★제11회 푸른문학상 수상작가   ★어린이도서연구회 청소년 권장도서   ★아침독서 청소년 추천도서

77. 우리들의 실연 상담실 이수종 지음

실연 극복 프로젝트에 참가하는 다섯 명의 아이들이 서로를 보듬으며 사랑의 아픔을 극복하는 과정을 담았다. 청소년들의 마음결을 다독이는 위로의 목소리는 다시 사랑할 에너지를 불어넣는다.

★제12회 푸른문학상 수상작가   ★학교도서관사서협의회 추천도서

78. 연애 세포 핵분열 중 김은재 지음

꽃보다 아름다운 열일곱 살 청춘들이 진정한 사랑을 찾기 위해 나섰다. 아름다운 사랑을 꿈꾸지만, 사랑에 서툴러 좌충우돌, 고군분투하는 청소년들의 성장을 그린 여섯 편의 청소년소설을 한데 엮었다.

★제3회 푸른문학상 수상작가   ★학교도서관저널 추천도서

*〈푸른도서관〉 시리즈는 계속 나옵니다!